Karl-Heinz Lenz

Timbonäs

Ausgelöst durch chaotische Zustände in den Öl exportierenden Ländern kommt es zu einer Weltwirtschaftskrise, wie sie die Menschheit in diesem Ausmaß noch nie erlebt hat. Die Versorgung mit Lebensmitteln und Treibstoffen bricht völlig zusammen. Plünderungen und Ausschreitungen überziehen das Land und die Regierung verliert jede Kontrolle.
Bundeskanzlerin Waagenknecht und mehrere Minister fliehen aus Berlin in den Regierungsbunker in der Eifel.

Kjell, ein Hamburger Investmentbanker, sieht in der Stadt keine Zukunft mehr und flüchtet nach Mittelschweden auf den Bauernhof seiner Vorfahren.

Karl-Heinz Lenz

Timbonäs

Karl-Heinz Lenz Verlag

Made in Germany 2014
© 2014 Karl-Heinz Lenz Verlag
Titelbild: Svenni-Fotolia
Karl-Heinz-Lenz-Verlag.com
Karl-Heinz-Lenz-Verlag@t-online.de
Alle Rechte vorbehalten
Druck und Bindung: Verlag T. Lindemann / Offenbach

ISBN 9798837409318

Widmung

Dieses Buch widme ich meinem
Patenonkel Siegfried Lenz

Timbonäs

Mit einem tiefen Seufzer riss Kjell sich die Krawatte vom Hals und warf sie in den Abfalleimer am Ende des Tresens. »Die werde ich so schnell wohl nicht mehr brauchen«, sagte er mehr zu sich als zu seinen beiden Arbeitskollegen, die neben ihm auf den Barhockern Platz genommen hatten. Dann öffnete er auch noch die beiden oberen Knöpfe am Hemd und stützte die Ellenbogen demonstrativ auf den Tresen. Gleichzeitig ließ er dabei den Kopf leicht pendelnd zwischen die Unterarme sinken. Seine langen blonden Haare, die eigentlich nicht zum sonstigen Bankeroutfit und zu seinen mehr als dreißig Lebensjahren passten, fielen dabei vor das künstlich gebräunte, unrasierte Gesicht.

»Hab' sowieso nicht verstanden, warum du die immer noch umbindest. Seit zwei Monaten wissen wir, dass die Investmentabteilung und vermutlich in zwei Wochen auch die ganze Bank dichtgemacht wird«, antwortete sein untersetzter und in einer völlig absurden Anzugkombination gekleideter Tresennachbar. Aus seiner gestreiften Hose schauten weiße Tennissocken hervor und endeten in braunen Sandalen. Das knallgelbe Sakko rundete sein offensichtlich bewusst lächerlich gestaltetes Outfit ab.

»Ihr habt gut reden als Junggesellen. Irgendwie kommt man schon durch. Mit zwei

Kindern und einem gerade mal angezahlten Haus sieht es da schon ganz anders aus«, antwortete der Dritte aus der Runde und starrte dabei nachdenklich die oberen Gläserreihen im Regal hinter dem Tresen an. Seine aufrechte Sitzhaltung ließ ihn noch größer erscheinen, als er ohnehin schon war. »Meine Frau wartet sicher schon auf meinen Anruf«, ergänzte er noch und spielte dabei unschlüssig mit dem Handy.

»Stell' doch einfach die Zahlungen an die Bank ein«, antwortete Kjell gelangweilt. »Es sollen doch schon so viele Häuser zwangsversteigert werden, da dauert es ewig, bis etwas passiert. Traut sich doch keiner mehr, etwas zu kaufen. - Und das Handy kannst Du auch wegwerfen. Die Dinger sind schon seit mehreren Stunden absolut tot.«

»Tatsächlich – kein Netz.« Der Lange starrte sein Handy ungläubig an.

»Whisky bekommt man jetzt nur noch auf dem Schwarzmarkt.« Mit diesen nachdenklichen Worten schenkte der dunkelhäutige Barkeeper, ausgestattet mit der Figur eines erfolgreichen Marathonläufers, vier Gläser halb voll und ließ noch ein paar Eiswürfel hineinplumpsen. »Wenn der Strom noch öfter ausfällt, dann werden selbst Eiswürfel knapp. Ist aber auch egal, denn morgen mache ich den Laden dicht. Seit das Bankenviertel so langsam ausstirbt, bin ich an manchen Tagen nur noch Alleinunterhalter, und als Selbstständiger bekomme ich nicht einmal Arbeitslosengeld.«

»Mach' dir nichts draus«, antwortete der Große. »Die Stütze wird gerade in ein bedingungsloses Grundeinkommen umgewandelt und das bekommt jeder. Bringt bei den galoppierenden Preisen aber auch nichts. Wenn man der Buschtrommel glauben kann, dann sollen demnächst Lebensmittelkarten ausgegeben werden. Das wird die erste Diät, die bei mir anschlägt.«

Während er dabei nachdenklich mit der flachen Hand über seinen vom Jackett verdeckten kleinen Bauchansatz strich, stellte der Barkeeper eine Schale Erdnüsse vor ihn auf den Tresen.

»Wo hast du die denn noch her, Jimmy?«, stieß er mit einem freudigen Grinsen hervor und griff sofort zu. »Seit einem halben Jahr habe ich keine mehr gegessen.«

»Ist auch die letzte Packung«, antwortete der Angesprochene. »Alles wird knapp und knapper!«

»Hast du schon einen Plan, Jimmy?«, fragte Kjell ohne den Kopf anzuheben. Seine beiden Kollegen widmeten sich derweil verzückt den Erdnüssen.

»Klar! Ich gehe zurück nach Afrika. In meiner Wohnung hier geht die Heizung schon zwei Tage nicht, und wie ich aus euren Gesprächen entnommen habe, wird es wohl sobald kein Heizöl mehr geben. Das halte ich keinen Winter durch! Also mache ich mich rechtzeitig vom Acker.«

»Wie willst du da denn hinkommen? Seit der großen Fluchtwelle sind alle Flüge von und nach Afrika eingestellt worden«, zweifelte der Dicke im gelben Sakko den Plan mit vollem Mund sprechend an.

»Ich tausche Sprit gegen Sprit«, antwortete Jimmy mit einem breiten Grinsen und der Dicke schaute ihn ungläubig an. Jimmy hob seinen Zeigefinger vielsagend in die Höhe und mit seinen langen Beinen brauchte er nur zwei Schritte bis zu einem großen Schrank im Hintergrund. Mit einem Schwung öffnete er die beiden Türen und stellte sich stolz neben seine gestapelte Spirituosensammlung.

»Da steckt ja ein Vermögen drin!« Der Dicke nickte anerkennend und nahm dann einen kräftigen Schluck. Sein Blick ruhte danach vielsagend auf seinem fast leeren Glas und der Barkeeper schenkte lachend nach. »Damit müsste man doch Benzin eintauschen können?«

»Aber sicher! Alkohol und Zigaretten waren noch in jeder Krise hilfreich. Aber pass auf dich auf und zeige nie mehr als eine Flasche. Bei uns haben sie letzte Nacht einen erschlagen, nur weil er keine Zigaretten herausrücken wollte.«

Nach einigen langen Minuten, in denen alle schweigend in ihre Gläser starrten, fragte der Lange mit gleichgültiger Stimme: »Hast du schon was Neues, Kjell?«

Der zuckte nur mit den Achseln, schob beide Hände durch die langen blonden Haare und richtete sich wieder etwas auf. »Blöde Frage! Wollte mich sogar schon bei der Sparkasse bewerben, aber da fange ich doch lieber gleich im Steinbruch an«

»Der ganze Laden geht hier sowieso den Bach runter«, fügte der Dicke hinzu. »Ich für meinen Teil mache nach Südamerika rüber. Da hat mein Onkel eine Rinderfarm. Die Tickets habe ich schon. War aber nicht einfach. Selbst da musst du schon mit Goldstaub nachhelfen und es ist nicht sicher, dass der Flieger wirklich abhebt. Kerosin soll es nur noch für wenige Tage geben.«

»Rinderfarm ist nicht schlecht!«, warf Kjell aufhorchend ein. »Da haste wenigstens immer was zu beißen.«

»Lebensmittel bekommen gerade wieder einen Stellenwert, den sie nach ihrer Wortbedeutung eigentlich haben sollten«, ergänzte der Große philosophisch. »Als meine Mutter vor einigen Monaten damit begann größere Vorräte anzulegen, da hat mir das zu denken gegeben. Jetzt besitze ich selber ebenfalls einen Berg von Konserven. War ne gute Kapitalanlage. Allein die Erbsensuppe hat sich im Wert vervielfacht.«

»Ich mochte es ja nicht sagen – dachte, ihr würdet mich für bescheuert halten, aber ich habe auch gebunkert«, gab Kjell leise zu. »Und meine Rücklagen habe ich in Goldmünzen eingetauscht. Allerdings bereits nach der letzten Sitzung des Lenkungsausschusses in Berlin. Da durfte ich ja unseren Boss vertreten und habe diese Waagenknecht mal in echt erlebt. Die hat Sachen von sich gegeben, da klappen einem die Fußnägel hoch. Da war mir klar, dass es in kürzester Zeit nur noch eine staatliche Bank geben wird und sonst nix. Allerdings – eine attraktivere Bundeskanzlerin hatten wir bis dahin noch nicht. Und wie sie dem kleinen Dicken übers Maul fährt und an seiner spitzen Nase vorführt, das hat schon was.«

Plötzlich waren draußen auf dem großen Platz vor der Bar Schüsse zu hören und nur Sekunden später raste ein Streifenwagen vorbei. Alle sprangen auf und in der Hand, die noch eben ein Glas hielt, ruhte jetzt, nach einer blitzschnellen Bewegung in das gelbe Jackett, eine kleine Pistole. Kjell blickte erstaunt auf den in Richtung Eingang ausgestreckten Arm und dann in das zu allem entschlossene Gesicht seines Kollegen.

Der Barkeeper drückte ebenso schnell den Knopf für das Scherengitter und es senkte sich quälend langsam und quietschend dem Boden entgegen. Gleichzeitig verdunkelte er die Innenbeleuchtung und warf eine Tränengasgranate nach draußen. Keinen Augenblick zu früh, denn im nächsten Augenblick tobte eine wilde Horde plündernder Gestalten am Eingang vorbei. Sie rüttelten nur kurz am Scherengitter und trollten sich dann vom Tränengas geblendet davon.

»Das war knapp!«, kommentierte Kjell und schob dabei die Unterlippe über die Oberlippe.

»Ist schon fast zur Gewohnheit geworden, aber irgendwann sind sie schneller als ich«, antwortete der Barkeeper kopfschüttelnd und schaltete das Licht wieder ein.

»Eine Runde noch und dann schlage ich mich nach Hause durch«, beschloss der Große und haute dabei mit der flachen Hand auf den Tresen. »Hab' heute Nacht noch Wachdienst im Viertel.«

»Gut, dass du das erwähnst! Bin heute mit der Tiefgarage dran«, entfuhr es Kjell. »Was die immer noch Autos klauen, obwohl es kaum noch Sprit gibt.«

»Nicht wegen der Autos, die Tankfüllung ist ihr Ziel«, stellte Jimmy grinsend fest.

Die Gläser waren wieder gefüllt und sie schlürften schweigsam den letzten gemeinsamen Drink. Danach erhoben sie sich und umarmten einander ausgiebig mit feuchten Augen. Auch der Barkeeper trat hinzu und drückte alle gleichzeitig mit seinen langen Armen an sich. Dabei rollten ihm dicke Tränen über das Gesicht.

»Ob wir uns wohl je wieder in dieser Zusammensetzung treffen?«, fragte der Dicke und atmete dabei tief ein.

»Zumindest sollten wir ab und zu telefonischen Kontakt halten – jedenfalls, wenn die Dinger mal wieder funktionieren«, antwortete Kjell und zog sich gleichzeitig die Jacke über. Auch er hatte ein komisches Gefühl im Bauch und das konnte nichts Gutes bedeuten. Soweit kannte er sich.

»Hier! Nimm meine Knarre, die bekomm' ich morgen ohnehin nicht in den Flieger.« Aus dem gelben Jackett tauchte wieder die kleine Pistole auf, gefolgt von zwei metallblauen

Schachteln. »Die Munition habe ich dir auch gleich mitgebracht.«

Kjell stutzte und griff dann nachdenklich zu. Die Waffe steckte er vorsichtig in die Jackentasche und die Schachteln wanderten in den Aktenkoffer. »Danke, ist in diesen Zeiten wohl angebrachter als mein Pfefferspray.«

Nach einigen gemeinsamen Metern über den großen Platz trennten sich die Wege der drei befreundeten Banker. Kjell strebte dem Eingang der U-Bahn zu und hoffte auf eine halbwegs vernünftige Verbindung nach Hause. Es war inzwischen dunkel geworden und nur wenige Menschen begegneten ihm auf seinem Weg. An der Kreuzung neben dem Eingang zur U-Bahn standen mehrere Polizisten gelangweilt herum. Auf der Straße war kaum Verkehr und die Ampelanlage war abgeschaltet.

Was war hier früher ein Betrieb auf den Straßen, dachte Kjell und ging die Treppe hinunter. Auch in der Untergrundstation warteten nur wenige Fahrgäste. Er stellte sich etwas abseits der anderen und machte sich auf eine längere Wartezeit gefasst. Schon seit Monaten fuhr die U-Bahn immer unregelmäßiger. Einen genauen Fahrplan gab es nicht mehr. Die Fahrgastzahlen waren besonders nachts drastisch gesunken. Ohne Grund ging in der Dunkelheit kaum noch einer vor die Tür. Raubüberfälle, mit nicht selten tödlichem Ausgang, waren an der Tagesordnung. In der Bahn selber war man noch halbwegs sicher, da neben den uniformierten Polizisten auch noch die

Geheimpolizei stark vertreten war. Man sah es diesen überheblichen Typen oft schon von weitem an.

Weil es keine Sitzbänke mehr gab, schlenderten die Wartenden immer mal wieder den Bahnsteig entlang. Kjell beobachtete interessiert die müden Gesichter. Lebensfreude sieht anders aus, dachte er sich dabei. Wie hat sich doch alles gewandelt. Eine Arbeitslosenquote von fast fünfzig Prozent schlägt natürlich aufs Gemüt. Dabei fiel ihm wieder seine eigene beschissene Situation ein. Vermutlich sehe ich genau so verbittert aus, kam es ihm in den Sinn. Neugierig blickte er in eine halb zerschmetterte leere Glasvitrine und versuchte sein Spiegelbild zu ergründen. »Scheiß drauf!«, schoss es spontan aus ihm heraus. Erschrocken blickte er sich um, aber keiner nahm Notiz von seinem Gemütsausbruch.

Nach fast einer Stunde rollte die Bahn endlich ein. Die erste Tür war defekt und Kjell eilte zur nächsten. Als sie sich öffnete, kam ihm beißender Uringeruch entgegen. Das Abteil war nur mäßig besetzt und einige Scheiben zersprungen. Die Sitze waren zerschlissen und stark verschmutzt. Er blieb stehen und vermied es sich irgendwo anzulehnen.

Auch hier nur ausdruckslose Gesichter. Die Augen starr auf unsichtbare Punkte fixiert. Neben Arbeitern, die vermutlich aus dem nahen Hafen kamen, waren auch noch andere Banker im Abteil. Kjell erkannte sie an der typischen Berufskleidung. Während die Bahn anfuhr, versuchte er in den Gesichtern zu lesen. Es würde ihn doch brennend interessieren, ob sie heute ebenfalls gefeuert worden waren.

Als der Zug hielt, erkannte Kjell seinen Bahnhof fast nicht wieder. Die Notbeleuchtung ließ ihn gespenstisch und unheimlich erscheinen. »Schon wieder Stromsperre in unserem Stadtteil«, schimpfte ein kleines Mütterchen, während sie mit ihm zusammen ausstieg. »Da werden wir wohl wieder grillen müssen.« Sie grinste gequält und eilte dem Ausgang entgegen. Kjell folgte ihr auf die defekte Rolltreppe. Als er auf die Straße trat, hatte das flinke Mütterchen schon einen kleinen Vorsprung. Die Straßenbeleuchtung war auch hier ausgefallen und er sah zunächst noch ihren Schatten, bis die Dunkelheit ihn verschlang.

Am Denkmal ohne Pferd und Reiter – die Figur war vor Kurzem abmontiert und vermutlich eingeschmolzen worden – bog er wie immer in den kleinen Park ein. Plötzlich hörte er ein fürchterliches Geschimpfe. Die Stimme gehörte eindeutig dem Mütterchen und er beschleunigte seine Schritte. Dann sah er zwei vermummte Gestalten, die an der großen Tasche der Frau zogen. Sie wehrte sich heftig.

»Lasst sofort die Frau los«, schrie Kjell von seinem eigenen Mut überrascht. Die Gestalten wendeten sich sofort in seine Richtung und lachten dann höhnisch auf. Dabei drohten sie mit einem Baseballschläger und einer Eisenstange. Seine Beine begannen zu zittern, als einer von ihnen breitbeinig gehend auf ihn zu kam. Dabei schlug er provozierend mit der

Stange in die geöffnete linke Handfläche. Kjell griff ängstlich nach seinem Handy, obwohl ihm sofort klar wurde, dass er damit keine Hilfe erreichen würde. Als er die Hand wieder vom Telefon löste, bemerkte er die kleine Pistole in der anderen Tasche. Mit einem Gefühl der Erleichterung zog er die Waffe und hoffte, dass sie geladen war. Als er den Schlitten nach hinten zog, klickte es unüberhörbar und eine Patrone rutschte in den Lauf. Auch sein Gegenüber hatte das Geräusch gehört und sofort die richtigen Schlüsse gezogen.

»Weg hier«, schrie er seinem Kumpel zu und rannte auch schon los. Kjell fiel ein Stein vom Herzen, denn er wusste nicht einmal, wie man die Waffe entsicherte. Dies holte er aber sofort nach. Mit dem Licht des Handys fand er den kleinen Hebel und machte die Waffe scharf. Das kleine Mütterchen hatte inzwischen weiter schimpfend ihre verstreuten Sachen eingesammelt. »Danke mein Junge, das war knapp.« Mehr sagte sie nicht und verschwand wieder in der Dunkelheit.

Der gläserne Turm, in dem Kjell seine Eigentumswohnung hatte, tauchte jetzt am Ende der Straße auf und er ging direkt in die Tiefgarage. Nicht einmal die Notbeleuchtung funktionierte. Das große Rolltor war geöffnet und in der Zufahrt leuchteten zwei kleine Laternen. Drei Männer standen um eine Grillschale, in der ein kleines Feuer brannte. Als er sich näherte, blitzte eine Taschenlampe auf.

»Ach du bist das, Kjell! Schön dich zu sehen - dachten schon du kommst nicht mehr.« Damit schaltete der Mann die Lampe wieder aus.

»Wäre ich auch fast nicht. Drüben im Park wollten sie mir an die Wäsche. Aber dieses kleine Wunderding hat mich gerettet.« Mit diesen Worten zog er die Waffe aus der Tasche und die drei Männer schauten zustimmend auf.

»Lass dich aber bloß nicht damit von der Stasi erwischen! Die verstehen keinen Spaß, wenn sich der Bürger bewaffnet. Und ich kann deren Angst verstehen.« Triumphierend zog auch er eine ziemlich große Kanone hervor.

»So! Steckt die Ballermänner weg! Ich glaube, jetzt ist das Holz durchgebrannt und es gibt was zu beißen. Ist ja auch zu blöd, dass es keine Grillkohle mehr gibt. Aber besser, als wenn es keine Wurst mehr gäbe.« Lachend rührt der kugelig wirkende Grillmeister in der Glut und ein anderer reichte ihm den Grillrost: »Ohne deine große Kühltruhe hätten wir aber auch keine Wurst mehr.«

»Stimmt, aber ewig reicht die auch nicht. Und wenn der Strom noch häufiger und länger ausfällt, dann hat es sich ausgegrillt, dann vergammeln meine schönen Vorräte. Wie konnte ich auch nur so viel Tiefkühlware einlagern.« Mit sorgenvoller Miene legte er einige Würste auf den Grill und begann sogleich damit sie zu drehen.

»Läuft denn wenigstens die Heizung?«, fragte Kjell beiläufig in die Runde.

»Natürlich nicht!«, antwortete ein lässig an die Mauer gelehnter Mann in einem

Blaumann. »Ohne Strom funktionieren die Dinger doch auch nicht. Gut, dass wir schon ins Frühjahr gehen, aber für den nächsten Winter sehe ich schwarz. Das Duschwasser war die letzten Tage auch nur noch lauwarm.«

Inzwischen zog von den Würsten ein herrlicher Duft auf und der Grillmeister begann mit der Verteilung. »Geht sparsam mit dem Senf um, habe nur noch drei Tuben«, fügte er mit erhobener Grillzange hinzu.

Die Männer standen schweigsam um den Grill herum und aßen bedächtig. Kjell sah sich die Gesichter an und bei jedem konnte man neben der Freude über die selten gewordene Grillwurst auch die Sorgen um die Zukunft erkennen. Auch er machte sich seine Gedanken. Würde sich die Lebensmittelversorgung wieder bessern oder im nächsten Winter ganz zusammenbrechen? Vor zwei Wochen hatte er an einer Tankstelle zufällig Diesel für seinen Geländewagen bekommen. Als er auch noch die drei Reservekanister füllte, wurde er sofort angepöbelt. Froh darüber, diesen Vorrat gesichert zu haben, gönnte er sich einen kleinen Ausflug aufs Land. Dabei wollte er nicht die Natur ansehen, sondern sein Interesse galt erstmals in seinem Leben der Landwirtschaft. Als die Rohstoffbörsen noch geöffnet hatten, waren die Preise für Grundnahrungsmittel wie Getreide und Kartoffeln explodiert. Händler hatten von katastrophalen Zuständen auf vielen Bauernhöfen berichtet. Neben dem Treibstoffmangel war auch noch die Ersatzteilversorgung zusammengebrochen und

Düngemittel waren ebenfalls knapp und teuer. Viele Felder wurden angeblich nicht mehr bestellt.

Er brauchte nicht weit zu fahren, um zu sehen, dass die Gerüchte zutrafen. Auch wenn er nicht viel von der Landwirtschaft verstand, so konnte er sich doch noch gut an das saftige Grün der Getreidefelder im Frühjahr erinnern. Manch Acker war sogar komplett von Unkraut bedeckt.

Stattdessen machte er in den Dörfern eine erstaunliche Entdeckung: In fast jedem Garten waren die Rasenflächen verschwunden und überall wurde eifrig umgegraben. An die Dörfer angrenzende Ackerflächen waren parzelliert worden und ganze Familien werkelten eifrig darauf herum. Als ihm auch noch ein Pferdegespann mit Leiterwagen entgegen kam, wurde ihm schlagartig klar, warum ihn alle so erstaunt nachschauten. Mit seinem Nobelgeländewagen befand er sich fast allein auf der Dorfstraße. In der Stadt war ihm der geringe Verkehr gar nicht so aufgefallen, aber hier war er mit seinem Spritfresser fast eine Sensation. Er drehte sofort um und fuhr möglichst spritsparend nach Hause. Im Autoradio hatte er noch versucht, die Nachrichten zu hören. Es gab nur noch zwei Sender und der Empfang war schlecht. Beide Programme sendeten identische Nachrichten. Hauptthema war ebenfalls die Versorgung mit Lebensmitteln. In einem Interview mit dem Regierungssprecher war die Rede von kurzzeitigen Problemen. Mit dem neuen Fünfjahresplan sollte alles besser werden. Auf den neuen Kollektivhöfen wurde der Plan bereits übererfüllt, aber zahlreiche Privatbauern, die sich nicht anschließen wollten, weigerten sich ihre Felder zu bestellen. Nach Aussage des Regierungssprechers würde sich die Bundeskanzlerin der Sache persönlich annehmen. Dann folgte ein Bericht über Unruhen in weiten Teilen der Welt und die dadurch ausbleibenden Öllieferungen. Kjell hatte genug gehört und stellte das Radio wütend ab.

»Köm?«

Kjell erwachte aus seinen Gedanken und nahm verdutzt das ihm gereichte Glas.

»Bier ist leider aus«, grinste Norbert, der mit ihm im selben Stockwerk wohnte. »Und Schnaps hat einen Vorteil, er wird nicht schlecht, wenn der Strom auch noch so lange ausfällt. Haut weg die Scheiße!« Damit prostete er in die Runde.

Noch drei Stunden saßen sie vor dem Garagentor. Die Gespräche drehten sich ausschließlich um die Versorgungslage und jeder hatte irgendwelche wilden Gerüchte gehört. Dann kam ihre Ablösung.

»Mensch Leute, warum bewachen wir eigentlich noch unsere blöden Autos? Eben kam im Radio, dass der Sprit rationiert wurde und nur noch auf Antrag zugeteilt wird.« Mit diesen Worten traten drei schlaksige junge Männer in ihren Kreis und schauten irritiert auf den noch heißen Grill. »Sagt bloß ihr habt noch Bratwurst oder Fleisch?«, fragte ihr offensichtlicher Wortführer, der trotz der niedrigen Temperaturen nur ein schwarzes Muskelshirt trug.

»Na, wollen mal nicht so sein.« Der kugelige Grillmeister griff in seine Kühlbox und reichte ein Paket eingeschweißter Wurst an die Nachtschicht. »Da könnt ihr auch gleich mal sehen, dass wir nicht nur die Autos bewachen, sondern auch die Kellerräume. Da lagern Sachen, die mancher gerne hätte.«

»Wenn ich mir die Typen so ansehe«, flüsterte Norbert in Kjells Ohr, »dann bin ich mir nicht mehr so sicher, ob mein Keller noch ein sicherer Platz ist.«

Kjell nickte ihm zu. Er hatte beim Erscheinen der Nachtschicht dieselben Gedanken. Nur war ihm nicht klar, was man in seinem Keller holen könnte. Der Raum war zwar bis unter die Decke vollgestopft, denn er hatte vor einem Jahr die Wohnung seines verstorbenen Vaters geräumt und alles bei sich eingelagert, aber den Plunder auch gleich wieder vergessen. Sein Vater war im Gegensatz zu ihm ein begeisterter Radfahrer und Wanderer. Aus unerfindlichen Gründen hatte er die wundersame Ausrüstung aus Schlafsäcken, Isomatten und Zelt nicht entsorgt, sondern zu sich mitgenommen.

Auf dem Weg in seine Wohnung packte Kjell die Neugier. Er machte einen Abstecher zu den Kellerräumen und im Licht einer kleinen Taschenlampe begann er, in dem Wust zu stöbern. An der Seite stand ein hochwertiges Tourenrad mit Kettenschaltung. »Nicht schlecht, Herr Specht«, flüsterte er und schnalzte begeistert mit der Zunge. »Da habe ich ja eine geile Erbschaft gemacht! Wie für diese Zeiten geschaffen.« Vorsichtig wühlte er weiter. Klappernd fiel ein Kochgeschirr auf den Boden und er sah sich vorsichtig im Flur um, aber der ganze Keller blieb finster und still. Dann fand er einen kleinen Gaskocher und einige dazugehörige Kartuschen. »Es wird ja immer besser hier«, flüsterte er wieder. Mit dem Ding könnte er sich einen Kaffee kochen oder seine im Arbeitszimmer gestapelten Konserven aufwärmen. An Vorräte hatte er ja gedacht, aber wie soll man sie in einer Wohnung erhitzen, wenn der Strom ausfällt?

Er wühlte noch einige Zeit in den alten Schätzen, die er so achtlos im Keller gestapelt hatte. Dann nahm er den Gaskocher, eine Isomatte und einen Daunenschlafsack mit nach oben. Den Fahrstuhl beachtete er schon seit Tagen nicht, denn die ständigen Stromausfälle machten ihn zu einer unberechenbaren Falle.

Die Wohnung war ausgekühlt und klamm. Er drehte den Wasserhahn auf und ließ den Wasserstrahl erleichtert über seine Hände fließen. Nur warm wurde das Wasser nicht. Er stellte den Gaskocher auf die Arbeitsplatte. Als er den schwarzen Absperrhahn nach links drehte, strömte das Gas zischend hervor. Schnell schloss er die Gaszufuhr wieder und suchte nach Streichhölzern. Als Nichtraucher hatte er auch daran nicht gedacht und ihm wurde klar, dass es in den nächsten Tagen so einiges zu überdenken gab. Fündig wurde er dann in der Schachtel mit den wenigen Weihnachtsutensilien, die er besaß. Ein paar Kerzen waren auch dabei und er zündete gleich eine an. Dann widmete er sich wieder dem Gaskocher, der nach einem kurzen Fauchen eine wohlige Wärme verströmte. Schnell suchte er einen kleinen Topf, füllte ihn mit etwas Wasser und stellte ihn auf den Kocher. Er staunte nicht schlecht über die nur kurze Zeit, bis das Wasser kochte. In einen Pott mit dem Logo seiner Bank legte er einen Teebeutel und füllte ihn mit heißem Wasser. Mit Kerze und Becher machte er es sich in seiner Lieblingsecke am Fenster gemütlich. Auf den Straßen unten waren nur wenige Autos unterwegs und die Fenster der Wohnungen in der Umgebung zeichneten sich nur durch schwaches Kerzenlicht ab. Die Sterne funkelten in dieser Dunkelheit besonders hell und ein einsamer Flieger steuerte den Flughafen an. Kjell hatte sich den Daunenschlafsack über die Beine gelegt und nickte kurz darauf ein.

Ein wilder Traum machte ihm arg zu schaffen. Er war mit dom Rad seines Vaters unterwegs und hielt an einem Kartoffelacker. Mit bloßen Händen begann er die Knollen aus der Erde zu wühlen und stopfte sie in seine Jackentaschen. Plötzlich hörte er Hundegebell und zwei große Doggen tauchten am anderen Ende des Feldes auf. Dahinter ein Bauer mit einer Mistforke, die er drohend erhob. Kjell sprang auf und warf sich aufs Fahrrad, doch seine Beine waren schwer wie Blei. Nur im Zeitlupentempo drehten sich die Räder und die Doggen waren nur noch wenige Meter entfernt. Der Bauer brüllte im Hintergrund unverständliche Worte und die Doggen setzten mit aufgerissenen

Mäulern zum Sprung an. Dazu ertönte jetzt auch noch Volksmusik.

Kjell wachte auf. Die Volksmusik hatte ihn verblüfft in die Wirklichkeit katapultiert. Sie kam auch nicht vom Kartoffelacker, sondern aus dem Radio in der Küche. Der Strom war wieder da. Draußen leuchteten die Fenster wieder hell auf und die Straßenbeleuchtung ebenfalls. Allerdings war sie seit Wochen auf ein Drittel der Lampen reduziert worden. Kjell ging in die Küche und stellte das Radio ab. Dann versuchte er es erfolgreich mit dem Fernseher und setzte sich zu seinem inzwischen abgekühlten Tee. Die Kerze war ein ganzes Stück heruntergebrannt und er pustete sie aus. Im Fernsehen zeigten sie Bilder von einem Kartoffelacker und Kjell musste grinsen. Allerdings wurde da nicht geerntet, sondern gepflanzt, was ja irgendwie auch besser in die Jahreszeit passte. Dann schwenkte die Kamera auf eine rundliche, stark geschminkte Frau, mit dünnem, aber extrem grell gefärbtem Haar. Kjell erkannte die neue Landwirtschaftsministerin Roth, die ihm schon im Lenkungsausschuss wegen ihrer bunten Kleider aufgefallen war. Auch auf dem Kartoffelacker trug diese Rummelpuppe Stöckelschuhe und hatte erhebliche Mühe damit im lockeren Boden ruhig zu stehen.

Schon in Berlin hatte er starke Zweifel an ihrer Eignung für diesen Posten, aber in der Natur gab sie nur noch eine Witzfigur ab. Der Kameramann hatte richtig Probleme damit, ihren Kopf in der Bildmitte zu fixieren, da sie ständig mit den Hacken im Weichen Boden einsackte.

Übertroffen wurde das lächerliche Bild nur noch durch das, was sie von sich gab. Kjell war über den geballten Schwachsinn von Planübererfüllung und gesunder fleischloser Ernährung so erbost, dass er sich zum Schrank aufmachte und einen doppelten Whisky einschenkte.

Wieder auf seinem Sessel angekommen wechselte er auf das andere der beiden letzten Programme und sah verwüstete und brennende Ölfelder. Der Kommentator versuchte, damit die Schwierigkeiten vor Ort zu entschuldigen, und deutete auf weitere Einschränkungen bei der Versorgung hin. Auch den brennenden Palast der saudischen Herrscherfamilie zeigten sie und der Sprecher erklärte, dass es viele Tote gegeben habe und einige Prinzen sich mit ihren Familien auf der Flucht befanden.

In der Wohnung war es immer noch empfindlich kalt und Kjell drehte am Heizkörperventil. Es war weit geöffnet, aber warm wurde weder dieser Heizkörper noch die anderen. Einen elektrischen Strahler, wie er ihn als Kind bei seinem Großvater gesehen hatte, besaß er nicht. Also beschloss er, den restlichen Abend im Bett zu verbringen. Zuvor nahm er aber noch einmal die Fernbedienung des Fernsehers und versuchte ins Internet zu kommen. Wie schon seit Tagen, so gab es auch heute keine Verbindung. Angeblich wurden die stromfressenden Server abgeschaltet, um die Versorgung der Bevölkerung zu gewährleisten. Kjell war sich aber sicher, dass die Regierung eine höllische Angst vor Revolten hatte und mit dieser Maßnahme die Vernetzung von aufständischen Gruppen verhindern wollte. Nützen wird das aber nichts, dachte er, wenn erst der Hunger die Menschen auf die Straße treibt.

Schlafen konnte er in dieser Nacht kaum. Stattdessen versuchte er, sich den Fortgang dieser ungewohnten Situation auszumalen. Investmentbanker waren es gewohnt die wirtschaftliche Entwicklung eines Konzerns zu errechnen oder zu analysieren, aber den Zusammenbruch der Weltwirtschaft in Verbindung mit Unruhen auf allen Kontinenten, hatte wohl noch keiner je durchgespielt. Besonders die fast völlige Unterbrechung der Ölversorgung hatte gravierende Folgen in der Landwirtschaft. Bisher machte sich niemand Gedanken über diesen Bereich. Gut, die Bauern klagten schon immer, aber im Herbst war die Ernte trotzdem gut gewesen. Ihm wurde schlagartig klar, dass es dieses Jahr anders werden würde.

Plötzlich wieder hellwach holte er sich einen weiteren Whisky und stellte das Glas auf den Nachttisch. Im Bett sitzend zog er die Decke bis zum Bauch und nahm einen guten Schluck aus dem Glas. Der Alkohol beflügelte wie immer seine Gedanken. Alles wurde glasklar. Nicht die Betriebe hier in der Stadt, die alle möglichen Waren herstellten und verkauften, waren die Zukunft. Nein, in so einer Ausnahmesituation spielten nur die Grundbedürfnisse eine Rolle. Der Mensch benötigte zunächst Nahrung, und wenn er nicht im warmen Süden wohnte, dann auch eine halbwegs trockene und warme Unterkunft. Mehr nicht, aber auch nicht weniger. Eine Unterkunft hatte er ja und er fühlte sich auch wohl in seiner Eigentumswohnung. Was würde aber der nächste Winter bringen? Schon jetzt im Frühjahr funktionierte die Heizung nicht und er hatte auch nicht die geringste Möglichkeit da einzugreifen. Man könnte ja einen Ofen aufstellen, dachte er sich. Es gab aber keinen Schornstein und Holz zum Heizen hatte er auch nicht. Diese Situation musste also geändert werden.

Der Gedanke an die Versorgung mit Nahrung in so einer großen Stadt ließ ihn ganz verzweifeln. Sein Vorrat war ja beträchtlich – hatten aber alle anderen auch vorgesorgt? Vermutlich nicht. Auch bei ihm würden nach kurzer Zeit viele Sachen fehlen, denn richtig durchdacht hatte er den Einkauf nicht. Eigentlich hatte er die ganze Aktion eher spaßig betrachtet und manchmal war es ihm auch peinlich gewesen, die vielen Dosen in die Wohnung zu schleppen. Gleich morgen würde er eine Bestandsaufnahme machen und fehlende Sachen ergänzen. Wenn man denn noch etwas bekommt, dachte er sich. Die Supermärkte machten in den letzten Wochen schon einen traurigen Eindruck, aber auf dem Schwarzmarkt würde er für ein paar Goldmünzen sicher noch einiges bekommen. Eines war aber ganz sicher, die Zukunft lag für ihn und eigentlich für alle nicht mehr in der Stadt, sondern auf dem Land. In den Städten würde schon bald nur noch der Mob regieren und sich alles holen, solange noch etwas zu holen war. Er malte sich das Chaos immer weiter aus und ging dabei in Gedanken zu einem Fluchtplan über. Mit dem Dieselvorrat aus dem Keller würde er ziemlich weit kommen. Aber wohin? In den Randgebieten würde man sicher nicht lange vom Chaos verschont bleiben und auf dem flachen Land warteten sie sicher nur auf ihn. Sicher war er mit diesem Gedanken nicht allein und mit jedem Tag würden mehr Menschen die Städte verlassen. Er hatte also keine Zeit zu verlieren und würde schon morgen mit den Vorbereitungen beginnen. Nur ein Ziel müsste noch her!

Er schlief sehr unruhig in dieser Nacht und in seinen Träumen war er ständig auf der Flucht. Er raste mit seinem Wagen durch Polizeisperren, feuerte mit seiner Pistole auf wilde Gestalten. Schweißgebadet wachte er auf. Im Bad spülte er sein Gesicht mit kaltem Wasser ab. Aber kaum wieder eingenickt setzten erneut intensive Träume ein. Allerdings waren sie jetzt von einer anderen Art. Er spielte auf einer Wiese an einem großen See. Seine Eltern saßen auf einer weißen Bank vor einem roten Haus und schauten ihm lächelnd zu. Kjell wachte auf. Er hatte ein Ziel gefunden.

Kjells Familie stammte ursprünglich aus Schweden, aber schon seine Eltern waren in jungen Jahren nach Deutschland ausgewandert. Den kleinen Bauernhof seiner Vorfahren hatten sie behalten und nutzten ihn als Sommerhaus. Kjell hatte sich nichts aus dieser Einöde gemacht und ab dem zwölften Lebensjahr fuhr er nicht mehr mit nach Schweden. Er blieb einfach zu

Hause und trieb sich in der Stadt herum. Seine Eltern hatten nichts dagegen, da er schon früh völlig selbstständig handelte und Freunde seiner Eltern ab und zu ein Auge auf ihn warfen.

Die Jugendbilder aus Schweden drängten sich im Laufe der Nacht immer weiter in den Vordergrund und sie wurden auch immer klarer. Er sah seine lange vor dem Vater verstorbene Mutter, wie sie in einem kleinen Kräutergarten arbeitete. Er sah auch sich selber in einer kleinen Sandkiste spielen. Von Zeit zu Zeit lächelte die Mutter ihm zu und ihr warmherziger Blick wirkte selbst im Traum beruhigend auf ihn. Weit draußen und für ihn unerreichbar saß der Vater in einem Ruderboot und angelte. Kleine Qualmwolken entstiegen seiner Pfeife und in Kjells Fantasie entstand das Bild eines kleinen Dampfers.

Wasser gab es, aber nur kaltes. Der Strom war auch wieder weg. Kjell nahm den Gaskocher und brachte ein wenig Wasser zum Kochen, holte ein Glas Pulverkaffee aus seinem Vorrat und schüttete etwas davon in einen Becher. Es roch tatsächlich nach Kaffee. Dann öffnete er ein Paket Knäckebrot und auch noch eine Dose mit ewig haltbarer Wurst. Das ganze Frühstücksmenü platzierte er neben einem dicken Ordner, den er gleich nach dem Aufstehen hervorgekramt hatte. Auf den Deckel hatte sein Vater mit einem dicken Filzstift „Hausordner Timbonäs" geschrieben. Kjell hatte sich, seit der Wohnungsauflösung nicht mehr darum gekümmert. Jetzt blätterte er interessiert darin herum. Sauber getrennt waren da Reparaturrechnungen, Lagepläne und Steuerbescheide abgeheftet.

Bei den Steuerbescheiden kamen ihm die Summen bekannt vor, denn die Beträge wurden vom Konto seines Vaters abgebucht. Das Konto existierte noch und er hatte ab und zu die Auszüge überflogen.

Aus den Plänen entnahm er, dass das uralte Anwesen in Värmland lag. Hoffentlich ist dieses Värmland nicht so nah am Nordpol, dachte er, denn in seinen Träumen kam auch eine dicht verschneite Winterlandschaft vor.

Nach dem Aufwachen war ihm dieses ferne Timbonäs als die Lösung seiner Probleme erschienen. Konnte man dort vielleicht sogar eine Krise überleben? Noch skeptisch begann er nach seinem alten Schulatlas zu suchen und fand ihn tatsächlich erstaunlich schnell. Lange schon hatte er weder den Atlas noch andere gedruckte Landkarten benutzt, denn alles war in Sekunden auf einem seiner Bildschirme zu sehen gewesen. Doch sie alle nutzten ohne Strom rein gar nichts, und außerdem hatte diese wundersame Regierung ohnehin das Internet gekappt.

Der Atlas hatte sogar eine recht brauchbare Seite über Skandinavien. Allein das riesige Schweden war so komprimiert abgedruckt, dass er seine Brille aufsetzen musste, um das Wort Värmland zu suchen. Er begann ganz im Norden und stellte erleichtert fest, dass er bis zum Polarkreis nicht fündig wurde. Ist ja auch klar, dachte er sich. Die Bezeichnung Värmland hatte doch bestimmt etwas mit Wärme zu tun. So viel dann aber doch nicht, denn er fand die Heimat seiner Vorfahren mehr in der Mitte als im Süden. »Die kurzen Hosen werde ich wohl hier lassen können«, brummte er halblaut und blätterte gleichzeitig auf die Klimakarte weiter. Überrascht stellte er fest, dass es zwar im Winter unangenehm kalt wurde, die Sommer aber durchaus ihren Namen verdienten. »Das iss es!«, rief er laut und knallte die Faust auf den Tisch. Der Löffel im leeren Kaffeebecher antwortete mit einem Klirren.

Als er vor die Tür trat, spürte er einen angenehm warmen Luftzug. Die Vögel zwitscherten lauter als sonst und die Sonne lachte munter vom Himmel. Ein Hauch von Frühling lag in der Luft und Kjell nahm dies erstmals seit Langem wieder bewusst wahr. Er war auch sonst guter Dinge und machte sich zu Fuß auf den Weg zum Volksbüro in seinem Stadtteil. Auf dem Rücken trug er den großen Wanderrucksack seines Vaters, denn er plante, so einige Einkäufe zu tätigen. Vor ihm tauchte das große Einkaufszentrum auf und eine ellenlange Schlange wartender Menschen. Die Stimmung schien äußerst gereizt und nur die schwer bewaffneten Wachleute verhinderten eine Eskalation. Über dem Eingang prangte ein großes Plakat mit der Aufschrift „Lebensmittel nur noch gegen gültige Lebensmittelmarken". Darunter in etwas kleinerer Schrift „Bei Plünderungen wird von der Schusswaffe Gebrauch gemacht".

»Sind wir schon so weit gekommen", flüsterte Kjell und bekam sogar unerwartet Antwort von einem vorbeieilenden Mann in seinem Alter. »Wir sind sogar schon viel weiter.« Dann war der Mann auch schon vorüber und Kjell sah noch, wie er sich in die Schlange einreihte.

Vor dem Volksbüro war es noch schlimmer. Die Menschen sammelten sich auf dem großen Vorplatz und drängten in Richtung der von zwei blutroten Fahnen eingerahmten Eingangstreppe. Neben den Fahnen hatten sich jeweils einige Soldaten aufgestellt und in mehreren Mannschaftsbussen warteten geschätzte ein bis zwei Hundertschaften.

Aussichtslos! Hier komme ich heute nicht mehr durch. Und warum sollte ich mich eigentlich auch noch arbeitslos melden? Es gab keine Arbeitsplätze mehr, außer vielleicht bei den Sicherheitsbehörden. Lebensmittelmarken bekam man aber auch in dieser Universalverwaltung und er überlegte kurz, ob es nicht doch ratsam wäre, sich welche zu holen. Rasch wurde ihm aber klar, dass es darauf vermutlich nur sehr wenig geben würde und damit war ihm nicht gedient.

Plötzlich wurde es unruhig in der Menge und zunächst nur zaghaft, dann aber immer lauter, begannen die Menschen nach mehr Lebensmitteln zu rufen. Gleichzeitig drängten einige in Richtung Eingang und die Soldaten wurden unruhig. Einer sprach etwas in ein Funkgerät und die Türen der Mannschaftswagen öffneten sich. Als die Soldaten am Eingang sich zu sehr bedrängt fühlten, feuerte einer einen Warnschuss ab. Die Drängler wichen zurück und Kjell verließ zügig den Platz. Er wollte nicht dabei sein, wenn die Sache hier aus dem Ruder lief. Und es würde sicher nicht mehr lange dauern. Schon begann er daran zu zweifeln, ob man die Stadt überhaupt noch unbehelligt würde verlassen können, und legte seinen Abreisetermin auf den nächsten Tag fest. Nur weg hier!

Um sich auf dem Schwarzmarkt mit den geplanten Sachen zu versorgen, machte Kjell auf dem Rückweg einen Bogen durch das ehemalige Arbeiterviertel der Stadt. Bis vor Kurzem war hier die absolut angesagteste Partymeile; hier hatte er viele schöne Abende in den Straßencafés verbracht. Von all dem war nichts mehr geblieben. Kein Lachen und auch keine laute Musik drang aus den Kneipen und davor standen weder Tische noch Stühle.

Vor drei Wochen hatte er hier noch eine Flache Whisky von einem Straßenverkäufer erstanden. Bezahlt mit einer Goldmünze. Eine andere Währung gab es nicht mehr. Außer natürlich die in allen Krisenzeiten so beliebten Zigaretten. Auch heute standen wieder offensichtliche Händler in den Durchgängen zu den beliebten Hinterhöfen. Kjell sprach einen halbwegs vertrauenserweckenden Typen an, der gelangweilt mit dem Rücken an eine Hausecke gelehnt herumstand, im Mundwinkel eine nicht brennende Zigarette, das Erkennungszeichen der Schwarzhändler. »Salz, Streichhölzer, Tütensuppen?«

Der Händler sah ihn erstaunt an, nahm die Zigarette aus dem Mund und steckte sie sich hinter das linke Ohr. »Sonderbare Wünsche haben die Leute heutzutage«, antwortete er kopfschüttelnd. »Kein Alkohol, keine Zigaretten?«

Kjell überlegte kurz und sein Instinkt sagte ihm, dass das, was so gefragt war, auch anderswo gefragt sein könnte. »Gut!«, sagte er zustimmend. »Zwei Stangen Zigaretten nehme ich, aber das andere brauche ich auch alles.«

»Geht klar«, antwortete sein neuer Geschäftspartner. »Wenn du zahlen kannst!«

Kjell holte fünf kleine Goldmünzen aus der Tasche und reichte eine hinüber.

Ein kurzer, prüfender Blick und der Mann stieß einen scharfen Pfiff aus. Nur wenige Meter entfernt öffnete sich eine Nebeneingangstür und ein kleiner Junge kam zum Vorschein. Nach einigen ins Ohr geflüsterten Worten verschwand er wieder.

»Es wird ein paar Minuten dauern, bis er die Sachen bei meinen Geschäftspartnern zusammengetragen hat. Ich handle ja mehr mit Alkohol und Zigaretten, aber du hast recht, ich sollte auf Lebensmittel umsteigen. Hast ja gesehen, was in der Stadt los ist. In spätestens zwei Monaten gibt es hier so gut wie nichts mehr und dann gnade uns Gott – wenn es denn einen Gott gibt.«

»Und was machst du dann«?, fragte Kjell neugierig.

»Vielleicht heuer ich bei der Waagenknecht an. Der laufen schon die Soldaten weg und sie sucht händeringend neues Kanonenfutter.«

»Wieso Kanonenfutter?«

»Na ja, wollen es mal so sagen. In München soll es schon richtig zur Sache gehen und es gibt Gerüchte, dass die Soldaten bereits einige Plünderer erschossen haben. Das aber liegt halt nicht jedem – auf das eigene Volk zu schießen.«

»Na, das sind ja rosige Aussichten«, antwortete Kjell nachdenklich.

»Was willst du eigentlich mit all den Tütensuppen und Streichhölzern? Hört sich irgendwie nach Zeltlager an.«

»Stimmt«, antwortete Kjell. »Ich versuche, nach Skandinavien zu verschwinden.«

»Mm«, brummte der Schwarzhändler. »Ist es da nicht viel zu kalt? Und dann diese Straßenräuber, da muss man erst mal durchkommen. – Hast du wenigstens ne Waffe?«

Kjell holte seine kleine Pistole hervor und erntete nur ein mitleidiges Grinsen. »Nicht gerade panzerbrechend, deine Kanone, aber immerhin. Brauchst du noch Munition?« Mit den letzten Worten holte er zwei Schachteln hervor. »Zwei Goldmünzen?«

»In Ordnung!« Kjell reichte eine zweite Münze hinüber und die Schachteln wechselten ihren Besitzer.

»Meinst du wirklich, dass man unterwegs ausgeraubt wird?«

»Habe es selber erlebt, als wir auf Einkaufstour waren. Da wir aber mit zwei

Fahrzeugen und 8 bewaffneten Leuten unterwegs waren verzogen sie sich vom Straßenrand. Versuch es besser auf Nebenwegen – so weit es geht. Durch den Tunnel von Fehmarn nach Dänemark müssen aber alle. Versuch dich besser einem Konvoi anzuschließen.«

»Danke für den Tipp! - Wo bleibt eigentlich dein Bote?«

»Dauert sicher nicht mehr lange. Ist ein fixer Bursche, der bringt es noch mal weit.«

Tatsächlich tauchte der Junge im nächsten Moment mit Schweißperlen auf der Stirn auf. »War gar nicht so einfach«, rief er etwas kurzatmig. »Hab drei Leute abgeklappert und nur wenig bekommen.« Aus einem alten Schulranzen holte er zwei Pakete Salz, eine 20er-Packung mit Streichhölzern und einige Tütensuppen mit unterschiedlichen Inhalten. An seinen Chef gewandt sagte er: »Schönen Gruß vom General. Lässt ausrichten, dass es bald nichts mehr zu fressen gibt. Die Preise steigen gewaltig.«

Erneut wechselte eine Goldmünze den Besitzer und Kjell machte sich auf den Weg nach Hause. Der Autoverkehr hatte noch weiter abgenommen, dafür nahmen die Fahrräder zu. Das Rad werde ich morgen auch mitnehmen und die ganze Wanderausrüstung sowieso, dachte er sich bei diesem ungewohnten Anblick. Wer weiß, ob ich mit dem Auto überhaupt bis nach Schweden durchkomme und wenn es unterwegs seinen Geist aufgibt, dann steh ich ziemlich doof da.

Als einige Straßen weiter Schüsse fielen, beschleunigte Kjell seine Schritte und war froh, als der vertraute Wohnblock wieder in Sichtweite war.

Vor dem Haus hatten sie jetzt sogar eine Tageswache organisiert. Er grüßte kurz die teilweise bekannten Gesichter und verzog sich dann in seine Wohnung. Sofort begann er, in allen Schubladen und Fächern nach einer Straßenkarte von Schleswig-Holstein zu suchen. Irgendwann war sie ihm in die Finger gekommen und er hoffte nur, dass sie nicht im Müll gelandet war. Mit dieser Karte war es vielleicht möglich, zumindest bis nach Fehmarn auf Nebenwegen zu gelangen. In der letzten Schublade tauchte sie auf und Kjell malte mit einem Filzstift seinen Fluchtplan hinein.

Als er am Abend zu seiner vermutlich letzten Garagenwache erschien, kam er direkt aus seinem Keller. Mehrere Stunden hatte er mit dem Sortieren der väterlichen Ausrüstungsgegenstände verbracht. Da gab es alles, was man für eine Radwanderung nur so brauchte. Von der Regenbekleidung einer nordischen Nobelmarke, über Kompaktwerkzeug, bis zum winzigen und extrem leichten Zelt. Sein Vater musste ein begeisterter Naturfreund gewesen sein. Ganz im Gegensatz zu seinem Sohn, der sich jahrelang in fensterlosen Großraumbüros wohlgefühlt hatte, nichts außerhalb dieser Bankenwelt registrierend, die für ihn alles bedeutete und jetzt so bedeutungslos geworden war. Wie hatte dies alles geschehen können? Wer hatte die Schuld? Es gab keine Antwort darauf, es war einfach passiert. Und alles in etwas mehr als einem Jahr.

»Hallo Kjell! Heute gibt es Wurst satt. Die Truhe ist komplett aufgetaut. Alles muss weg.« Werner stand wie gestern schon an seinem Grill und hatte reichlich Würste in Arbeit. Kjell stellte sich in die Gruppe um den Grill und nahm nachdenklich und auch etwas wehmütig eine herrlich duftende Bratwurst entgegen. Dann zog er aus seiner Manteltasche eine volle Flasche Whisky hervor. »Mein Abschiedsgeschenk«, teilte er den freudig überraschten Kumpels mit.

»Wieso Abschied?«, fragte Werner und blickte erwartungsvoll von seinem Grill auf.

»Morgen hau ich hier ab. Die Stadt hat nach meiner Ansicht keine Überlebenschance mehr. In ein oder zwei Tagen tobt hier der Bürgerkrieg und wer dann nicht weg ist, der kommt auch nicht mehr raus.«

»Da ist was dran«, antwortete der Hausmeister trocken, der wie am Tag zuvor in seinem Blaumann an der Betonwand lehnte und mit einem Zollstock spielte. »Wenn sogar die Scheiße nicht mehr abfließt, weil die Kanalisation verstopft ist und sich keiner darum kümmert, dann geht es wirklich bergab. Das könnt ihr mir glauben.«

Alle brachen in brüllendes Gelächter aus und Kjell schenkte ein paar mitgebrachte Becher voll. Über dem Grill stießen sie an und jeder nahm einen kräftigen Schluck.

»Aber kannste mir mal sagen, wo ich mit meiner Familie hin soll«, fragte ein anderer aus der Runde, nachdem er seinen Becher wieder abgestellt hatte. Alle blickten den um die dreißig Jahre alten Mann schweigend an. Keiner hatte eine Antwort. Der raufte sich seine langen, fusseligen Haare und hatte Tränen in den Augen. Betretenes Schweigen bei den anderen.

»Wir halten einfach zusammen«, sagte der Hausmeister plötzlich und klopfte ihm tröstend auf die Schulter.

»Genau«, stimmte Werner zu. »Irgendwie kommen wir da durch und angeblich arbeitet die Regierung schon an einem Notfallplan.«

Alle verzogen beim Wort Regierung das Gesicht und griffen fast gleichzeitig zu den Bechern.

»Meinst du denn, dass es woanders besser läuft?«, wandte sich der Hausmeister an Kjell.

»Keine Ahnung! Bin mir auch nicht sicher, ob es die richtige Entscheidung ist.« Tatsächlich plagten ihn erhebliche Zweifel. Würde er Timbonäs überhaupt erreichen und wenn ja, wie sah es auf dem Hof jetzt aus? Vielleicht waren schon Plünderer da und hatten das Haus gar abgefackelt. Aber hier untätig zu warten stellte er sich noch viel schlimmer vor. So etwas lag ihm einfach nicht. Die Entscheidung war getroffen und morgen würde er aufbrechen.

Nach der Wachablösung verabschiedete Kjell sich von allen und richtete es so ein, dass er zusammen mit dem jungen Familienvater zum Treppenhaus ging. Als sie allein waren, sprach er ihn an: »Warte mal Peter!«

»Ja?« Der Angesprochene machte immer noch einen niedergeschlagenen Eindruck.

»Morgen Vormittag belade ich meinen Wagen. Es passen aber nie und nimmer alle meine gehorteten Dosen in das Auto. Wenn du möchtest, kannst du alles haben, was ich nicht mitnehme. Kommst einfach um 9.00 Uhr in meine Wohnung.«

Peters Augen leuchteten auf und als sie sich trennten, war die Umarmung mehr als herzlich.

Am nächsten Morgen war Kjell schon früh auf den Beinen. Zunächst begann er die Vorräte aus der Wohnung in die Tiefgarage zu schleppen, was ohne Fahrstuhl eine arge Schinderei war. Dann öffnete er den kleinen Safe und verstaute seinen nicht unansehnlichen Goldschatz in einer unauffälligen Tasche.

Peter kam schon etwas früher als geplant und staunte nicht schlecht über den Berg an Konservendosen. »Alles für mich?«

»Für dich, deine Frau und deine Kinderchen.«

Kjell baute noch einmal den Gaskocher auf und sie tranken zusammen einen letzten Kaffee.

»Kannst ja ab und zu nach meiner Wohnung sehen.« Kjell reichte Peter die Schlüssel, nahm die Tasche und den bereitgestellten Rucksack, den Schlafsack und andere Ausrüstungsgegenstände aus der Wohnung und ließ seinen Nachbarn allein zurück. In der Garage sah er sich noch einmal die verstaute Ladung an. Über die Dieselkanister und Kartons hatte er Decken zur Tarnung geworfen. Das Fahrrad thronte auf dem

Dachgepäckträger. Zufrieden stieg er ein und stellte die Tasche mit dem Gold auf den Beifahrersitz. Er wollte den Wagen schon starten, aber dann fiel sein Blick auf die Tasche.

»So blöd kann man doch gar nicht sein!«, entfuhr es ihm ärgerlich. Er stieg wieder aus und versteckte die Goldmünzen an verschieden Stellen im Wagen. Draußen am Tor lungerte die Frühwache herum und er hupte kurz. Auf der Bundesstraße waren außer ihm nur noch zwei Fahrzeuge unterwegs und so verließ er zügig die Stadt.

»Ja bitte! – Soll reinkommen!«

»Guten Morgen Frau Bundeskanzlerin!« Schüchtern trat der mittelgroße, in einen schlotterigen Anzug gekleidete Mann an den Schreibtisch seiner Chefin.

»Was gibt's denn nun schon wieder Habeck? – Nu reden Sie schon!«

»Ja, der … Oskar.«

»Was ist mit Oskar? Muss man ihnen denn jedes Wort aus der Nase ziehen? Und wie sehen sie bloß wieder aus? Verdienen sie hier nicht genug?«

»Doch, doch, aber der Oskar ist wieder aus dem Altenheim abgehauen.«

»Mein Gott noch mal – äh, meine Güte noch mal, das ist doch nichts Neues. Er ist wie immer auf dem Weg zum Reichstag und da fangen sie ihn wie immer wieder ein!«

»Gut - machen wir.« Habeck drehte sich um und ging in Richtung Ausgang. Kurz vor der Tür blieb er stehen.

»Is noch was?«

»Ja, der Trittihn hat sich schon wieder gemeldet. Er besteht auf den Abmachungen im Koalitionsvertrag und will endlich als Außenminister ernannt werden.«

»Ach du Scheiße! Hat der nichts anderes im Kopf? Da draußen ist nichts mehr zu tun für einen Außenminister – wenn da je etwas zu tun war.«

»Aber der lässt nicht locker! Er droht mit Aufkündigung der Koalition.«

»Pfuff, der ist ja weltfremder als ich je dachte! Morgen treten die Notstandsgesetze in Kraft und dann lochen sie ihn einfach ein.«

»Ohne Begründung?«

»Begründung, Begründung – muss ich denn hier alles selber erfinden? Lassen Sie sich was einfallen Habeck, früher haben sie sich doch alle möglichen Geschichten ausgedacht. – Wenn auch nicht sehr erfolgreich!«

»Gut – mach ich.« Kleinlaut wollte der Staatssekretär den Raum wieder verlassen. Als er den Türgriff schon in der Hand hatte, rief ihm die Kanzlerin nach: »Innenminister und Landwirtschaftsminister in einer Stunde bei mir!«

»Jawohl!« Habeck zuckte leicht zusammen und zog dann die Tür hinter sich zu.

»Waagenknecht! Geben sie mir die Heimleitung.«

Dor Staatssekretär hatte kaum den Raum verlassen, da hatte die Kanzlerin schon die vierte Schnellwahltaste auf ihrem Telefon gedrückt und war mit der Altenresidenz ihres Mannes verbunden. Es dauerte einen Augenblick, dann schien am anderen Ende die gewünschte Person zu antworten.

»Kommen Sie mir nicht mit diesen ewigen Ausreden. Mein Mann ist und war nie Bundeskanzler. DAS BIN ICH! Auch wenn er immer wieder etwas anders behauptet. Diese Fluchtversuche – äh, diese Spaziergänge müssen ein Ende haben. Ist das klar?«

Am anderen Ende schien die Antwort kurz ausgefallen zu sein, denn die Kanzlerin legte sofort auf.

Nach zögerlichem Klopfen ohne Antwort betrat Habeck, gefolgt von der Landwirtschaftsministerin, erneut das Büro seiner Chefin. Ihr briefkastengelbes, vermutlich frisch gefärbtes Haar leuchtete hell unter dem kalten Licht eines Diodenstrahlers. Der vermutlich bewusst billig wirkende Modeschmuck funkelte und blitzte übertrieben, aber passend. Sie würdigte die Kanzlerin mit keinem Blick, grüßte lediglich mit einem schnippischen »Moin« und trippelte zum großen Konferenztisch am halbrunden Panoramafenster um sich dort gezielt auf den zweiten Stuhl der Längsseite zu setzen. Ohne ein weiteres Wort zu sagen, blickte sie desinteressiert auf den großen Platz vor dem Kanzleramt. Ihr knapper Gruß wurde nicht erwidert. Stattdessen blätterte die Chefin belanglos in ihren Akten auf dem Schreibtisch. Nach einigen Minuten holte Landwirtschaftsministerin Root ein kleines Fläschchen Nagellack hervor und begann konzentriert mit der Auffrischung ihrer zweifarbigen, leicht abgekauten Nägel.

Nachdem sich die beiden Frauen bereits mehr als eine Stunde angeschwiegen hatten, blickte die Kanzlerin leicht verärgert auf ihre Uhr und wollte gerade auf eine Taste der Sprechanlage drücken, da erschien Habeck und mit ihm der Innenminister. Ein sehr wuchtiger

Mann, der von seiner Körperfülle her den besseren Landwirtschaftsminister abgegeben hätte. Seine dunklen, ziemlich fettigen Haare waren streng gescheitelt. Das Unterkinn schwabbelte beim Gehen im Takt mit den viel zu weiten Hosenbeinen. Er steuerte grußlos direkt auf den großen Konferenztisch am Panoramafenster zu, packte den mitgebrachten Laptop auf den Tisch und holte ein riesiges Stofftaschentuch hervor. Damit wischte er sich die zahlreichen Schweißperlen aus dem Gesicht und setzte sich dann.

»Siegmar, du bist ja schon wieder fetter geworden«, rief die Kanzlerin kopfschüttelnd vom Schreibtisch hinüber. »Kein Wunder, daß die Lebensmittel knapp werden.« Erst jetzt verließ sie ihren Platz, um an das Kopfende des Konferenztisches zu wechseln. Der Innenminister hatte seine Kurzatmigkeit inzwischen überwunden und schaltete den Laptop ein.

»Nu geb mal fein Bericht«, forderte sie ihn unmissverständlich auf. »Wie läuft es zum Beispiel mit den Lebensmittelkarten?«

Der Minister tippte auf dem Computer herum und sagte dann mit vorwurfsvoller Miene in Richtung Root: »Die Karten sind auf den Ämtern, es fehlen aber die dazugehörigen Lebensmittel in gleicher Menge. Die Leute bekommen nicht einmal die Hälfte der schon kargen Rationen. Es kommt bereits zu Plünderungen und die Armee muss die Ausgabestellen schützen.«

»Schlecht, sehr schlecht! Wie können Sie mir dies erklären, Frau

Landwirtschaftsministerin?« Das Wort Landwirtschaftsministerin sprach sie dabei mit einem verächtlichen Unterton aus. Die Angesprochene blieb völlig ruhig und antwortete ebenfalls herablassend: »Die Antwort kennen Sie doch – falls Sie sich für dieses Land noch interessieren.«

Waagenknecht schlug ärgerlich mit der flachen Hand auf den Tisch. Ihr Hals wurde länger, als er ohnehin schon war und die Adern traten hervor. »Morgen treten die Notstandsgesetze in Kraft und wer mit in den Eifelbunker will, der sollte sich jetzt kooperativer zeigen.«

Der natürlich vorweg informierte Innenminister zeigte beim Wort „Notstandsgesetze" keine Regung, während die Landwirtschaftministerin, bleich vor Schrecken, um Haltung rang.

»Darüber wurde meine Fraktion nicht informiert – so geht das nicht!« Ihre Stimme zitterte leicht.

»Nun machen Sie sich mal nicht ins Hemd«, mischte sich der Innenminister grinsend ein. »Sie dürfen ja mit! Ihre Aufgabe ist die Versorgung der Kernmannschaft. Das werden Sie ja wohl noch hinbekommen. Sollten Sie allerdings plaudern und Ihre komische Fraktion oder sonst wen darüber informieren, dann ändern wir den Plan und das Ziel - aber ohne Sie, gnädige Frau. Was Ihnen dann draußen bei Ihrer geliebten Basis blüht, dass können Sie sich ja denken.«

Bis auf das Rot der übertrieben geschminkten Wangen war alle Farbe aus dem Gesicht der Ministerin gewichen. »Sieht es denn so schlecht draußen aus?«

»Waren wohl lange nicht auf der Straße?« Die Kanzlerin schüttelte ungläubig den Kopf und schaltete mit einer Fernbedienung den großen Bildschirm am anderen Ende des Tisches ein. Sofort tauchte ein Bild aus dem Lagezentrum des Kanzleramtes auf. In dem riesigen Raum herrschte emsiges Treiben. Auf einer elektronischen Landkarte der Bundesrepublik waren verschiedenste Symbole verteilt.

»Falls Sie es nicht wissen, die roten Punkte stehen für ausgebrochene Aufstände und die grünen bezeichnenderweise für Plünderungen. Wobei wir es mit den GRÜNEN schon aufgegeben haben!«

»Mit den Grünen aufgegeben?« Root schien nicht mehr folgen zu können.

Der Innenminister grinste wieder. »Na, wir schaffen es eben nicht mehr, alle Plünderungen anzuzeigen.«

»Ist der Eifelbunker einsatzbereit?«, fragte die Kanzlerin wieder etwas gefasster.

»Wir sind dabei, nur hat sich seit Jahren keiner mehr um das Erdloch gekümmert. In vierzehn Tagen sollte der Umzug aber möglich sein. Bis dahin wird der Landweg jedoch zu gefährlich sein und es bleiben nur die Hubschrauber. Also bitte nicht zu viel einpacken, meine Damen.« Der Innenminister grinste wieder.

»Kann man die Sache denn überhaupt geheim halten?«, fragte Root immer noch völlig blass im Gesicht.

»Wir ja«, antwortete der Innenminister. »Nur bei Ihnen und Ihrer Partei waren wir uns unsicher. Daher werden Sie auch erst jetzt eingeweiht, wo es nicht mehr anders geht. Ihre Aufgabe ist ausschließlich die Bereitstellung von Vorräten aller Art. Abgeholt und eingelagert werden diese von den 2000 Elitesoldaten, die zusammen mit ausgesuchten Mitgliedern der Regierung in den Bunker einziehen. Dazu kommen ein mobiles Lazarett und 200 Servicekräfte.«

»Wie lange müssen wir denn in diesem Bunker bleiben? Und feucht ist es da sicher auch!«

»Ein paar Jahre können es schon werden.« Der Innenminister schüttelte genervt mit dem Kopf. »Statt Ihrer Haarfärbemittel sollten Sie also lieber ein paar Gummistiefel einpacken.«

Auch die Kanzlerin fühlte sich beim Gedanken an einen längeren Aufenthalt im Bunker nicht besonders wohl und trippelte unruhig mit ihren dünnen Fingern auf der Tischplatte. »Siegmar, gibt es denn nicht die geringsten Anzeichen für eine Beruhigung im Rest der Welt?

»Meine liebe Frau Waagenknecht«, antwortete dieser.

Die Bundeskanzlerin wollte ihn bei dieser provozierende Anrede sofort unterbrechen, beließ es dann bei einem missbilligenden Blick, der aber nicht registriert wurde. Ihre Autorität schwand beinahe stündlich und es war nicht sicher, ob sie die Fäden bis zur Ankunft in der Eifel noch in der Hand halten konnte. Inzwischen desertierten nicht wenige Soldaten und gingen einfach nach Hause. Besser gesagt, sie fuhren nach Hause und entwendeten dabei große Mengen an Treibstoff. Mit dem großzügig erhöhten Sold konnten sie nichts anfangen und mit den Beförderungen ebenso wenig. Die vielen verliehenen Orden wurden demonstrativ nicht mehr getragen und die Disziplin ging auch sonst den Bach hinunter.

»Die Lage ist weltweit mehr als beschissen! Die Öllieferungen sind vollständig zum Erliegen gekommen und auch das russische Gas füllt kaum noch die langen Rohre bis zu uns. Wir haben versucht, die Kohleförderung wieder zu beleben, aber dafür braucht man ausgebildete Leute und vor allem viel Material. Ohne Energie kein Stahl und ohne Stahl keine Maschinen. Was man auch versucht, es endet immer in der Sackgasse. Der Versuch der Amerikaner die Ölfelder im Nahen Osten zu besetzen, kam dank unserer Bedenkenträger viel zu spät. Inzwischen haben die Aufständischen alles zerstört, was irgendwie nach Öl riecht. Selbst im Frieden würde es Jahre dauern, das alles wieder aufzubauen. Es ist aber kein Frieden. Ganz im Gegenteil. Jeder kämpft gegen jeden und niemand hat die Übersicht. Inzwischen geht es nicht mehr um Öl, sondern um das nackte Überleben. So wie wir kein Öl mehr bekommen, so bekommen andere keine Lebensmittel. Besonders in den ölreichen Wüstenstaaten sind

Hungersnöte ausgebrochen, wie wir sie noch nie gesehen haben. Gesehen ist dabei übertrieben. Bis gestern hatte ich noch mit drei Botschaften Telefonkontakt über Satellit. Seit heute sind wir völlig von der Außenwelt abgeschnitten. Nichts geht mehr!«

Die beiden anderen hatten ihm gebannt zugehört und bleiben zunächst sprachlos.

»Warum funktionieren die Satelliten nicht mehr?«, fragte die Landwirtschaftsministerin nach einer Weile. »Da oben gibt es doch keine Aufständischen – oder?«

Die Kanzlerin zog die Augenbrauen fast bis unter den Haaransatz und atmete hörbar aus. »Entweder wurden sie aus strategischen Gesichtspunkten abgeschaltet oder in den Bodenstationen ist niemand mehr. Wir haben ja schließlich auch Telefon und Internet blockiert.«

Trotz Panzerglas und dicker Wände waren plötzlich Schüsse zu hören und alle drei eilten direkt ans Fenster. Draußen zog eine Hundertschaft der Polizei auf und bildete eine Kette. Gleichzeitig erschien im Hintergrund eine aufgebrachte Menschenmenge und versuchte sich dem Kanzleramt zu nähern. Der Innenminister nahm sein Funkgerät und ließ sich vom Einsatzleiter die Lage erklären, dann wandte er sich an die Kanzlerin. »Kannst dich beruhigen, es ist nur ein kleiner Haufen.«

»Solange die Polizei noch hinter uns steht«, antwortete die Kanzlerin und setzte sich wieder.

»Dafür habe ich gesorgt! Die erhalten ihren Sold inzwischen teilweise in Naturalien. Sogar Haarfärbemittel haben wir dabei.«

Root drehte sich mit einem schnippischen »pfiff« um und begann ihre Sachen zu packen. »Wir sind ja wohl für heute durch«, stellte sie beiläufig fest.

»Hier ja, aber ich denke, Sie haben jetzt eine Menge zu tun«, antwortete die Kanzlerin. »In zwei Tagen sollte unsere Flucht – äh, scheiße, unser Ortswechsel durchgeplant sein.«

»Nehmen wir Oskar mit?«, fragte der Innenminister, während er seinen Laptop zuklappte.

»Natürlich! Ist doch schließlich mein Mann. Ihr dürft natürlich auch die engsten Familienmitglieder mitnehmen, aber kein Wort vor dem Abflug.«

Die beiden Minister verließen gemeinsam den Raum und die Kanzlerin ließ sich erschöpft auf ein Sofa in der Nähe des Schreibtisches fallen. Gleichzeitig klopfte es und Habeck brachte ein Glas Wasser und zwei längliche Tabletten.

»Danke Habeck, Sie denken ja richtig mit!« Sie nahm beide Tabletten gleichzeitig und trank etwas Wasser. »Zwei Stunden keine Störung – außer wenn die Welt zusammenbricht.«

»Sie bricht bereits, Frau Kanzlerin, und sie bricht verdammt schnell.«

Waagenknecht winkte erschöpft ab und Habeck verschwand wieder ins Vorzimmer.

Trotz der guten Federung seines großen Geländewagens spürte Kjell den schlechten Zustand der Straße bis in die Halswirbelsäule. Kaum ein Auto begegnete ihm und so verließ er relativ zügig die Stadt. In den Vororten zeigte sich inzwischen dasselbe Bild wie auf dem Lande. Die Gärten wurden umgegraben oder waren bereits fertig bearbeitet. Vor einem Reihenhaus wurde das schmucke, fast nagelneue Carport abgerissen, um Gartenland zu gewinnen. Dann tauchte eine Parkanlage auf. Ganz offensichtlich fehlten schon einige Bäume. Auf der großen Grünfläche standen so an die zwanzig Personen und diskutierten. Teile der Fläche waren bereits mit roten Flatterbändern parzelliert worden. Wenig später fuhr Kjell bereits durch den Kreis Stormarn und hinter einer Kurve tauchte ein Fahrzeug mit eingeschaltetem Blaulicht auf. Kjell wollte schon zu seiner Waffe greifen, aber die Trachtengruppe schien echt zu sein. Am Straßenrand hielten bereits drei Fahrzeuge in seiner Richtung und er reihte sich ein. Wenige Augenblicke später tauchte eine Militärkolonne auf und er sah den Grund für den Stop. Zwei Kettenpanzer benötigten fast die gesamte Straßenbreite und rollten donnernd an ihm vorbei. Das sieht verdammt übel aus, dachte er und war froh, die Stadt schon hinter sich zu haben. Das erste Fahrzeug, ein Kleintransporter, fuhr wieder an und Kjell schloss sich der kleinen Kolonne an. Er fühlte sich jetzt etwas sicherer.

Bis Bad Segeberg waren sie immerhin noch zwei Fahrzeuge, dann befand er sich wieder allein auf der Strecke. Auch hier draußen waren nur wenige Felder bestellt und er sah lediglich einen Trecker bei der Feldarbeit. Erst wenn er sich einer Ortschaft näherte, wurde es lebendiger. Die Leute schauten seinem Wagen, falls sie überhaupt von ihrer Arbeit aufsahen, nur argwöhnisch hinterher. Keine freundlichen Blicke, nicht einmal von den Kindern. Den kurz aufgekommenen Gedanken, sich hier in Schleswig-Holstein niederzulassen, ließ er gleich wieder fallen. Ihm war klar geworden, dass sich spätestens im Herbst ein Sturm hungernder Großstadtbewohner in die Dörfer ergießen würde. Wie sollten die wenigen Dorfbewohner sich dagegen erwehren? Aussichtslos!

Nicht weit von der Insel Fehmarn entfernt musste er zwangsläufig auf die Ostseeautobahn wechseln. Bis auf einen LKW in der Gegenrichtung war es absolut ruhig. Allerdings standen auf dem Seitenstreifen ab und zu herrenlose Fahrzeuge. Vermutlich Treibstoffmangel, dachte sich Kjell, bis er zwei ausgebrannte Fahrzeuge erkannte. Ein mulmiges Gefühl beschlich ihn bei diesem Anblick und er suchte im Handschuhfach nach seiner Pistole. Griffbereit legte er sie in das längliche Fach in der Fahrertür. Zwei Nadelöhre hatte er jetzt zu passieren. Die Fehmarn-Sundbrücke und den langen Tunnel unter dem Belt. Er hoffte inständig, dass es hier keine Absperrungen oder andere Schwierigkeiten geben würde. Nervös erhöhte er die Geschwindigkeit und dann tauchte die Sundbrücke vor ihm auf. Gleichzeitig sah er aber auch ein ziviles Fahrzeug mit eingeschalteter Warnblinkanlage. Er näherte sich schnell und erkannte Sekunden später drei bewaffnete Männer in Flecktarn. Einer stand mitten auf dem linken Fahrstreifen und zielte mit dem Gewehr direkt auf ihn. Die beiden anderen hielten sich am Mittelstreifen auf und erwarteten ihn mit gezogenen Pistolen.

Kjell machte sich nichts vor, wenn er hier stoppen würde, dann war die Reise schon zu Ende und sein Leben vermutlich auch. Trotzdem senkte er die Geschwindigkeit ab und rollte langsam auf die Gruppe zu. Der Versuch ruhig zu bleiben scheiterte. Das Herz klopfte bis in den Hals und die Finger begannen zu zittern. Mit der linken Hand zog er die Pistole aus dem Seitenfach, nahm die rechte Hand vom Lenkrad, und es gelang ihm, die Waffe durchzuladen und zu entsichern. Als er auf gleicher Höhe mit einem der Männer war schoss er zweimal ungezielt durch die Fahrertür hindurch und drückte gleichzeitig das Gaspedal voll durch. Der Motor heulte auf und der Mann auf der Straße versuchte zur Seite zu springen, wurde aber am Bein erfasst und stürzte schwer nieder. Sein Gewehr flog durch die Luft, landete krachend auf der Motorhaube und rutsche über die Windschutzscheibe nach hinten. Im Rückspiegel sah Kjell, dass er den anderen durch die Tür hindurch getroffen hatte, denn er lag zusammengekrümmt am Boden. Der Dritte war zunächst geschockt, brachte dann aber seine Waffe in Anschlag und begann zu feuern. Kjell sah das Mündungsfeuer und hörte gleichzeitig die Einschläge im hinteren Bereich seines Wagens. Glas zersplitterte und Scherben sausten an seinem Kopf vorbei. Er machte sich so klein wie möglich und riss gleichzeitig das Steuer herum. Die nächste Salve verfehlte dadurch ihr Ziel und er hatte schon einen schönen Vorsprung herausgeholt. Nach drei weiteren Ausweichmanövern hörten die Schüsse auf.

Mit extrem hoher Geschwindigkeit fuhr er über die so friedlich in der Sonne liegende Brücke. Nichts deutete auf Sperrungen oder Kontrollen hin. Die fast gerade Strecke über die Insel brachte er in wenigen Minuten hinter sich. Die Mautstation am Tunneleingang war unbesetzt. Mit weiterhin unverminderter Geschwindigkeit näherte er sich der völlig unbeleuchteten Röhre und tauchte in eine unheimliche Finsternis ein. Die Scheinwerfer wurden durch die Automatic eingeschaltet, hatten es aber schwer gegen das schwarze Loch. Er drosselte im richtigen Moment die Geschwindigkeit und konnte so einem liegen gebliebenen und unbeleuchteten Fahrzeug gerade noch ausweichen. Weder Dänen noch Deutsche schienen sich um den langen Tunnel zu kümmern.

Zunächst ging es leicht abwärts in der völlig geraden Röhre. Kjells Augen hatten sich gerade an die Dunkelheit gewöhnt, da tauchte weit vorne das Tunnelende auf. Er schaltete die Fahrzeugbeleuchtung aus, erhöhte die Geschwindigkeit erneut und peilte dabei den

Lichtschein am Ausgang an. Er wollte mögliche Straßenräuber nicht zu früh auf sich aufmerksam machen. Sollten sie Blockaden aufgebaut haben, würde er daran wohl zerschellen. Dies Risiko musste er eingehen. Dänemark zeigte sich aber von seiner wie üblich freundlichen und verschlafenen Seite. Auch hier keine Menschenseele.

Nach einigen Kilometern bog Kjell von der Autobahn ab und parkte so, dass er nicht gesehen werden konnte, aber die Autobahn im Blick hatte. Sein Interesse galt möglichen Verfolgern.

Die Heckpartie des Wagens wies acht Einschüsse auf. Fast alle in einer für den Fahrer gefährlichen Höhe. Nur eine Kugel hatte das linke Rücklicht zerstört. Allerdings waren die anderen sieben Geschosse in den verdeckten Vorräten stecken geblieben und hatten auch die Dieselkanister nicht erreicht. Es roch nach Erbsensuppe und Kjell warf einige völlig zerfetzte Dosen aus dem Auto. In anderen waren noch Reste und er schütte sie in einen Kochtopf. Mit dem Gaskocher bereitete er sich ein kleines Mittagessen und spürte, nachdem er den letzten Löffel in den Mund geschoben hatte, plötzlich eine platt gedrückte Kugel im Mund, die er mit einem ungläubigen Staunen bedachte und als Glücksbringer in seiner Hemdtasche verschwinden ließ. Sein Puls hatte sich erstaunlich schnell beruhigt und er spürte wie sich eine Art Glücksgefühl in ihm breit machte. Dabei hatte er vielleicht gerade einen Menschen erschossen oder zumindest schwer verletzt. War er der geborene Killer? Kopfschüttelnd schob er dieses komische Gefühl auf die leckere Erbsensuppe und packte das Kochgeschirr wieder ein.

Etwas länger als eine Stunde wartete er auf dem Nebenweg, dann steuerte er wieder die Autobahn an. Während seiner ganzen Mittagspause war nur ein LKW auf der Gegenfahrbahn vorbeigekommen und er rechnete jetzt nicht mehr mit der Bande. »Die werden wohl noch ihre Wunden lecken, diese Schweine«, sinnierte er halblaut und bemerkte gleichzeitig wieder dieses sonderbare Gefühl in sich aufsteigen.

Die Felder in Dänemark machten den gleichen unbewirtschafteten Eindruck wie in Deutschland. Nebenstrecken waren wegen der Brücken von Insel zu Insel nicht mehr möglich und so blieb er auf der Autobahn. Die Tankanzeige machte beträchtliche Fortschritte nach links und zwang ihn zu einem gemäßigteren Tempo. Die Sonne heizte allmählich das Auto auf, obwohl die Heckscheibe mehrere Löcher vorwies, und Kjell ertappte sich mehrfach bei dem Versuch die Klimaanlage zu bedienen. Sie blieb aber wegen des zusätzlichen Spritverbrauchs ausgeschaltet. Stattdessen öffnete er die hinteren Seitenfenster etwas. Der Fahrtwind half auch gegen die Müdigkeit, die bei einer völlig leeren Autobahn und der monotonen Landschaft Dänemarks zwangsläufig aufkam. Da kam ihm die kleine Anhalterin gerade recht. Sie winkte mit beiden Armen. Er wollte schon stoppen, doch dann kamen ihm Bedenken auf und er nahm den Fuß wieder vom Bremspedal. Es könnte ein Trick sein und warum stand sie nicht an einer Auffahrt?

Als das junge Mädchen im Rückspiegel auftauchte, verzweifelt ihre Tasche fallen ließ und gleichzeitig wütend mit dem Fuß aufstampfte, drückte Kjell das Bremspedal erneut. »Warum nicht? Sie ist allein, ich bin allein und ein Versteck für irgendwelche Komplizen sehe ich nicht. Und Selbstgespräche fange ich auch schon an.« Er musste grinsen.

Das Mädchen war sofort aufgesprungen und wäre fast ohne ihre Tasche losgerannt. Sie lief schnell und erreichte den Wagen ohne dass er zurücksetzen musste. Kjell öffnete die Beifahrertür und sie stieg ein. Während er die Umgebung im Auge behielt, rollte der Wagen wieder an und die Tür fiel von selber zu.

»Na, du hast es aber eilig!«, sagte sie verblüfft und warf ihre Tasche nach hinten in eine Lücke zwischen den Vorräten. »Ich heiße übrigens Anne!« Ihr Deutsch war fast akzentfrei.

»Angenehm, Kjell! Alles reine Vorsicht. Bin heute schon überfallen worden und einmal reicht mir eigentlich.«

»Scheinst es ja überlebt zu haben«, antwortete Anne schnippisch.

»Die anderen vermutlich nicht!«

Anne schaute ihn jetzt plötzlich ängstlich an und Kjell blickte lachend zurück. Sie war noch sehr jung, vielleicht so um die sechzehn oder siebzehn. Ihre tiefschwarzen Haare und die geringe Größe wirkten eher südländisch.

»Und wo soll die Reise hingehen?«

»Kopenhagen und dann nach Norden.«

»Bis Kopenhagen fahre ich auch, dann will ich aber weiter über die Öresundbrücke.«

»Das wird wohl nichts!«

»Wieso?« Kjell wurde stutzig.

»Na, die haben die Schweden doch gesprengt.«

»WAS?« Kjell schaute verblüfft auf. »Ach, du willst nur, dass ich nach Norden fahre und dich mitnehme. Kein schlechter Bluff!«

»Ich kann ja mitkommen und wenn die Brücke kaputt ist, dann fahren wir zurück nach Kopenhagen.«

»Abgemacht!«

Die nächsten Minuten fuhren sie schweigsam weiter, während die Autobahn sich wieder der Ostsee näherte und eine Art Schärenküste auftauchte. Kjell ging die Aussage der Kleinen durch den Kopf. Was hatte sie davon ihn anzulügen.

»Sag mal«, begann er forschend. »Gibt es denn die Fähre nördlich von Kopenhagen noch oder irgendeine andere Fähre.

»Es gibt viele Fähren, aber keine fährt!« Sie zuckte mit den Schultern. »Die Schweden haben sich abgeschottet und lassen keinen mehr rein.«

»Scheiße!« Kjell schlug mit der Faust auf das Lenkrad.

»Was willst du denn unbedingt in Schweden?«

»Hab die schlechte Stadtluft satt und will als Aussteiger in den schwedischen Wäldern leben.«

»Jetzt verarscht du mich aber wirklich«, antwortete Anne kopfschüttelnd.

»Nicht wirklich. Meine Familie kommt aus Schweden und wir haben da so einen kleinen Bauernhof. Da wollte ich bleiben bis diese mistige Krise vorbei ist.«

»Aha.« Anne dachte einen Augenblick nach und sagte dann: »Ich lebe in einem kleinen Fischerdorf am Sund. Ab und zu schmuggeln die Fischer Leute von einer Seite zur anderen. Das größte Problem dabei ist der Treibstoff, seit es keinen mehr gibt ist auch die Küstenwache nur noch selten auf Streife.«

»Treibstoff hätte ich!«

»Diesel?«

»Diesel!«

»Dein großes Auto können sie auf ihren kleinen Booten aber nicht transportieren. Es wäre zudem meilenweit sichtbar. Natürlich dürfen sie nicht an irgendeiner Kaimauer anlegen, sondern nur am felsigen Strand«

»Verstehe.« Kjell sah seinen ganzen Plan buchstäblich ins Wasser fallen. Wie sollte er ohne Auto bis nach Värmland kommen? Öffentliche Verkehrsmittel gab es sicher nicht mehr. Es blieb ihm nur sein Fahrrad. Dies bedeutete aber auch den Verzicht auf einen großen Teil seiner Vorräte.

»Wo willst du eigentlich mit all diesen Dosen hin?» Anne hatte sich während der Fahrt mehrfach nach den gestapelten Vorräten umgesehen.

»Hunger?« Kjell hatte die Blicke auch schon bemerkt. Sie nickte und lächelte.

»Links oben unter der Decke müsste Schokolade liegen.«

»Wahnsinn! Der reinste Verkaufswagen. Mit den Sachen kannst du jeden bestechen.«

»Auch einen Fischer?« Kjell hatte sich entschieden und würde sich von vielem trennen müssen. Die plietsche Fischerstochter war für ihn ein Glücksfall. Eine halbe Tafel Schokolade hatte sie schon aufgegessen.

»Oh, Entschuldigung! Hab wieder nur an mich gedacht.« Sie brach ein Stück ab und reichte es hinüber. »Für deine Dosensammlung bekommst du sicher ein Schwedenticket und mit dem Rad kriegst du sie ohnehin nicht alle mit.«

»Bist ein kluges Kind – oder kannst du Gedanken lesen.« Kjell musste schmunzeln.

»Zu meinem Fischerdorf müssen wir jetzt hier abbiegen«, sagte Anne plötzlich. Sie hatten Kopenhagen fast erreicht und ein verschmutzter, fast nicht mehr lesbarer Wegweiser über der Straße deutete auf ein Autobahnkreuz hin.

»Gut, dann sparen wir uns den Weg bis zur Brücke. Malmö ist auf dem Schild ja tatsächlich durchgestrichen.«

»Sag ich doch!«

Kjell ordnete sich in die Spur nach Helsingör ein. Kaum auf der neuen Autobahn tauchte im Rückspiegel ein Streifenwagen auf. Er blieb zunächst auf Abstand und folgte ihnen mehrere Minuten. Zusammen überholten sie drei im Konvoi fahrende Lieferwagen.

»Hier herrscht ja richtig Verkehr«, stellte Kjell leicht nervös fest. »Der Wagen hinter uns macht mir irgendwie Sorgen.«

Anne drehte sich um und erschrak. »Shit!«, stellte sie knapp fest.

»Sind die echt?«

»Glaube schon, aber sicher ist nichts mehr.«

Als Kjell nach dem Überholvorgang wieder einscherte zog der Streifenwagen an ihnen vorbei und aus dem rechten Seitenfenster erschien eine rote Kelle. Zusammen zogen sie auf den Seitenstreifen und rollten langsam aus. Ohne ihre Revolver zu ziehen kamen beide Polizisten näher. Jeder auf einer Seite des Wagens und der Fahrer beugte sich an die geöffnete Scheibe zu Kjell. »Sie wollen doch wohl nicht nach Schweden?«, fragte er mit starkem Akzent und versteinerter Miene.

»Nein, wieso?«, stotterte Kjell.

»Wir wollen nach Tingby, ich wohne dort und mein Onkel bringt mich nur hin«, mischte sich Anne auf dänisch ein.

»Aha«, antwortete der Polizist und ging langsam an das Ende des Wagens. »Und was transportieren sie so?« Er deutete auf die prallvolle Fläche hinter den Sitzen.

»Lebensmittel«, erwiderte Kjell wahrheitsgemäß.

»Aufmachen!« Beim Wort Lebensmittel wurde der Beamte plötzlich hellwach. Kjell stieg aus, öffnete die Ladeluke und zog die Decke weg.

»So, so. - Was meinst du Arne, ist das alles so zulässig?«

Sein Kollege kratzte sich am Kinnbart und wiegte den Kopf bedenklich hin und her. Kjell hatte den Wink verstanden und griff nach einem Karton. »Sie können gerne eine Probe meiner Firma bekommen.« Er drückte dem verdutzten Polizisten einen Karton in die Hand und als der Kollege um das Auto herumkam, erhielt auch er seinen Anteil. »Ihr Rücklicht ist übrigens zerschossen und leuchtet nicht mehr«, sagte dieser mit erwartungsvoller Miene und leicht grinsend.

Kjell packte jeweils einen weiteren Karton hinzu und erntete dafür eine Kopfbewegung, die eindeutig zum Verschwinden aufforderte. Schnell stieg er ein und im Rückspiegel sah er noch wie die Polizisten ihre schwere Beute zum Streifenwagen trugen. Als sie außer Sichtweite waren, gab er Vollgas. »Wer weiß, ob bei denen die Gier nicht doch noch größer wird.«

»Und wenn du deinen Dosenvorrat weiter so großzügig unter das dänische Volk streust, wirst du die letzten Meter nach Schweden wohl schwimmen müssen«, meldete sich Anne etwas zynisch, aber doch sichtlich erleichtert.

»So, hier sollten wir abbiegen!« Anne deutete auf einen Wegweiser, auf dem tatsächlich Tingby stand. Kjell nahm den Fuß etwas vom Gas und sie bogen zügig ab. Sie befanden sich jetzt schon nördlich von Helsingör und die bis dahin dichte Bebauung nahm etwas ab. Das Meer tauchte auf und kleine Wellen glitzerten im Sonnenlicht. Schiffe waren keine zu sehen. Sie fuhren noch einige Kilometer auf der Uferstraße, passierten den kleinen Ort Tingby und dann erreichten sie eine sehr beschaulich wirkende Fischersiedlung. Die fünf Backsteinhäuschen lagen direkt am Strand und vor jedem lag ein dazugehöriges Boot im Sand. Zwischen zum Trocknen aufgehängten Netzen spielten einige Kinder.

»Wir sind da! Hinter dem zweiten Haus kannst du auf den Hof fahren.«

Kjell stoppte den Wagen vor einem Nebengebäude mit zwei großen, leicht geöffneten Schiebetoren. Er hatte kaum den Motor abgestellt, erschien ein hagerer, tief gebräunter Mann in der Torlücke, rückte eine Art Prinz Heinrich Mütze zurecht und verschränkte die muskulösen Arme in einer Abwehrhaltung vor der Brust. Plötzlich hellten sich seine Gesichtszüge auf. Anne, die sofort ausgestiegen war, eilte auf ihn zu und sie lagen sich in den Armen. Im selben Moment öffnete sich auch die Tür des Wohnhauses und eine rundliche, gemütlich wirkende Frau mit einer bunten Schürze kam herausgerannt.

Kjell beobachte aus dem Auto heraus die ausgiebige Begrüßungszeremonie und schaute sich dabei auch etwas um. Haus und Garten machten einen gepflegten Eindruck. Zur schmalen Straßenseite war gerade Platz für ein kleines Blumenbeet in dem die ersten Narzissen und Krokusse im Schutz der wärmenden

Hauswand blühten. Dann vielen ihm zwei Jungen auf, die sich vorsichtig vom Strand herkommend näherten. Sie schauten ihn und sein Auto neugierig an. Kjell winkte sie heran und holte aus seinem Schokoladenvorrat zwei Tafeln hervor. Dann stieg auch er aus und reichte den Jungs die Schokolade. Sie lächelten und sahen sich dabei so ähnlich, dass es wohl Zwillinge sein mussten. Mit der Schokolade in der Hand sprangen sie wieder davon.

Anne hatte die Sache mitbekommen und rief den Jungen etwas auf Dänisch hinterher. Vermutlich sollten sie sich bedanken. Die verschwanden aber gerade um die Hausecke. »Entschuldigung Kjell, aber wir haben uns lange nicht gesehen. Meine Mutter Bertha und mein Vater Sten.«

Die beiden kamen näher und reichten Kjell die Hand. »Wir haben uns richtig Sorgen um unsere Tochter gemacht«, ergänzte Sten in etwas holprigem Deutsch. »Seit zwei Wochen funktionieren weder die Mobiltelefone noch das Festnetz. Internet schon länger nicht. In Kopenhagen toben Unruhen. Benzin oder Diesel bekommt man nur auf Bezugsschein – wenn überhaupt.«

»Aber kommt doch erstmal ins Haus«, unterbrach Annes Mutter.

»Den Wagen stellen wir aber vorher in die Fischhalle.« Anne schob bereits die Schiebetore auf. »Muss nicht jeder sehen, dass wir Besuch haben.«

Kjell parkte den Wagen neben einem großen Stapel leerer Fischkisten und wollte ihn wie gewohnt mit der Fernbedienung verriegeln, obwohl es wegen der zerschossenen Heckscheibe keinen richtigen Sinn ergab. Der Gedanke an seinen Goldschatz beunruhigte ihn kurz, aber die Familie wirkte auf ihn äußerst zuverlässig. Anne schien seine Gedanken wieder sofort zu erfassen und verband die Griffe der beiden Schiebetore mit einem stabil wirkenden Bügelschloss.

»Mit Bohnenkaffee können wir leider nicht dienen, der schafft es irgendwie nicht mehr aus Kopenhagen hinaus.« Bertha war es sichtlich peinlich, einem Gast den in Skandinavien so wichtigen Kaffee nicht anbieten zu können. »Wie sieht es denn in Deutschland aus?«, fragte sie neugierig.

»Auch nicht besser«, antwortete Kjell. »Ich habe aber noch Instant-Kaffee in meinem Wagen, den könnte ich holen.«

Berthas Augen leuchteten. – »Nein!«, sagte sie dann aber bestimmt. »Sind wir schon so weit gekommen, dass ein Gast seinen Kaffee mitbringen muss?« Sie wirkte sichtlich erregt.

»Machen Sie sich bitte keine Sorgen! Wir alle können herzlich wenig für diese missliche Lage und Sie können sich vielleicht revanchieren.«

»Und wie soll das gehen?« Bertha hatte problemlos wieder von erregt auf neugierig umgeschaltet.

»Mein eigentliches Ziel ist Schweden, aber da kommt man ja so leicht nicht mehr hin.«

»Schweden?«, fragte Sten ungläubig, der den Raum kurz verlassen hatte und jetzt eine Wasserflasche in der Hand hielt.

»Ja, meine Familie stammt ursprünglich aus Värmland und wir haben da noch einen winzigen Bauernhof.«

»Ich könnte dich rüberbringen, aber ohne Diesel wird das nichts. Die Strömung ist so stark, dass man nicht rudern kann und ein Segelboot fällt zu sehr auf. Wir Fischer dürfen zwar aufs Wasser, aber ohne Motorkraft. Wir fischen nur noch mit Reusen im Uferbereich. Die wenigen Fische, die wir fangen, sind so begehrt, dass wir sogar Kartoffeln und Gemüse dafür eintauschen können.«

»Nur keinen Kaffee!«, fiel ihm Bertha, immer noch untröstlich, ins Wort.

»Den hol ich jetzt«, antwortete Kjell und stand auf. »Drei Kanister Diesel habe ich übrigens auch.«

»Ich komm mit und schließ wieder auf«, mischte sich Anne blitzschnell ein. Zusammen gingen sie in die Fischhalle und Kjell holte ein ungeöffnetes Glas Pulverkaffee hervor. Dann fielen ihm noch wie gerufen eine Dose dänischer Butterkekse entgegen und er zeigte sie Anne. »Geil! Dänische Kekse aus Deutschland.« Sie kam dichter um sich die Dose näher anzusehen. Dabei drückte sie ihre junge feste Brust wie unbeabsichtigt gegen Kjells Oberarm und sah ihn dabei merkwürdig an. Kjell, der fast doppelt so alt wie Anne war, fühlte sich unwohl in dieser Situation, aber irgendwie auch geschmeichelt. Hier probiert ein junges Mädchen ihre weiblichen

Reize an ihm aus und er muss sich ganz schön zusammenreißen, dachte er verwundert. »Die nehmen wir also mit hinein!« Kjell hatte sich von der nicht unangenehmen Berührung gelöst und ging zum Ausgang.

»Wie du meinst«, antwortete Anne gespielt gleichgültig.

Als sie wieder im Wohnzimmer ankamen hatte Sten drei Schnapsgläser auf den Tisch gestellt und schenkte aus der Wasserflasche ein. »Ist zwar kein echter Aalborger, aber dafür mit Liebe gebrannt.« Er reichte Kjell ein Glas und zusammen mit Bertha stießen sie an.

»Moment bitte«, sagte Anne, während sie sich auch ein Glas aus dem dunklen Wohnzimmerschrank holte. »Bin ja wohl alt genug inzwischen!«

Bertha und Sten schauten verdutzt und Kjell musste lachen. Der Schnaps glitt weich wie Öl durch die Kehle und Sten schaute erwartungsvoll auf seinen Gast.

»Jaa – ich bin mir nicht ganz sicher - vielleicht.« Kjell machte eine übertriebene Kaubewegung und schaute schräge nach oben. Sten schüttelte den Kopf und schenkte noch einen ein.

»Doch! Jetzt bin ich mir sicher, der ist um Klassen besser als der Aalborger.«

Alle zusammen brachen in ein erlösendes Gelächter aus und Bertha bat Kjell auf einem wuchtigen Sofa Platz zu nehmen. Der Couchtisch war bereits gedeckt und in der Küche pfiff der Wasserkessel. Kjell drehte den Verschluss des Pulverkaffees auf und stellte die

Keksdose hinzu, doch Bertha kam schon mit einem verführerisch duftendem Topfkuchen aus der Küche. Anne folgte ihr mit dem Wasserkessel und schenkte alle Tassen voll, dann brachte sie den Kessel eilig zurück und setzte sich schnell zu Kjell auf das Sofa. Ihre Arme berührten sich und Kjell rückte etwas zur Seite. Sie rückte nach. Bertha und Sten beobachteten die Frühlingsgefühle ihrer Tochter missbilligend.

»Vermutlich möchtest du schon bald rüber nach Schweden?«, fragte Sten mit einem nicht zu verbergenden Hintergedanken.

»Stimmt! Der Weg nach Värmland ist weit und ich bin gespannt auf den Zustand des Hofes.«

»Und die Sommer sind kurz und dann kommt der lange kalte Winter«, fügte Bertha eifrig hinzu. »Vorräte dürften ja wohl auch keine vorhanden sein«, grübelte sie weiter. »Also müsstest du im nächsten Monat spätesten Kartoffeln und Gemüse anbauen, sonst fällt die Ernte für dieses Jahr aus.«

Darüber hatte Kjell noch gar nicht nachgedacht und so kamen wieder Zweifel an seinem Plan auf. Er hatte ja weder Saatgut noch die geringste Erfahrung in der Gartenarbeit. Vielleicht könnte er einige seiner Goldtaler für eine Art Starterpaket eintauschen. Wenn denn Gold überhaupt als Tauschwährung in der tiefsten Provinz anerkannt wurde. Man konnte es schließlich nicht essen.

Bertha hatte die Zweifel in Kjells Gesicht erkannt und wollte ihn aufmuntern. »In Schweden sind die Wälder voller Beeren und

Pilze, die Seen voller Fische und Fleisch liefert die Natur auch. Wir kommen mit unseren Fischen ja auch gut zurecht.«

»Stimmt! Es wird schon werden und ich möchte tatsächlich so schnell wie möglich weiter.«

»Gegen Morgen wird es auf dem Wasser immer etwas neblig und diese Zeit müssen wir nutzen.« Sten holte eine Landkarte hervor und deutete auf die zu nehmende Route. »In dieser Bucht gibt es keine Häuser am Ufer und zum nächsten Weg ist es auch nicht weit. Gegen Mitternacht bringen wir alles, was mit soll, ins Boot. Bis dahin kannst du in Ruhe sortieren und auswählen. Viel passt ja nicht auf so ein Fahrrad. – Und was wird mit dem Rest?« Sten schaute fragend.

»Bleibt alles hier – wenn es euch nichts ausmacht. Mit dem Auto kann man zwar nicht mehr viel anfangen, aber die Vorräte könnt ihr sicher gebrauchen. Und Diesel habe ich auch noch zwei Kanister.«

»Abgemacht«, antwortete der Fischer sichtlich erfreut über das lukrative Geschäft.

Nach dem Kaffee schloss Sten die Fischhalle auf, ließ Kjell hinein und ging wieder ins Haus. Anne kam nicht mit. Sicher hatte sie Anweisungen von der Mutter bekommen.

Das Fahrrad auf dem Dach war unversehrt und er baute zunächst die Packtaschen an. Auch für die Vorderräder gab es welche. Die Ausrüstung seines Vaters war von hoher Qualität und es fand sich alles, was man für eine zünftige Radtour benötigte. Leider hatte er seinen Vater auf keiner der vielen Touren begleitet, stattdessen nur spöttisch über dessen grünen Spleen gelästert. So kostete es jetzt viel Zeit um die richtigen Sachen auszuwählen. Seine erste Probefahrt im Hof glich daher auch eher einem Eiertanz auf dem Fahrrad. Das Rad war hoffnungslos überladen und dadurch völlig instabil. Die beiden Zwillinge schlichen sich neugierig heran und lachten sich schlapp.

»Ist ja schlimmer als ein Containerschiff zu beladen«, fluchte Kjell. Beim dritten Versuch war dann alles ausbalanciert. Seinen Goldschatz hatte er im Wanderrucksack untergebracht, den er auf dem Rücken tragen wollte.

Es dämmerte bereits als Bertha ihn zum Abendbrot rief. Die ganze Familie saß bereits am Küchentisch. Anne zwischen ihren Eltern. Es gab herrliches Dorschfilet, Kartoffeln und Salat. Der Salat schmeckte eigentümlich bitter. Bertha hatte Kjell beim Essen des Salates genau beobachtet.

»Löwenzahn«, sagte sie grinsend. »Die jungen Blätter sind besonders zart. Vielleioht ein guter Tipp für deinen Einstieg als Selbstversorger. Das Zeug wächst, glaube ich, überall auf der Welt von selber.«

»Kannst mein Grünfutter auch bekommen«, sagte Sten, der nur Kartoffeln und Fisch angerührt hatte. Dann holte er eine kleine Schachtel hervor. »Damit kommt ein richtiger Mann immer über alle Notzeiten.« Er lachte und klopfte Kjell freundschaftlich auf die Schulter.

Kjell öffnete die Tüte und fand darin eine kleine Spule mit Angelsehne, eine Korkpose, einige Bleikügelchen und mehrere Angelhaken.

»Danke, das ist ja mal wirklich ein nützliches Geschenk! Genau so sah meine erste Angelausrüstung als Kind aus.«

»Nach dem Essen sollten wir uns ein Stündchen hinlegen«, sagte Sten jetzt wieder ernsthafter. »Die Nacht wird lang und wir müssen auf der Hut sein. Keine Ahnung was passiert, wenn sie uns erwischen,«

Kjell hatte einige Kisten von der Rückbank genommen, den Sitz auf die Liegestellung gedreht und döste mehr als er schlief. Was hatte sich sein Leben in so kurzer Zeit verändert. Noch vor wenigen Tage war die Bank seine Heimat gewesen. Alle hatten sie geglaubt, dass der Spuk sich schnell verziehen würde. Krisen hatte es viele gegeben. Zuletzt häuften sie sich zwar erschreckend, aber in ihrer Überheblichkeit war kein Platz für so dunkle Zeiten, wie sie nun hereingebrochen waren. Gut, schwere Unruhen im Nahen Osten, in Afrika und in Südamerika, aber doch nicht Europa!

Der Zusammenbruch der gesamten Schwerindustrie aufgrund von Rohstoffmangel brachte dann den richtigen Schock. Völliger Stillstand in allen Bereichen. Südeuropa wurde dazu von einer einzigartigen Völkerwanderung heimgesucht. Die Massen wälzten sich förmlich durch Italien und Spanien und würden trotz ausgefallener Verkehrsmittel schon bald den Norden erreichen.

Wie es jetzt wohl in Hamburg aussah? Neugierig schaltete er das Autoradio ein. Der UKW-Bereich war komplett gestört. Nur ein

Pfeifen und Rauschen war zu hören. Er suchte weiter und fand sogar einen deutschsprachigen Sender, der vermutlich als Notsender fungierte. Die Instrumentalmusik wurde immer wieder für einen Aufruf der Regierung unterbrochen. Die Kanzlerin höchst persönlich versuchte beruhigend auf das Volk einzuwirken. Die Lage sei schwierig, aber es würde alles Menschenmögliche getan um die Versorgung der Bevölkerung zu verbessern. Die zunehmenden Plünderungen und Überfälle würden sie aber zu einer nächtlichen Ausgangssperre zwingen, die mit allen Mitteln durchgesetzt werde. Kjell schaltete das Gerät wieder aus und versuchte es mit dem Handy, bekam natürlich kein Netz. Trotzdem würde er das kleine Ding mitnehmen, denn so hatte er wenigstens einen Kalender. Und vielleicht würde es ja irgendwo oder irgendwann wieder funktionieren. Gut, dass er sich vor ein paar Monaten dieses Outdoor-Handy mit Solarzellen gekauft hatte.

Ein leichtes Klopfen an der Seitenscheibe weckte ihn aus seinem Kurzschlaf. Es war Sten, der ihm mit einem Wink zu verstehen gab, dass die Beladung des Bootes beginnen sollte. In jeder Hand einen Kanister Diesel tragend ging er vorweg. Kjell folgte ihm mit dem Fahrrad. Die Sachen waren schnell verstaut und der Bootstank gut gefüllt. Zusammen betätigten sie die große Handkurbel an der Seilwinde und das Boot glitt langsam über zwei Schienen ins Wasser. Obwohl sie sehr langsam kurbelten quietsche es doch gut vernehmbar und Kjell schaute sich besorgt um. Es blieb aber ruhig in der kleinen Siedlung und nirgends leuchtete auch nur ein Licht auf.

»Die Nachbarn sind eingeweiht«, beruhigte ihn Sten. »Sonst wären die längst aufgeschreckt. Selbst im Tiefschlaf hört ein Fischer sofort, wenn sich jemand an seinem geliebten Kahn zu schaffen macht.«

Das Boot dümpelte endlich im Wasser und kleine Wellen schlugen rhythmisch gegen die Bordwand. Der Himmel war sternenklar und auf der schwedischen Seite leuchteten flackernd einige wenige schwache Lichter, die sich im Wasser spiegelten.

»Wir müssen auf den Morgennebel warten«, sagte Sten knapp und ging zurück ins Haus. Kjell nahm die Isomatte vom Rad, breitete sie im Sand aus und setzte sich darauf. Seine Gedanken wanderten gemeinsam mit seinem Blick nach Schweden. Was würde ihn da drüben erwarten?

Plötzlich tauchte hinter einer Landzunge ein hell erleuchtetes Schiff auf. Ein Suchscheinwerfer glitt über das Wasser und der Lichtkegel wanderte das Ufer entlang. Kjell glitt gerade noch rechtzeitig hinter einen Rosenbusch und drückte den Kopf fest in den Sand. Als er den Kopf wieder erhob, war er nicht mehr allein. Neben ihm lag Anne und grinste. »Keine Sorge, die kommen nur einmal pro Nacht! Haben vermutlich auch kaum noch Sprit.« Sie blieben nebeneinander liegen und Anne rückte ihm wieder auf die Pelle.

»Wollen wir durchbrennen«, fragte sie leise. »Ich kann mit dem Boot umgehen.«

»Und das Boot deines Vaters lassen wir in Schweden?«

»Das können die ja morgen holen. In deinem Auto ist ja noch ein dritter Knister mit Diesel.«

Kjell schüttelte ungläubig den Kopf. »Ich bin viel zu alt für dich und die Sache ist auch viel zu gefährlich.«

»Mit dir habe ich keine Angst«, antwortete sie und legte ihren Arm um Kjells Schultern. Er strich ihr lächelnd über die dunklen Haare und sagte übertrieben ernsthaft: »Schluss mit dem Unfug! Dieser Film findet einfach nicht statt.« Gleichzeitig war er aufgestanden und ging Richtung Boot. Sie lief ihm nach und warf sich ihm an den Hals. Ihr Kuss schmeckte nach reifen Himbeeren und er erwiderte ihn kurz. Dann schob er sie sanft zurück. »Besser du schleichst dich wieder rein, dein Vater kommt sicher gleich.«

»Dann komm ich eben nach«, antwortete sie trotzig und ging zurück zum Haus. Kjell atmete tief durch und schaute dann erleichtert aufs Meer. Das Wachboot war nicht mehr zu sehen und über dem Wasser tauchten erste Nebelschwaden auf.

Wenige Minuten später waren die Schwaden zu einer Wand geworden und waberten bis an das Ufer. Die Haustür ging auf und die Fischerfamilie kam zum Ufer. Nur die Zwillinge schliefen vermutlich. Bertha und Anne hatten Tränen in den Augen als sie ihn zum

Abschied umarmten. Anne puffte ihn unbemerkt mit der Faust in den Rücken. Sie war wütend und traurig zugleich.

»Lange nicht benutzt worden«, sagte Sten erklärend als der Motor nicht gleich anspringen wollte. Beim dritten Versuch begann er zu tuckern. Anne löste die Leine und warf sie ihnen zu. Nur wenige Augenblicke konnten sie das Winken der beiden Frauen beobachten, dann verschluckte der dichte Nebel alles. Schweigend schauten sie in Richtung Schweden. Ab und zu blickte Sten auf einen kleinen Kompass. Die Richtung musste er aber nicht korrigieren, sein Instinkt führte ihn sicher. Das Tuckern des Motors war einem schnellen Rattern gewichen. Sicher waren sie meilenweit zu hören, aber in der dicken Brühe war vermutlich die genaue Ortung des flachen Bootes selbst mit einem Radargerät unmöglich. Den kleinen Mast mit einem Reflektor an der Spitze hatte Sten vorsorglich entfernt.

»Meine Kleine scheint ja einen Narren an dir gefressen zu haben«, sagte Sten plötzlich wie aus heiterem Himmel. Sie waren schon eine ganze Weile unterwegs und hatten bis dahin geschwiegen. Als Kjell nicht gleich antwortete steckte er sich eine Pfeife an.

»Stimmt wohl«, antwortete Kjell zaghaft. »In dem Alter verlieben sich die Mädels schnell und sind zu allem fähig und kaum aufzuhalten.«

»Wie meinst du das?«

»Besser, ihr versteckt den Diesel für ein paar Tage.«

Sten grinste und holte einen Flachmann aus seinem dunklen Mantel. Die wasserdichte, aber mit breiten Leuchtstreifen versehene Fischerkluft hatte er bewusst nicht angezogen. Nachdem er den Schraubverschluss geöffnet hatte, reichte er die Flasche hinüber. Kjell nahm einen Schluck und gab sie zurück. Sten trank den Rest und sagte erleichtert: »Bist in Ordnung mein Junge.«

Der Sand knirschte leicht unter dem Rumpf des Fischerbootes. Kurz zuvor hatte Sten den Motor gedrosselt, obwohl außer Nebel nichts zu sehen war. Mit traumwandlerischer Sicherheit hatte er die anvisierte Bucht präzise angesteuert. Gemeinsam luden sie Fahrrad, Packtaschen und Rucksack aus dem Boot. Kjell musste sich die Schuhe ausziehen, während Sten in langschäftigen Gummistiefeln an Land watete. Das Wasser war noch empfindlich kalt und machte ihn hellwach. Etwas unsicher blickte er sich um, konnte aber nichts außer dem Sand vor den Füßen erkennen.
»Geh in diese Richtung.« Sten deutete schräge in den Nebel hinein. »Nach etwa hundertfünfzig Metern kommt ein schmaler Fußweg direkt zu einem Parkplatz für Badegäste. Hinter dem Parkplatz liegt die Landstraße. Sie führt zwar genau in deine Richtung, du solltest aber nicht zu lange auf der Uferstraße bleiben, denn damit machst du dich sicher nur verdächtig. Biege besser an der nächsten Kreuzung nach rechts und fahr ein paar Kilometer landeinwärts.«

Die beiden Männer umarmten sich herzlich und Sten klopfte Kjell kräftig auf die Schultern.

»Danke für alles und komm gut wieder rüber!«

Sten saß schon wieder am Ruder, schaltete den Rückwärtsgang ein und drehte den Motor voll auf. Zunächst rührte sich das schwere Boot nicht und Kjell schob mit aller Kraft am Bug. Ein kurzes Knirschen und es war frei. Nach wenigen Metern schlug Sten das Ruder hart herum und wechselte in den Vorwärtsgang. Dann winkte er noch einmal und rief: »Du musst dich beeilen! In einer halben Stunde wird es hell.«

Kjell winkte zurück und bemerkte jetzt auch, dass der Nebel dünner geworden war. Wie aus dem Nichts lag plötzlich auch ein großer Felsen am Strand. Er setzte sich darauf und zog Schuhe und Strümpfe wieder an. Irgendwie kam ihm die ganze Situation völlig grotesk vor. Vor ein paar Tagen hatte er noch eine Eigentumswohnung, einen Geländewagen und saß im zwölften Stock einer Großbank. Nun saß er mutterseelenallein an einem schwedischen Strand und seine ganze Habe passte in die Packtaschen eines Fahrrades. Er wollte sich gerade in den Arm kneifen um diesen dämlichen Traum zu beenden, da blitzten einige Sonnenstrahlen durch den Nebel und mahnten ihn zur Eile. Er blickte sich um und vor ihm lagen noch mehr Steine und dahinter ein dünner Kiefernwald. Ein Schild wies die Richtung zum Parkplatz. Die schmalen Reifen des Fahrrades mahlten sich in den weichen Sand und er hob und zog bis die ersten Schweißtropfen von der

Stirn über die Augen liefen. Als er den Parkplatz erreichte, war der Nebel verschwunden und die Sonne schon etwas höher gestiegen. Es schien ein schöner Tag zu werden.

Die Straße war asphaltiert und er kam gut voran. Wie Sten ihm geraten hatte, bog er ins Landesinnere ab und holte seine Schwedenkarte erst vor, als bereits einige Kilometer hinter ihm lagen. Die Karte hatte er ebenfalls aus den Beständen seines Vaters. Vom Maßstab her fehlten zwar viele kleinere Wege, aber parallel zur E6 führte eine alte Landstraße nach Norden. Er zählte die Entfernungsangaben zwischen den einzelnen Städten zusammen und kam auf gut 600 Kilometer. Auf seinen Nebenwegen sicher einiges mehr. »Denn man los!«, munterte er sich selber auf und radelte weiter.

Die Gegend war stark landwirtschaftlich geprägt und ähnelte fast der Struktur Schleswig-Holsteins. Felder und Wiesen wechselten sich ab, größere Wälder gab es keine. Wobei auch hier die Felder einen trostlosen, unbewirtschafteten Eindruck machten. Erst als er ein Dorf erreichte wurde es anders. Die ersten Bewohner waren bereits auf den Beinen und machten sich auf provisorisch parzellierten Flächen zu schaffen. Sie arbeiteten monoton und ohne jede Freude an der Tätigkeit. Wegen des sonderbaren Radfahrers blickten sie nur kurz auf.

In fast gleichen Abständen tauchten einzeln stehende, größere landwirtschaftliche Betriebe auf. Lediglich in unmittelbarer Umgebung dieser Höfe sah man Vieh auf den

Weiden. Die Angst vor Diebstahl war sicher der Grund.

Ein paar Kilometer weiter fiel ein frisch gepflügter Acker auf, nicht besonders groß, aber im Gegensatz zu den sonst verunkrauteten Flächen weckte er Kjells Interesse. Besonders das Pferdegespann aus zwei stämmigen Tieren vor einer Art riesiger Harke auf der der Bauer stand und sich mitziehen ließ. Sollte diese altmodische Art der Landwirtschaft die Zukunft sein? Könnte man so ein Millionenvolk ernähren? Kjell sah sich schon mit Pferd und Wagen auf seinem kleinen Hof in Timbonäs herumfahren. Woher aber solche Pferde nehmen und woher all die dazugehörigen Wagen und Geräte? Mit etwas Glück wären vielleicht noch ein paar alte Gartengeräte vorhanden.

Während er weiterfuhr, tauchte das Bild eines geplünderten und halb abgebrannten Hofes vor ihm auf und ließ ihn sofort stärker in die Pedale treten.

Die Anzeige des kleinen Tachos am Fahrrad sprang gerade auf vierzig Kilometer, als vor ihm gleichzeitig mehrere Fußgänger und ein Radfahrer auf der Straße entgegen kamen. An Rucksäcken und Körben, in denen alle möglichen Dinge lagen, war ihre Absicht leicht zu erkennen. Sie wollten Lebensmittel eintauschen oder verkaufen. Kjell hatte vor ein paar Monaten einen Filmbericht aus der Zeit nach dem 2. Weltkrieg gesehen. Aus irgendeiner Ahnung heraus hatte er nicht sofort umgeschaltet; stattdessen brachte der Bericht ihn dazu, sich einen Lebensmittelvorrat anzulegen. Bei dem

Gedanken an Lebensmittel bekam er sofort Hunger.

Der Radfahrer grüßte sogar, als sie sich begegneten, während die Fußgänger nur neidisch auf sein Fahrrad sahen. Kjell ließ die rechte Hand über die Jackentasche gleiten. Die Pistole darin ließ ihn erleichtert durchatmen. Als in der Ferne erneut eine Menschengruppe auftauchte, bog er genervt von der Landstraße ab. Die Stadt Ängelholm konnte nicht mehr weit sein und ein Umweg war wohl mehr als angebracht.

Das Land wurde hügeliger und erste Wälder tauchten auf. Der Horizont schien sogar nur aus Wald zu bestehen. Im Schutze eines kleinen Wäldchens gönnte Kjell sich die erste größere Pause. Gegenüber lag ein großer Golfplatz, den anscheinend niemand mehr benötigte. Die ehemals penibel gepflegten Rasenflächen waren mit hellen Grasinseln des Vorjahres gesprenkelt. Das junge, dunkelgrüne Gras zehrte vermutlich noch von den reichlichen Düngergaben aus besseren Zeiten. Was für eine dekadente Gesellschaft hatte sich diese Verschwendung ausgedacht? Kjell musste grinsen. Begann in seinem Kopf schon eine andere Denke zu wirken? Er war doch selber ein paar Mal zum Golfen gewesen. Allerdings nur geschäftlich, denn dieser stupide Sport hatte ihm nichts gegeben.

Auf der ausgebreiteten Isomatte streckte er sich behaglich aus. Der Hintern tat ihm gehörig weh und auch seine untrainierten Beinmuskeln schmerzten. Seine Mahlzeit aus Knäckebrot und Dauerwurst war zwar nicht üppig, aber der Gaskocher bestand seinen ersten Geländetest, obwohl es windig geworden war, und erwärmte das Kaffeewasser in kurzer Zeit. Den heißen Becher in der Hand studierte Kjell die Karte. Mindestens vier oder fünf Tage würde er bis Timbonäs brauchen. Wenn alles gut lief. Die Vorräte sollten ausreichen, nur mit dem Wasser würde es knapp werden. Mit etwas Glück wäre er aber spätestens morgen in einem Gebiet mit halbwegs klaren Flüssen und Seen.

Der Anblick eines reinen Waldgebietes hatte getäuscht. Die Bauernhöfe waren zwar viel kleiner als im flachen Küstengebiet und die dazugehörigen Felder und Wiesen schmiegten sich malerisch dazwischen, aber von einem Hof zum anderen war es nie weit. Einen abgeschiedenen Platz für ein Nachtlager zu finden würde wohl nicht einfach werden. Dazu wurde es immer hügeliger und Kjell begann steilere Abschnitte zu schieben, was seinem Hintern auch sehr gut bekam. Die neue Taktik reduzierte zwar seine Geschwindigkeit, ermüdete aber auch wesentlich langsamer. Er beschloss daher, bis in den späten Abend hinein zu fahren. Richtig dunkel wurde es um diese Jahreszeit ohnehin nicht.

Gegen Mitternacht erreichte er einen großen See, der auf der Karte als Bolmen bezeichnet wurde. Die Abstände zwischen den Bauernhöfen waren beträchtlich angewachsen.

Der felsige Untergrund erlaubte hier kaum noch Feldwirtschaft. Auf den Weiden lagen, wie von Riesenhand verstreut, zahlreiche behäbige Felsen, in deren Schutz sich Birken oder Kiefern angesiedelt hatten. Die reinste Bullerby-Landschaft dachte Kjell, und seine Kindheitserinnerungen flackerten wieder auf. In Timbonäs sah es ähnlich aus.

Als der kleine Schotterweg sich einem Ausläufer des Sees näherte und weit und breit keine menschliche Siedlung zu sehen war, schob er sein Rad zum Ufer hinunter und ließ sich an einer nicht einsehbaren Stelle nieder. Auf einer weit entfernten Landzunge drang schwacher Lichtschein durch ein Fenster. Vermutlich ein bewohntes Sommerhaus. Während der letzten Kilometer hatten sich diese roten Häuschen immer dann gezeigt, wenn ein See in der Nähe war. Mit ihren weißen Zierbrettern an Fenstern, Türen und Hausecken wirkten sie richtig gemütlich. Trotz der idyllischen Lage waren fast alle unbewohnt, denn ihnen fehlte eine beackerbare Fläche. Der Boden war felsig, uneben und von dichtem Wald bestanden.

Auf dem Gaskocher bereitete Kjell sich eine Erbsensuppe aus einer der drei Dosen zu, die er wegen ihres Gewichtes nur mitgenommen hatte. Die leichten Tütensuppen waren besser zu transportieren und sollten als eiserne Reserve dienen. Die geöffnete Dose hatte er einfach direkt auf den Kocher gestellt und löffelte den köstlichen Inhalt schon aus, bevor dieser überhaupt richtig heiß war. Danach gönnte er sich einen kleinen Schluck aus seiner einzigen

Whiskyflasche und spürte sofort eine zufriedene Müdigkeit. Der Himmel war klar und er verzichtete auf das Zelt. Die Isomatte war schnell ausgerollt und im Schlafsack war es richtig gemütlich. Obwohl ihm seine Wehrlosigkeit während des Schlafes Sorgen zunächst bereitete, schlief er dann doch tief und fest.

Feuchtkalte Nebelschwaden strichen über sein Gesicht, sodass winzige Wassertropfen seine jungen Bartstoppeln und die Augenbrauen durchnässten. Ein kalter Schauer weckte ihn unsanft. Die Kälte kroch regelrecht vom Seeufer bis in seinen Schlafsack. Schlagartig wurde ihm klar, dass sein Lagerplatz, direkt am Ufer, wohl völlig ungeeignet war. Kälte zieht immer nach unten und eine offene Wasserfläche verstärkt die Sache noch, fiel ihm ein.

»Das Lagerleben muss ich wohl noch üben«, begann er ein morgendliches Selbstgespräch, während er sich schnell wieder anzog und mit hüpfenden Bewegungen versuchte, die klammen Glieder zu erwärmen.

»Hoffentlich sieht mich hier keiner. Die würden mich glatt für Rumpelstilzchen halten, so wie ich hier herumspringe.«

Der Frühsport weckte nicht nur seine Muskeln, sondern auch einen in diesen Ausmaßen nie gekannten Muskelkater. Besonders die verhärteten Waden schmerzten fürchterlich. An den Hintern mochte er gar nicht erst denken.

»So eine Radwanderung ist wohl nichts für einen Sesselfurzer wie mich«, setzte er seine einsame Unterhaltung fort und holte die Wasserflasche vor, um sich einen heißen Tee zu machen. Die Flasche war bereits halb leer, aber an das Wasser aus dem See traute er sich nicht. Bei einem kleinen Bach oder Fluss hätte er keine Bedenken. Das Problem wird sich sicher irgendwie von selber lösen, dachte er zuversichtlich und zündete den Kocher an.

In die gefütterte Wetterjacke seines Vaters gehüllt und die Hände am heißen Teebecher, wurde ihm schon wesentlich wohler. Der Nebel verzog sich langsam und machte den Blick auf einen wolkenverhangenen Himmel frei, aus dem auch unverzüglich die ersten Tropfen fielen.

»So habe ich mir die Lösung des Wasserproblems aber nicht vorgestellt«, schimpfte Kjell und rollte hastig den Schlafsack zusammen. »Hoffentlich sind die Taschen wasserdicht«, grübelte er beim Packen. »Klar sind die dicht, du Blödmann, dein Vater war doch nicht so ein Laie wie du!«

Während er versuchte seinen Hintern wieder an den schmalen Tourensattel seines Rades zu gewöhnen, gaben sich die Wolken richtig Mühe sein Wasserproblem zu lösen. Dazu kam eine steife Brise auf und die Regentropfen massierten kräftig seine Wangen. Regenjacke und Regenhose hielten dicht, aber in seinen Schuhen schwabbelte das Wasser. Wärmer wurden die Füße dadurch auch nicht. Die Landkarte mochte er gar nicht erst hervorholen und so fuhr er gute zwei Stunden im ergiebigen Regen umher, ohne eigentlich zu wissen wohin. Wieder näherte sich der Weg einem See, der vermutlich noch immer Bolmen hieß und ein einsames Sommerhaus tauchte zwischen den Bäumen auf. Die große, überdachte Terrasse ließ Kjell stoppen, denn sie versprach einen trockenen Platz. Die Terrassentür war eingeschlagen und halb geöffnet. Auch das Tor einer hölzernen Garage war aufgebrochen worden.

Die Kieselsteine der Zufahrt knirschten unter den Fahrradreifen, während er sich vorsichtig näherte. Nichts rührte sich im Haus.

»Hallo, ist da jemand?«, rief er durch die Terrassentür ins Haus. Keine Antwort. Dann polterte es kurz und eine schwarze Katze sauste mit eingezogenem Schwanz an ihm vorbei in den Garten. Kjell war vor Schreck zusammengezuckt und einen Schritt zurückgetreten. Dann wagte er sich hinein und erblickte ein völlig verwüstetes Wohnzimmer. Die Schubladen der Schränke waren herausgerissen und alles lag wild verstreut umher. Vom Wind hereingewehtes Herbstlaub deutete darauf hin, dass das Haus seit Langem nicht genutzt worden war. Er schaute sich die Küche an, aber auch hier war alles Brauchbare geplündert worden. Der Anblick bedrückte ihn schwer. Wie würde es in Timbonäs aussehen? Vermutlich nicht besser. Er setzte sich auf einen Stuhl am großen Wohnzimmertisch und blickte, den Kopf auf seine rechte Hand gestützt, gedankenversunken ins Leere.

Ein kleiner Brennholzvorrat neben dem offenen Kamin erregte seine Aufmerksamkeit. Schnell holte er das Fahrrad auf die Terrasse. Da stand es trocken. Mit den Streichhölzern aus der

Packtasche und im Haus verstreut herumliegenden Zeitungen hatte er schnell ein wärmendes Feuer entzündet. Die Schuhe wurden mit Zeitungspapier vollgestopft und dicht am Feuer platziert. Wenig später lag die Landkarte ausgebreitet auf dem Tisch und daneben stand die Whiskyflasche. Sie war viel zu schwer um sie sinnlos durch die Landschaft zu transportieren, redete er sich ein. Und wenn sie leer war, würde er ohnehin so schnell keinen mehr bekommen. Warum also sparsam sein?

Der Whisky tat richtig gut und das Feuer hatte seine Schuhe schnell getrocknet. Fast wären sie ihm angebrannt, so dicht hatte er sie an den Kamin gestellt. Es war sein einziges Paar, und ob es noch irgendwo neue Schuhe gab, war recht zweifelhaft. Wenn die Lage sich nicht irgendwann wieder bessern würde, dann dürften wohl sehr schnell noch ganz andere Sachen knapp werden. Der Gedanke daran munterte nicht gerade auf und er widmete sich wieder der Landkarte. Zumindest hier gab es einen Lichtblick. Er war auf dem richtigen Weg.

Plötzlich hörte er ein Motorengeräusch. Vom Klang her kein Trecker, sondern eher ein Personenwagen. Das Fahrzeug kam schnell näher und Kjell hoffte, dass er nicht bemerkt wurde. Die bunten Packtaschen seines Rades waren sicher nicht zu übersehen.

Der in Flecktarn gespritzte Pick-up war jedoch viel zu schnell. Die in Militäruniformen gekleideten Soldaten im Fahrzeug blickten stur geradeaus. Die Ladefläche war voll beladen und mit einer flatternden Plane bedeckt. Kjell blickte ihnen bis zur nächsten Kurve nach und packte dann eilig seine Sachen. Irgendwie wurde ihm in dem fremden Haus etwas mulmig und der Gedanke an seinen kleinen Hof trieb ihn wieder an. Sein kleiner Hof? Fast zwei Jahrzehnte war ihm das Anwesen völlig wurscht gewesen und jetzt dachte er plötzlich an „seinen kleinen Hof"? Er staunte über seinen schnellen Sinneswandel und machte sich auf die Weiterreise. Der Regen hatte nachgelassen, nur der stramme Wind bremste ihn etwas aus. Der Hintern machte auch noch Probleme, aber die Waden hatten sich wieder eingestrampelt.

Am Nachmittag zeigte sich sogar die Sonne wieder und die wärmenden Strahlen erhellten seine düstere Stimmung. Auf einer kleinen Anhöhe, die er hinaufgeschoben war, stand direkt am Wege ein zweigeschossiges Haus, zur Abwechslung einmal in sonnigem Gelb. Im direkt angrenzenden Garten arbeitete ein älteres Ehepaar. Sie bemerkten ihn erst, als er am Gartenzaun entlang schob. Zunächst erschraken sie heftig, grüßten dann aber freundlich mit dem in Schweden üblichen »Hej«. Kjell erwiderte den Gruß im Vorbeigehen. Dann erblickte er vor dem Haus eine Schwengelpumpe und sein geringer Trinkwasservorrat fiel ihm wieder ein. Er schob wieder zurück und fragte zögerlich auf Deutsch: »Ist es vielleicht möglich, etwas Wasser zu bekommen?«

Die beiden Alten blickten sich skeptisch an. Dann nickte die Frau ihrem Mann zu.

»Gerne, die Pumpe steht dort drüben«, antwortete der Mann in fließendem Deutsch.

»Leitungswasser haben wir sonst auch, aber ohne Strom?« Er deutete auf die Handpumpe, ging dann zum Gartentor und ließ Kjell hinein. »Das Wasser im Brunnen ist sauber. Die Pumpe für das Leitungswasser ist auch hier drin.«

»Vielen Dank«, antwortete Kjell höflich und begann den Schwengel zu bewegen..

»Einen Moment, so wird das nichts!« Der Mann nahm einen neben der Pumpe stehenden Plastikeimer mit Wasser und füllte etwas davon in den Pumpenzylinder. Kjell pumpte weiter und sofort begann es im Pumpengehäuse zu glucksen. Bei der nächsten Bewegung strömte das klare Wasser hervor und in die darunter gehaltene Flasche.

»Diese Pumpen muss man immer angießen. Besonders wenn sie so alt sind wie wir.« Ein breites Grinsen zeigte sich im faltigen Gesicht des einst wohl stattlichen Mannes.

»So alt können Sie doch gar nicht sein, wenn man sieht, wie sie den riesigen Garten bewirtschaften.« Kjell hatte sich inzwischen umgesehen und interessiert die anscheinend von Hand umgegrabene Fläche bewundert. An einem kleinen Hang daneben lag eine ebenso große Obstwiese. Auf der Grasfläche darunter suchten einige Hühner emsig nach Futter.

»Hast du eine Ahnung, mein Junge, wie das auf die morschen Knochen geht.« Er drückte demonstrativ seinen Rücken gerade. »Wir hatten in das Gemüseland gerade letztes Jahr Gras eingesät und wollten es unsere letzten Jahre etwas gemütlicher angehen lassen. Dann kam im Winter diese Wirtschafts- oder Bankenkrise oder wie man diesen Mist auch sonst nennen soll. Als dann auch noch die Regale im Supermarkt immer leerer wurden, war klar, dass der Rasen wieder weg muss.«

»Wie kommt es, dass Sie so gut deutsch sprechen«, fragte Kjell neugierig.

»Ich bin Deutscher, meine Frau ist Schwedin. Nach dem Zweiten Weltkrieg, als in Deutschland alle hungerten, da bin ich abgehauen und hier gelandet. Daher weiß ich auch was Krise und Hunger bedeuten können. Zum Glück habe ich ja hier günstig eingeheiratet.« Er zwinkerte mit dem linken Auge und zeigte wieder sein breites Grinsen.

Seine Frau, die bis dahin weitergearbeitet hatte, blickte jetzt neugierig und etwas skeptisch auf.

»Ich glaube, ihre Frau versteht auch etwas Deutsch«, antwortete Kjell lachend.

»Stimmt«, erwiderte der Mann und hielt sich gespielt erschrocken die rechte Hand vor den Mund.

Kjell hatte inzwischen seine Wasserflasche wieder zugeschraubt und sie gingen zusammen zum Gartentor. Der alte Mann schaute sich das vollgepackte Fahrrad an und fragte dann stirnrunzelnd: »Für eine Radtour hat du dir aber eine ungünstige Zeit ausgesucht. Gefährlich dürfte es auch werden.«

»Warum gefährlich?«

»Unsere Kinder fliehen gerade aus Göteborg. Da tobt der Wahnsinn! Hoffentlich kommen sie bis zu uns durch.«

»Funktionieren denn hier noch die Telefone«, fragte Kjell ungläubig.

»Nein, schon seit zwei Monaten nicht mehr, aber Bekannte haben uns eine Nachricht mitgebracht. In den Straßen gibt es Schießereien und auch schon viele Tote. Die Menschen hungern und rauben sich gegenseitig aus.« Nach einem Augenblick ergänzte er nachdenklich: »Hoffentlich kommen die nicht alle aufs Land. Gott sei Dank ist es ein langer Weg zu uns und ohne Sprit kommen sie vielleicht nicht so weit.«

»Wünsche ihnen jedenfalls viel Glück«, rief Kjell, der schon aufgestiegen war und winkend weiterradelte. Die beiden Alten blickten ihm nach, bis er hinter dem Hügel verschwunden war.

Am späten Nachmittag hatte er die Höhe von Göteborg erreicht, und obwohl er sich weit landeinwärts hielt, nahm die Besiedlungsdichte wieder zu. Hier musste er irgendwie durch. Das Umfahren der Ortschaften kostete viel Zeit, aber er wollte so gut es ging jede Begegnung mit Menschen vermeiden. Als er um eine scharfe Kurve bog, lag plötzlich doch ein mittelgroßes Dorf vor ihm, vielleicht so an die einhundert Häuser, schätze er. In einigen Gärten wurde auch hier gearbeitet. Die Straße blieb aber zunächst leer. Nachdem das Dorf schon fast hinter ihm lag, tauchten plötzlich zwei mit Gewehren bewaffnete Männer auf. Sie brachten ihre Flinten sofort in Anschlag. Kjell stoppte sein Rad und grüßte freundlich. Vermutlich hatte er es hier mit einer Art Bürgerwehr zu tun. Einer der beiden Männer, ein wahrer Riese von Mensch und offensichtlich der Wortführer der Patrouille, fragte in barschen Ton nach so etwas wie woher und wohin. Kjell, der ihn nicht verstanden hatte, deutete einfach hinter sich und sagte: »Deutschland.« Dann zeigte er in die andere Richtung und ergänzte: »Nordkap.«

Die beiden so unterschiedlichen Gestalten blickten sich verdutzt an. Als der Riese in ein fürchterliches Gelächter ausbrach, stimmte eine Schaltsekunde später auch der andere, kleinwüchsig und schmal geratene, in das Gelächter ein.

»Nordkap«, wiederholte der Riese noch zweimal und konnte sich vor Lachen kaum halten. Während sie einfach weitergingen, hörte Kjell noch, wie der Kleine etwas von Deutsch und komisch faselte, dann fuhr er weiter. Die beiden blickten sich nicht einmal mehr nach ihm um.

Die Pistole in der Jackentasche hatte Kjell eine Sicherheit vermittelt, die er sonst vermutlich nicht gehabt hätte. Seine Geschichte mit dem Nordkap schien nicht so schlecht zu sein und sein ganzes Outfit passte ja gut dazu. Ob ihm diesen Blödsinn wohl alle selbst ernannten Hilfspolizisten abnehmen würden?

Den Großraum Göteborg hinter sich lassend, wurde es Zeit für ein Nachtlager. Auf eine Traumlage mit Seeblick verzichtete er dieses Mal und schob sein Rad einfach weit in einen dichten Wald hinein. Auf einer kleinen Lichtung machte er es sich gemütlich. Unter dem Zelt lag eine dichte Schicht Moos und versprach wohlige Wärme. Nach einer weiteren

Dosenmahlzeit aus seinem Vorrat legte er sich in den Schlafsack und schlief sofort erschöpft ein.

Die drei großen Helikopter erfüllten die Luft mit einem ohrenbetäubenden Lärm. Nicht weit vom Kanzleramt landeten sie mitten auf der vorsorglich abgesperrten Straße. Aus den Ladeluken sprangen einige Elitesoldaten und sicherten den Landeplatz. Gleichzeitig näherten sich mehrere von Motorrädern eskortierte Staatslimousinen aus Richtung Kanzleramt. Sie fuhren mit hoher Geschwindigkeit bis direkt an die Hubschrauber. Die Türen wurden aufgerissen und die Insassen von Soldaten begleitet zur Ladeluke geführt. Nach nicht einmal drei Minuten heulten die Motoren wieder auf und die riesigen Lufttransporter entschwanden in den klaren Frühlingshimmel.

»Staatsbesuch? Ist meine Rede vorbereitet? Wo geht es überhaupt hin?«

»Nur eine Übung, Oskar. Wir proben den Ernstfall und wechseln in den Regierungsbunker in der Eifel.«

»Herr Bundeskanzler! Bitte, wenn wir in der Öffentlichkeit sind.«

»Is ja gut, mein Lieber«, antwortete Waagenknecht sichtlich genervt.

Die neben den beiden sitzenden Elitesoldaten schauten sich zunächst entgeistert an und blickten dann grinsend in Richtung Bodenplatte bzw. durch die winzigen Fenster. Unten lag Berlin im Sonnenlicht. Nur die Rauchschwaden zahlreicher Brände störten das friedliche Bild. Die Hubschrauber folgten einer Autobahn, auf der wenige fahrende, aber viele abgestellte Fahrzeuge zu sehen waren.

Die Soldaten saßen stumm und mit versteinerter Miene auf einfachen Klappsitzen an den Außenwänden entlang. Zwischen den Beinen hielten sie futuristisch wirkenden Präzisionswaffen.

Außer der Bundeskanzlerin und ihrem Mann waren der Innen- und die Landwirtschaftsministerin mit an Bord. Weitere Regierungsmitglieder und einige höhere Beamte folgten in den beiden anderen Maschinen.

Root war ohne Begleitung, während der Innenminister seine Frau und seine vier Kinder mit dabei hatte. Die Kinder saßen eingeschüchtert auf ihren Plätzen links und rechts der Mutter. Um die beiden kleinsten hatte die Mutter schützend ihre Arme gelegt. Kleidung und Frisur nach stammte sie offensichtlich aus einer bürgerlichen Familie und strahlte trotz der Anspannung eine heimelige Wärme aus. Dem gegenüber wirkte der Vater mit seinem stur an die Decke gerichteten Blick kalt und berechnend. Nur seine rastlosen trommelnden Finger deuteten auf eine erhebliche Nervosität hin.

Die Landwirtschaftsministerin widmete sich einem zerbrochenen Absatz ihrer hochhackigen Schuhe und schien diesem Problem all ihre Aufmerksamkeit zu schenken. Ihr gegenüber saß ein hoher Offizier der Begleitmannschaft und schaute mit ungläubigen Augen, aber nicht uninteressiert zu.

Nach einigen Minuten begann die Ministerin sich die Oberarme zu reiben. Es war empfindlich kalt geworden und sie trug nur ein dünnes Kleid. Dazu ein winziges, farblich völlig unpassendes Jäckchen. Der weite und viel zu tiefe Ausschnitt des Kleides hatte seinen Versuch der Brust zu folgen in Höhe der unteren Rippenbögen aufgegeben. Kopfschüttelnd reichte der Offizier seinen Parka hinüber. Root starrte das Flecktarngebilde aus grobem Stoff zunächst ungläubig an, um es dann doch überzuwerfen. Dabei würdigte sie den Soldaten mit keinem Blick, der dies jedoch auch nicht erwartet zu haben schien.

Mehrere Leuchttafeln zeigten die bevorstehende Landung an. Durch die Reihen ging ein erleichterter Ruck. Kaum hatte die Maschine den Boden berührt, wurden auch schon die Motoren gedrosselt und die Ladeluke öffnete sich. Mehrere Soldaten sprangen heraus und sicherten auch hier den Landeplatz, an dessen Rand aber bereits einige gepanzerte Fahrzeuge Stellung bezogen hatten. Aus dieser Gruppe lösten sich drei Geländewagen und näherten sich den Hubschraubern. Die Fahrer stiegen aus, nahmen kurz und oberflächlich Haltung an und öffneten dann die Fahrzeugtüren. Wagenknecht schob ihren sichtlich über den Aufwand erfreuten Mann zum ersten Fahrzeug. Der Innenminister folgte, ohne sich um seine Familie zu kümmern. Das Führungsfahrzeug startete noch bevor Root es mit einem Schuh in der Hand und sichtlich verärgert erreichen konnte. In den zweiten Wagen hatte sich die Ministergattin mit ihren Kindern gezwängt und so blieb für die Landwirtschaftsministerin nur das dritte Fahrzeug. Die kleine Kolonne überquerte den provisorischen Landeplatz und wurde von dort aus durch die gepanzerten Fahrzeuge eskortiert. Der Weg führte durch ein mit hohen Fichten bestandenes Tal steil nach oben. In Abständen von ein bis zwei Kilometern gab es Straßensperren aus S-Draht, die bei Sichtkontakt blitzschnell von den Wachposten zusammengerollt wurden. Schwere Maschinengewehre hinter Sandsackbarrikaden sicherten jeden Posten.

»Wie konnte das mit dem Trittihn denn nur passieren?«

»Denke, die Root hat geschludert«, antwortete der Innenminister. »Der habe ich noch nie über den Weg getraut. Jedenfalls hat er sich kurz vor der Verhaftung in den Untergrund abgesetzt und strebt jetzt eine Räterepublik an oder so was Ähnliches. – Was er wohl auch schon immer wollte. Der Mob, der gestern auf das Kanzleramt zurollte, ist sicher auch sein Werk gewesen. Nur gut, dass die nicht an Flugabwehrwaffen gekommen sind, sonst hätten sie uns vom Himmel geholt.«

»Hoffentlich hat die Rummelpuppe nicht auch noch unser Reiseziel verraten!« Trotz Wagenknechts äußerlicher Ruhe schimmerte doch eine nicht unerhebliche Besorgnis durch.

»Für ein paar Tage sind die erst mal mit dem Plündern des Regierungsviertels beschäftigt und Trittihn sitzt bestimmt schon auf deinem Sessel.« Der Innenminister versuchte zu grinsen, aber es reichte nur für die eine Gesichtshälfte. Die andere Seite verharrte ohne jede Kontrolle als schwabbelig hängende Masse.

»Deine Witze waren auch schon mal besser, Siegmar.« Die Kanzlerin blickte bei ihrer Antwort aus dem Wagenfenster. Draußen tauchte eine kleine Bunkeranlage auf und die Wagen stoppten.

»Wir sind am Ring 1, gleich kommt das Haupttor«, erklärte der Minister.

Es dauerte länger als an den provisorischen Kontrollen unterwegs, dann aber rollten sie hindurch. Das riesige Stahltor am Eingang zum Ausweichsitz der Bundesregierung öffnete sich in einer gleichmäßigen Bewegung, um sich danach hinter den Fahrzeugen sofort wieder in Richtung Ausgangsstellung zu bewegen. Nach wenigen Metern hielten die Fahrzeuge vor einem weiteren Tor. Die Motoren wurden abgestellt.

»Wir müssen ab hier auf Elektrofahrzeuge umsteigen – wegen der Abgase.« Der Innenminister stieg aus und die Kanzlerin winkte einen Soldaten heran. Sie deutete auf ihren Mann im Wagen und der Offizier, der bis dahin bewegungslos salutierte, ging diensteifrig ans Werk. Doch die Hilfe wurde brüsk zurückgewiesen.

»Weg, ich bin doch nicht behindert!« Er schob den Soldaten mit einer Handbewegung zurück und versuchte aus eigener Kraft aufzustehen, was nach dem zweiten Versuch auch irgendwie gelang. Inzwischen war die Kanzlerin um den Wagen herumgegangen und hakte sich bei ihrem Mann ein.

»Sieh mal, mein Schatz, das gehört alles mir!« Mit großen Augen schaute er sich die riesige Eingasschleuse mit den gewaltigen Lüftungsgebläsen an, die sich gerade selbsttätig einschalteten und die Abgase der Autos absogen.

»Nicht dir, Oskar – dem Volk«, antwortete die Kanzlerin fast liebevoll.

»Die passen hier doch gar nicht alle rein.«

»Wo er recht hat, da hat er recht«, lachte der Innenminister. Jetzt mit beiden Gesichtshälften.

»Wer ist denn dieser alberne Vogel? Ich will sofort meinen Staatssekretär bei mir haben!«

»Der vertritt dich doch im Kanzleramt. Hast du doch selber so angeordnet.« Waagenknecht versuchte ihren Mann zu beruhigen, der mit seinem hochroten Kopf einem Kreislaufkollaps sehr nahe schien.

»Stimmt, hatte ich doch tatsächlich vergessen.«

Willenlos und von den Anstrengungen gezeichnet ließ er sich zu den offenen Elektrofahrzeugen führen. Wie in einem Parkhaus kurvten die lautlosen Wägelchen zwei Stockwerke in die Tiefe. Während der Landwirtschaftsministerin der Ekel über das unwohnliche Ungetüm von Bauwerk leicht im Gesicht abzulesen war, versuchte die Kanzlerin ihre steigende Beklommenheit so gut es ging zu verbergen. Sie dachte bereits weiter und das

Gefühl, in einer riesigen Falle zu sitzen, breitete sich in ihr aus. In einem Krieg, in dem die Feinde wie gewöhnlich von außen kamen, konnte dieses Betonmonstrum sicher einen gewissen Schutz bieten. Wer aber das eigene Volk zum Feind hatte, für den sah es ganz anders aus. Ihr scharfer Verstand hatte beim Anblick der Lüftungsschächte sofort die Schwachstelle der ganzen Anlage erkannt. Ohne die Soldaten um den Bunker herum könnte man ihnen schon bald die Luftzufuhr versperren. Aber wie lange würden diese Soldaten auf ihren Posten bleiben? Sicher waren sie handverlesen und liebten ihren Job über alles. Wo aber waren ihre Familien und hatten sie noch Kontakt zu ihnen? Vermutlich nicht.

Noch mehr Sorgen machte ihr allerdings Trittihn. Diese Ratte lebte doch nur für die Macht. Er war anders als alle anderen Linksextremen, die oft nur ihr eigenes Wohlergehen im Kopf hatten. Das Volk war ihm natürlich ebenso egal wie allen, aber er hatte diesen Drang zum Herrschen, wie ihn Hitler und Stalin verkörperten. Mit solchen Leuten war nicht zu spaßen. Sollte er eines Tages über die nötigen Kräfte verfügen und ihren Aufenthaltsort erfahren, was ja nicht so schwer sein dürfte, dann war sie hier in einen klassischen Hinterhalt geraten. Doch zunächst gab ihr der Bunker einen Aufschub.

Das Zentrum des Bunkers, mit dem Leitstand, den Räumen der Regierungsmitglieder und allem was zur Logistik gehörte, wurde durch ein weiteres Stahltor gesichert. Der Innenminister steckte eine Chipkarte in das dafür vorgesehene

Lesegerät und das Tor öffnete sich. Die rot geschminkten Wangen der Kanzlerin leuchteten im Neonlicht noch stärker. Das restliche, kreidebleiche Gesicht verstärkte den Eindruck zusätzlich, und als die beiden Torhälften sich hinter ihnen wieder verschlossen, schnürte es ihr die Brust zusammen. Am liebsten wäre sie gleich wieder umgekehrt.

Plötzlich spürte sie die Hand des Innenministers an ihrem Oberschenkel und gleichzeitig erkannte sie seinen gewohnt schlechten Atem in ihrem Gesicht. Sein Mund berührte fast ihr Ohr. »Mach Dir keine Sorgen, dieser Bereich hat einen geheimen Ausgang. Außer dem Bunkerkommandanten und mir kennten den nur ganz wenige Leute. Und so muss es unbedingt bleiben.«

Die wenigen Worte brachten sofort wieder Farbe in ihr Gesicht und die Beklemmungen waren verschwunden. Sie schob die Hand zurück und atmete tief durch.

Die Räumlichkeiten für Kanzlerin und Minister wiesen eine ausreichende Größe auf und machten auch sonst keinen schlechten Eindruck. Waagenknecht brachte ihren Mann in einer separaten Wohnung unter. Sie hatten ohnehin nie ein gemeinsames Ehebett geteilt. Ihre Beziehung war von Beginn an rein politischer Natur.

Die Wände der Schlafzimmer waren einheitlich in einem schmuddeligen cremeweiß gehalten. Für einen Neuanstrich hatte die Zeit wohl nicht gereicht. Die Kanzlerin wischte mit dem Zeigefinger über die Tischplatte und stellte zufrieden fest, dass man zumindest staubgewischt hatte. Sicher auf Anweisung von Root. Bett und Schränke, aus massivem Buchenholz, wirkten funktional und zeitlos. Beim Anblick der Fototapete im Wohnzimmer musste sie schmunzeln. Das Bild zeigte einen Buchenwald im Sommer. Nur der Hirsch fehlte. Er hätte vermutlich die bewusst beruhigend wirkende Linie der gesamten Einrichtung gestört. Sie versuchte sich vorzustellen, wie ein Hirsch auf die Bewohner wirken würde, wenn oben ein Atomkrieg tobte. Achselzuckend verdrängte sie den Gedanken und ging ins Bad. Die hellblauen Kacheln im 60er-Jahre-Look und dazu die weißen Sanitärobjekte konnten moderner nicht sein. Die Mode wiederholte sich eben irgendwann doch. Der Warmwasserhahn am Waschbecken klemmte zunächst, brachte dann aber augenblicklich fast kochend heißes Wasser hervor. Sie zog sich aus und duschte wie gewohnt kurz und heiß. Wenige Minuten später lag sie unbekleidet auf dem Bett und starrte an die Decke.

»Oh, Siegmar. Ist es schon so spät? Ich bin wohl eingeschlafen.«

»Abgeschlossen hattest Du auch nicht.« Der Innenminister begann sich seiner Kleider in temperamentlosen Bewegungen zu entledigen. Seine schwarze Anzughose legte er korrekt gefaltet auf einen Stuhl und hängte dann die Jacke darüber. Der zeltartigen, vom Bauch verdeckten Unterhose entledigte er sich sicherheitshalber sitzend auf der Bettkante. Als die Socken dran waren, die er nur unter Verrenkungen erreichte, traten erste Schweißperlen auf seine Stirn. Dann rollte er sich einfach über die noch immer auf dem Rücken liegende Kanzlerin und drang augenblicklich in sie ein.

»Bist Du Dir immer noch sicher, dass wir hier gut aufgehoben sind?« Waagenknecht redete in gewohnter, geschäftsmäßiger Tonlage. Die Augen weiter starr auf die Decke gerichtet.

»Wir – aaahh - wir haben – haben doch gar keine andere Alternative.« Die Schweißperlen auf seiner Stirn hatten sich zu kleinen Bächen vereinigt. Seine zunächst ruckartigen Bewegungen gingen zu einer langsamen Schiebebewegung über. Ähnlich einer drucklosen Dampfmaschine, deren Wasserkessel zu kalt geworden war.

»Schluss! Du bist mir zu schwer geworden.« Mit einer abweisenden Handbewegung, deren Kraft man der zierlichen Frau nicht zugetraut hätte, kippte sie den Innenminister einfach zur Seite. Der schien mit dem abrupten Ende der Aktion auch nicht ganz unzufrieden und lag nun ebenfalls auf dem Rücken. Sein gewaltiger, aber haarloser Brustkasten hob und senkte sich in schneller Folge.

»In zwei Stunden treffen wir uns in der Leitstelle. Solange will ich nicht gestört werden – muss nachdenken.«

»Jawoll Frau Kanzlerin! Wie Sie befehlen.« Der Innenminister hatte den Wink verstanden, atmete noch dreimal kräftig durch und holte dann seine Sachen vom Stuhl. »Soll die Root auch kommen?«

»Ist mir scheißegal. Die ist mit der Lage doch völlig überfordert. Was ja nichts Neues ist.«

Die fast ausschließlich uniformierte Gruppe um den riesigen Konferenztisch salutierte höflich, aber ohne großen Respekt. Die wenigen Zivilisten waren ebenfalls aufgestanden und setzten sich erst wieder, nachdem die Kanzlerin am Kopfende Platz genommen hatte. Ihre beiden Minister waren bereits anwesend und hatten sich zwischen die kleine Schar der Zivilisten gemischt. Root wirkte in der ausschließlich grau oder flecktarngekleideten Runde wie ein Paradiesvogel.

Den wieder einsetzenden Gesprächen nach kannten sich die nicht uniformierten Teilnehmer gut. Waagenknecht unterbrach das Geschnatter mit einer wortlosen Geste. Daraufhin wurde es augenblicklich still und es erhob sich ein schneidiger Soldat im Rang eines Generals, der wie seine Kollegen eine Art Kampfanzug trug. Er verschränkte die muskulösen Arme vor der Brust und begann seinen Lagebericht. »Frau Kanzlerin, werte Minister.«

»Sparen Sie sich die Floskeln!«, unterbrach ihn die Kanzlerin barsch. Der General stutzte irritiert, hatte sich aber sofort wieder im Griff. »Also zunächst zur Lage im Lande, die wir allerdings nur durch Spähtrupps erkunden konnten, denn Verbindungen zu anderen

Dienststellen gibt es so gut wie gar nicht mehr. In den Städten herrscht das reine Chaos. Bürgerkriegsähnliche Zustände fast überall. Nur auf dem Lande ist es noch relativ ruhig. Die Leute sind mit einer Art Selbstversorgung beschäftigt. Großflächigen Anbau von Getreide und anderen Nutzpflanzen gibt es nicht mehr. Es fehlt an Treibstoff und Düngemitteln. Durch den Spritmangel sind die bereits hungernden Stadtbewohner in ihren Bewegungen stark eingeschränkt. Wir rechnen mit einer Landflucht zwecks Nahrungsbeschaffung. Spätestens im kommenden Winter ist mit zahlreichen Opfern durch Hunger und Kälte zu rechnen. Eine staatliche Ordnung existiert nicht mehr. Polizei- und Militäreinheiten befinden sich in Auflösung und beteiligen sich mit ihren Waffen bereits an Plünderungen.«

Der General griff zu einem vor ihm stehen Wasserglas und suchte dann Blickkontakt mit der Kanzlerin. Unter den anwesenden Zivilisten machte sich Betroffenheit breit. Die Militärs schienen über die Lage informiert.

»Gut – oder eben nicht so gut. Und wie ist die Lage im Bunker?« Die Kanzlerin zeigte Nervenstärke. Der General deutete auf einen Offizier. »Leutnant von Kerssenbrook, übernehmen Sie bitte.«

Der Angesprochene sprang auf und antwortete mit einem übertrieben zackigen: »Jawohl, Herr General!«

Wagenknecht erkannte den diensteifrigen Offizier sofort wieder. Er hatte ihrem Mann am Bunkereingang aus dem Wagen helfen wollen und machte einen treu ergebenen Eindruck. Seine hochgewachsene und kraftvolle Gestalt imponierte ihr und relativierte den einfältigen Gesichtsausdruck etwas.

»Obwohl wir nur wenig Zeit hatten, sind alle Bereiche einsatzbereit. In Lazarett und Küche werden wie überall ausschließlich Soldaten eingesetzt. Die Vorratslager sind auf einen mehrmonatigen Aufenthalt eingerichtet. Der Außenbereich ist weiträumig abgesperrt und die Sprengung von Brücken für den Ernstfall vorbereitet.«

»Rechnen Sie mit einem Angriff auf den Bunker?« Die Kanzlerin tat überrascht, obwohl sie innerlich froh war, dass die Soldaten diesen Fall bereits in Erwägung gezogen hatten.

Der Leutnant wirkte etwas ratlos und blickte seinen General an. Der erhob sich wieder und der Leutnant setzte sich erleichtert.

»In Berlin kam es zu einem Putsch. Im Kanzleramt sitzt jetzt ein gewisser Trittihn und hat eine Räterepublik ausgerufen. Noch handelt es sich um einen Haufen hohler Idioten, aber sie haben enormen Zulauf.«

»Wie sprechen Sie von meinem Parteigenossen, Herr General. Ich muss doch sehr bitten!« Die Worte waren Root spontan herausgerutscht und sie bedauerte ihren Einsatz für den jetzt als Verräter geltenden Parteifreund sofort. Alle Blicke richteten sich auf sie und sie rutschte unruhig auf dem Stuhl hin und her.

»Lassen Sie sich bitte nicht unterbrechen, Herr General!« Waagenknecht würdigte Root bei dieser Zurechtweisung mit keinem Blick.

»Es besteht die nicht unberechtigte Gefahr, dass Trittihn unseren Aufenthaltsort längst kennt.« Bei diesen Worten blickte er in Richtung Root und setzte dann fort: »Zunächst fehlen ihnen noch Ausrüstung und Stärke für einen Angriff. Sollten sie aber die äußeren Sperren überwinden, dann bietet der Bunker keinen Schutz mehr. Er ist für Angriffe aus der Luft konzipiert. Für Bodentruppen ist es ein Leichtes, die Lüftungsschächte zu sprengen.«

Den Zivilisten sah man einen erneuten Betroffenheitsschub förmlich an. Die Soldaten blieben weiterhin gelassen.

»Wie steht es mit dem Sendezentrum? Können wir Radio- oder Fernsehsendungen ausstrahlen?« Waagenknecht dachte bei ihren Worten an Propagandasendungen. Vielleicht konnte man nach ein paar Wochen wieder die Führung im Lande übernehmen.

»Das Sendezentrum ist einsatzbereit«, antwortete der General. »Nur wer soll uns hören oder gar sehen? Die gesamte Stromversorgung ist zusammengebrochen. Einige haben noch funktionierende Solaranlagen und andere vielleicht Batterien. Nur, das Volk hat andere Sorgen. Selbst der Funkverkehr wird täglich dünner.«

»Werden wir denn wenigstens über Trittihns Aktivitäten irgendwie informiert?«

Der General fühlte sich bei dieser Frage der Kanzlerin nicht zuständig und schaute auf den Innenminister.

»Wir haben einen Informanten im Kanzleramt und zur Sicherheit noch weitere im

Umfeld der Trittihn-Gruppe. Dies allerdings schon seit Jahren, denn wirklich vertraut haben wir dieser Plünnentruppe doch nie.«

Root blieb ohne Regung, obwohl die Worte sie schwer trafen. Sie hatte sich jetzt im Griff. Der Innenminister war für seine Antwort nicht aufgestanden und sprach nach einem abfälligen Blick auf die Kollegin einfach weiter. »Zunächst sehen wir keine Gefahr, da sich die desertierten Truppenverbände vollständig aufgelöst haben, sodass eine koordinierte Aktion ausgeschlossen ist. Außerdem verfügen sie kaum noch über Treibstoff. Die Lager wurden fast restlos geplündert und die Vorräte landeten irgendwo auf dem Schwarzmarkt. Schwere Waffen lassen sich so also nicht verschieben. In den nächsten Wochen ist er ohnehin mit der Festigung seiner Macht in der Hauptstadt beschäftigt und kann sich Ausflüge in die Provinz wohl kaum leisten.«

Der General hatte sich die kurze Rede weiterhin stehend angehört und bemerkte dies erst jetzt. Etwas verunsichert blickte er zur Kanzlerin.

»Denke, für heute reicht es. Falls es nötig ist, werden wir das Lagegespräch zu einer täglichen Einrichtung machen. Vielen Dank meine Herren.« Trotz Roots Anwesenheit hatte die Kanzlerin bewusst auf die weibliche Anredeform verzichtet. Allerdings war Root neben der Kanzlerin auch die einzige Frau im Raum. Falls sie diese Missachtung überhaupt bemerkt hatte, konnte sie diese gut verbergen.

Da unten lag Timbonäs, der idyllische Hof aus Kindertagen. Kjell spürte seinen heftigen Pulsschlag. Es war alles noch da. Das kleine Bauernhaus auf der ebenen Landzunge, die weit in den See hineinragte, die längliche, etwas windschiefe Scheune mit dem angebauten Plumpsklo und einige weitere verstreut liegende Nebengebäude. Kjell hatte alles viel größer in Erinnerung, stellte aber erleichtert fest, dass die Gebäude von Weitem unversehrt wirkten. Die letzten Kilometer durch den endlos wirkenden Wald hatten an den Nerven gezerrt. Immer schneller war er geradelt und hielt jetzt auf der Anhöhe am Waldrand inne. Sein Atem ging immer noch rasend, aber ab jetzt führte der Weg nur noch bergab. Wie damals mit seinem Vater radelte er den verschlungenen Weg zum Hof hinunter. Das große und völlig ebene Feld war mit Unkraut überwuchert. Kleine Birken und Kiefern hatten damit begonnen, die Fläche in Besitz zu nehmen. Weiter ging es am ehemaligen, jetzt frisch umgegrabenen Gemüsegarten vorbei. Wieso umgegraben? Er stutzte bei dem Gedanken und bremste abrupt ab. Keine Sekunde zu früh, denn ohne diese Aktion hätte ihn die Schrotladung wohl voll erwischt. Der Schuss kam aus dem Küchenfenster. Er sah sich um, fand aber in weitem Umkreis keine Deckung und so blieb er einfach mit erhobenen Händen stehen. Das Gewehr war aus der Fensteröffnung verschwunden und tauchte am Eingang wieder auf - gefolgt von Gummistiefeln, Jogginghose und Norwegerpullover. Aus dem Pullover lugte ein schmales Gesicht mit vielen lustigen Sommersprossen heraus. Die dünnen blonden Haare waren zu einem Pferdeschwanz zusammengebunden. Kjell wagte nicht sich zu rühren und dachte absurderweise darüber nach, ob der Tod wohl angenehmer ist, wenn man von einem hübschen Mädchen erschossen wird. Sie war inzwischen etwas näher gekommen und rief ihm auf Schwedisch etwas zu. Dabei fuchtelte sie wild mit der Flinte herum. Die wenigen freundlichen schwedischen Worte, die ihm in Erinnerung geblieben waren, kamen nicht zur Anwendung und so ging er davon aus, dass seine Anwesenheit nicht erwünscht war. Er wollte noch etwas sagen, aber sie stampfte mit dem Fuß auf und brachte das Gewehr in Anschlag. Da blieb ihm wohl nur der Rückzug.

Wieder oben am Waldrand angekommen, war sein Plan zur Übernahme der Festung schon ausgereift. Er schob das Rad außerhalb der Sichtweite seines Hofes tief in den Wald. Sicher würde sie das Fernglas seines Vaters benutzen und so gab es nur eine Möglichkeit sich dem Haus zu nähern: immer am felsigen Ufer des Sees entlang. Oft hatte er als Kind diesen Weg benutzt.

Das Seeufer war steil abfallend, mit großen Felsen übersät und mit Erlen, Birken und Kiefern bewachsen. Tief geduckt arbeitete er sich näher. Seine Pistole immer griffbereit. Den Hauseingang konnte er von hier noch nicht einsehen. Er nahm sich viel Zeit, wollte die Bewohner in Sicherheit wiegen. Als ein kleiner Stall den erhofften Sichtschutz bot, verließ er den Uferbereich und näherte sich dem Gebäude. Von hier hatte er einen guten Blick auf den Eingang. Aus dem Haus drangen Kinderstimmen. Wo Kinder sind, ist vermutlich auch ein Vater, dachte sich Kjell. Aber warum war er vorhin nicht zu sehen? Wie viele Personen waren überhaupt im Haus?

Nach zwei Stunden hinter dem Stall lauernd war er sich sicher: Außer dem resoluten Mädel und den zwei Kindern gab es keine weiteren Menschen im Haus. Er beschloss zu handeln.

»Wir müssen reden!«
Kjell hatte gewartet, bis sie in den Garten gegangen war, um zu arbeiten. Die Flinte war natürlich mit dabei und von Zeit zu Zeit folgte ein prüfender Blick zum Waldrand hinauf. Erst als sie das Gewehr gegen eine Harke getauscht hatte, war er hinter dem alten Kirschbaum hervorgesprungen. Bei seinen Worten zuckte sie zusammen und wollte zur Waffe greifen.
»Slut!« Das schwedische Wort für Schluss tat seine Wirkung. Sie hielt augenblicklich in der Bewegung inne.
»Ich will euch nichts tun! Brauchst keine Angst zu haben. – Kannst du Deutsch verstehen?«
Sie blickte ängstlich auf seine Pistole und zitterte plötzlich am ganzen Körper. »Verstehen

ja, aber kaum sprechen.« Die Worte kamen holprig und mit starkem Akzent hervor.

»Dann hör mir gut zu! Der Hof hier gehört mir. Seit meiner Kinderzeit war ich allerdings nicht mehr hier. Hab in Hamburg gelebt. Da geht es drunter und drüber und so kam ich auf den dämlichen Einfall, in diese Einöde umzusiedeln. Konnte ja nicht ahnen, dass es hier noch gefährlicher ist.«

Sie hatte aufmerksam zugehört und schien ihn zu verstehen. Das Zittern war abgeklungen.

»Mit dem Ding in der Hand kannst du alles behaupten.«

Kjell schaute auf die Waffe und musste grinsen.

»Stimmt!«, sagte er und ließ die Waffe in der Jackentasche verschwinden. Erstaunlich, wie schnell dieses Mädel sich wieder gefasst hatte. Unter anderen Umständen hätte er sogar Gefallen an ihr gefunden, aber so? Dann fiel ihm ein, wie er seine Besitzansprüche auch ohne Kanone verdeutlichen konnte. »Wenn ich mich richtig erinnere und alles noch an seinem Platz hängt, dann gibt es im Wohnzimmer ein Bild von meinem Großvater, der hinter einem, von zwei Pferden gezogenen Pflug, herläuft.«

»Stimmt!«, antwortete sie verblüfft und gleichzeitig resignierend. »Dann packen wir unsere Sachen und gehen.« Beim Wort Sachen griff sie zur Flinte und Kjell wühlte schnell seinen Revolver wieder hervor.

»Halt, halt, das Ding bleibt hier!«

Sie zog die Hand wieder zurück und ging langsam zum Haus zurück.

»Wo ist dein Mann?«, rief Kjell ihr hinterher.

Ohne sich umzudrehen, flüsterte sie: »Der Skitstövel hat uns vor drei Jahren verlassen.«

War es nun seine nur selten von Blut durchströmte, soziale Ader, der noch relativ junge Mann oder der Banker in ihm, der sich jetzt meldete? Aber natürlich, der Investmentbanker in ihm drängte sich wie immer vor und hatte in Bruchteilen von Sekunden eine Kosten-Nutzen-Analyse erstellt, der auch die anderen Ichs sofort zustimmten: Du bist allein in dieser schrecklichen Welt und das kleinste Problem könnte dein Ende bedeuten. Krankheit, Unfall und deine absolute Unkenntnis, was Garten und Landwirtschaft anging. Diese junge Frau hat ein Gewehr und kann damit auch noch umgehen. Du hast nur eine für die Jagd völlig untaugliche Pistole. Mit der Gartenarbeit hatte sie bereits begonnen und die umgegrabene Fläche war nicht gerade klein. Und hässlich war sie auch nicht, was an langen Winterabenden sicher von Vorteil war. Den letzten Punkt hatte der Mann in ihm vorgebracht, fand bei den anderen jedoch nur geringe Zustimmung. Der Vorschlag zu einer möglichst schnellen Fusion wurde aber einstimmig angenommen und sofort ausgesprochen.

»Wir können doch zusammen hier wohnen! Das Haus ist groß genug und was soll ich hier alleine.«

Sie blieb tatsächlich stehen, drehte sich nachdenklich um und musterte ihn dann mehrere Sekunden. Kjell erwiderte in Erwartung einer

Antwort ihren Blick, der langsam auf einen nicht erkennbaren Punkt am Boden wanderte. Als sie weiterhin stumm blieb, sanken Kjells Fusionshoffnungen rapide und er versuchte es mit einer Analyse der Gegenseite. »Wo wollt ihr denn eigentlich jetzt hin?«

»Det är ett stort problem!«, begann sie auf Schwedisch, wechselte dann aber sofort ins Deutsche. »Das ist wirklich ein Problem.« Sie blickte dabei zurück zum Haus. Am Küchenfenster waren die Köpfe zweier Kinder zu sehen.

»Wie du siehst, bin ich nicht allein.«

»Habe ich gesehen – kein Problem!«

»Wir könnten zurück nach Göteborg. Im Tank habe ich noch Benzin für den Rückweg. Nur, in Göteborg herrscht Bürgerkrieg. Die Menschen hungern und werden zu wilden Tieren. Da ist niemand mehr sicher. Somit muss ich dein Angebot sogar annehmen und hoffe, dass du es ehrlich meinst.«

»Meine ich!« Kjell strahlte und reichte ihr die Hand. »Kjell!«

Zögernd griff sie zu. »Trine-Lill.«

»Ein lustiger Name.«

»Gibt schönere, sag einfach Lillan«

»Dann werde ich mal mein Rad aus dem Wald holen, Lillan, und hoffe dann auf einen bleifreien Empfang.«

»Hätte dich vorhin leicht treffen können. Wollte aber irgendwie nicht. Der Schuss ging weit über deinen Kopf hinaus.«

»Da hatte ich aber einen anderen Eindruck.«

»Seit meiner Kindheit gehe ich zur Jagd. In Schweden jagen und fischen traditionell viele Frauen.«

Noch ein Fusionsgrund, dachte Kjell und machte sich auf den Weg. Als er sich noch einmal umdrehte, verschwand Trine-Lill gerade mit dem Gewehr im Haus. Er hatte ein gutes Gefühl bei der Sache und ging richtig beschwingt den Berg hinauf. Die Halbinsel wirkte plötzlich wie ein kleines Paradies auf ihn. Warum war er so viele Jahre nicht mehr hier gewesen? Für seine wenigen Urlaubstage war er immer in den Süden geflogen, hatte sich über dämliche Animateure in den Klubs geärgert und mit noch dämlicherem Muschelgeld reichlich Alkohol gekauft, kurze, oberflächliche Bekanntschaften gemacht und wieder abgebrochen, um dann heilfroh wieder am Arbeitsplatz zu erscheinen. Was hatte es gebracht? Nichts, rein gar nichts!

»Das sind Annika und Lars!« Trine-Lill hatte sich mit ihren Kindern vor dem Haus aufgebaut. Die beiden blickten etwas ängstlich mal auf den Boden und dann wieder auf Kjell. Sie hatten alles mitbekommen und im Alter von vermutlich 6 bis 8 Jahren ist das Gespür für gefährliche Situationen bereits sehr ausgeprägt, zumal die Mutter ja auch noch einen Schuss auf Kjell abgegeben hatte. Und jetzt sollte dieser fremde Mann bei ihnen einziehen!

»Ich heiße Kjell und habe hier gewohnt, als ich so alt war wie ihr jetzt. Vor mir braucht ihr keine Angst zu haben. Außerdem passt eure

Mutter mit der dicken Flinte doch gut auf euch auf.«

Die beiden zögerten kurz, ergriffen dann aber ganz vorsichtig Kjells ausgestreckte Hand. Der drehte sich danach zu seinem Fahrrad um und zauberte eine Tafel Schokolade aus seinem bereits beträchtlich geschrumpften Vorrat. »Aber ehrlich teilen!«, rief Kjell den beiden nach und musste lachen. Auch die beiden Kinder hatten, bevor sie mit ihrer Beute verschwanden, ein kurzes Lächeln gezeigt. Sie hatten dieselben blonden Haare wie die Mutter und die ersten Anzeichen von Sommersprossen. Der Junge war etwas stämmiger und kräftig gebaut, während das Mädchen zierlich wirkte, aber fast ebenso groß, wie ihr älterer Bruder war.

»Möchtest du das Haus sehen?«

»Gerne, ich bin schon ganz neugierig.«

Trine-Lill ließ ihn vorgehen und Kjell schritt durch die typisch schwedische Eingangsveranda zur Haustür. Bevor er eintrat, hielt er noch einmal inne. Die Türen standen alle offen und so konnte er durch den Flur ins Wohnzimmer sehen. Die alten, dunklen Möbel waren alle noch da. Das Sofa, zwei Sessel und ein flacher Tisch. Alles in Richtung des riesigen Röhrenfernsehers ausgerichtet. Kjell ging hinein und sah nun auch das noch ältere Radio mit dem magischen Auge. Als Kind hatte er zu gerne an den Knöpfen gedreht. Nicht gerade zur Freude seines Großvaters, an den er allerdings sonst keine Erinnerungen mehr hatte, denn er starb schon sehr früh.

Nachdem er das Wohnzimmer eine ganze Weile auf sich wirken ließ, ging er zurück in den Flur und die Treppe nach oben. Neben dem Elternschlafzimmer gab es drei weitere kleine, eher winzige Zimmer. Sein Zimmer lag am Ende des Flures und er öffnete die Tür. Bett und Schrank waren noch da, aber über seine Poster von Monstern und Drachen hatte Annika ihre eigenen Bilder geheftet. Er wirkte wohl etwas enttäuscht, denn Trine-Lill, die ihm in kurzem Abstand gefolgt war, erklärte sofort. »Sicher dein Zimmer gewesen? Annika kann zu mir kommen und die Poster sind ja auch nur mit Nadeln befestigt.«

»Nein, kein Problem. Ein Zimmer müsste ja rein rechnerisch noch frei sein.«

»Das Elternschlafzimmer, das haben wir extra nicht angerührt.«

»Das ist ja äußerst großzügig«, antwortete Kjell mit gespielt ernster Miene und lachte dann los.

»Trine-Lill sah ihn verwundert an. Dann tauchte aber doch ein winziges Lächeln in ihrem Gesicht auf. Zusammen gingen sie wieder ins Erdgeschoss und setzten sich an den Küchentisch. Auch hier war alles sauber und gepflegt. Im alten Herd brannte ein Feuer und Kjell sah in Gedanken seine Mutter, wie sie mit dem Feuerhaken in der Glut wühlte und dann die Ringe wieder auf die Öffnung zog.

»Möchtest du einen Kaffee?«

»Gerne! Hast du denn richtigen Kaffee?«

»Noch eine Tüte, dann verabschieden wir uns langsam aus der Zivilisation.«

»Ein halbes Glas Instantkaffee hätte ich auch noch anzubieten.«

Trine-Lill war zum Herd gegangen, zog mit dem Haken den mittleren Ring vom Feuerloch, schürte die Glut auf und stellte einen Wasserkessel auf das Feuer.

»Hier muss es doch schlimm ausgesehen haben, als ihr eingezogen seid.«

»Man konnte dem Haus natürlich ansehen, dass es länger als ein Jahrzehnt unbewohnt gewesen war. Der Staub lag mehrere Zentimeter hoch und viele kleine nette Tierchen hatten sich bereits niedergelassen. Vor drei Jahren, bei einer Kanutour mit Freunden, habe ich das Haus gefunden. Unten am Steg haben wir damals gelagert.

Als es in Göteborg immer schlimmer wurde, bin ich zurückgekommen und es stand immer noch leer. Da habe ich die Kinder und so viele Vorräte wie ich bekommen konnte eingepackt und dann sind wir einfach hier eingezogen. Und dann kamst Du.«

»Bei mir war es ähnlich. Nur, mein Auto steht in Dänemark. Die meisten Vorräte habe ich Fischern schenken müssen, damit sie mich übersetzen. Die große Brücke ist gesprengt und Fähren gibt es nicht mehr. Ein paar Vorräte habe ich noch am Fahrrad, was dann wird – keine Ahnung.«

»Bei uns sieht es etwas besser aus und wir teilen natürlich. Allerdings, wenn die Krise länger anhält, dann wird es knapp.«

Der Wasserkessel machte sich mit einem Pfeifgeräusch bemerkbar und Trine-Lill füllte das heiße Wasser ohne einen Filter zu benutzen in die Kanne. Dann holte sie zwei Becher aus dem Schrank und stellte sie auf den Tisch. Kjell erkannte sofort seinen Kakaobecher aus der Kinderzeit. Über einer goldenen Sonne stand dick und fett sein Name aufgedruckt. Trine-Lill lachte erstmals herzlich.

»Wollen wir den Kaffee draußen trinken?«, fragte Kjell. »Die Sonne scheint so schön und ich würde gern den Ausblick über den See genießen.«

Sie gingen zusammen auf die überdachte Holzterrasse. Die alten Gartenmöbel standen auch noch da und hatten unter dem Dach kaum gelitten. Kjell schaute fasziniert auf den großen See mit seinen vielen kleinen und größeren Inseln. Vor ihm am Ufer lagen die Reste des alten Holzstegs und daneben das Ruderboot aus Kunststoff. Wenn sie damals nach dem Urlaub wieder abreisten, drehten sie es immer um, damit sich kein Wasser darin sammeln konnte. Jetzt lag es auslaufbereit und die Ruder waren auch an Bord.

»Ist das Boot noch seetüchtig?«, fragte er neugierig.

»Kunststoffboote halten viele Jahrzehnte. Wir waren schon zum Fischen damit. Im Stall gibt es Angeln und Reusen und der See soll einen guten Fischbestand haben.«

»Das ist ja schön, damit kann man sich gut die Zeit vertreiben, denn die Krise ist inzwischen eine Katastrophe und hält sicher ein oder zwei Jahre an. Da bin ich mir sicher!«

»Zeit vertreiben ist gut. Wenn wir hier für länger bleiben müssen, dann brauchen wir Vorräte für den Winter. Der ist hier viel länger und kälter als in Hamburg. Diese kleine Gartenfläche, die ich umgegraben habe, wird bei Weitem nicht reichen. Gemüse und Kartoffeln brauchen viel Platz.«

Kjell horchte erstaunt auf und irgendwie sah er plötzlich viel Arbeit auf sich zukommen. Handarbeit! »Das wird nicht leicht für einen Sesselfurzer wie mich«, murmelte er mehr für sich als für sein Gegenüber.

»Was ist ein - SESSELFURZER?« Sie schaute ihn fragend an.

»Ist so eine Bezeichnung für Leute, die den ganzen Tag auf einen Bürostuhl zubringen.«

»Das wird dann wirklich nicht leicht für dich!«, lachte Trine-Lill erneut. Sie schien sich sehr schnell mit der neuen Situation abgefunden zu haben.

»Ich schau mich gleich noch etwas um und dann kannst du mich für jede mögliche Arbeit einteilen. Leider habe ich keinen blassen Schimmer von Ackerbau und Viehzucht.«

»Meine Kindheit habe ich auf einem Hof wie diesen verbracht und wir haben noch richtig gewirtschaftet. Wir wohnten am Rande von Göteborg, aber unser Land wurde zu einem Gewerbegebiet. Mein Vater wohnt noch im Bauernhaus und will da auf keinen Fall weg. Ich habe alles versucht. Zwecklos!« Gedankenverloren blickte Trine-Lill auf den See hinaus. Kjell wartete einen Augenblick und fragte dann: »Weiß er denn, wo ihr seid?«

»Ja, ich habe ihm eine Skizze gezeichnet.«

»Vielleicht kommt er ja bald nach.«

»Glaube ich nicht. Er ist ziemlich stur. – Kannst mir ja nach deinem Rundgang im Garten helfen.« Trine-Lill machte sich auf den Weg und griff nach der am Zaun angelehnten Harke. Dann begann sie, die umgegrabene Erde zu glätten.«

Kjell sah ihr nach und bekam ein schlechtes Gewissen. »Bin gleich wieder da und helfe dann mit«, rief er ihr hinterher und schlenderte zum Bootssteg hinunter. In dem feinen Sand, den sein Vater damals extra hatte anliefern lassen, spielten die beiden Kinder. Kjell sah ihnen einen Augenblick zu und seine Gedanken wanderten wieder zurück in die eigene Kindheit. Seine Eltern saßen oft auf dem Steg, während er genau solche Gräben und Hügel buddelte, wie die beiden vor ihm. Der Steg war allerdings in einem erbärmlichen Zustand und würde sich wohl nicht mehr reparieren lassen. Außerdem gab es dringendere Probleme. Zum Beispiel die Frage der Lebensmittelversorgung. Dabei fiel ihm ein, wie stolz er gewesen war, als er seinen ersten kleinen Fisch genau hier angelte. Die Angelausrüstung lag immer in dem kleinen Schuppen direkt am Ufer. Er ging hinüber und öffnete die Tür. »Perfekt!«, rief er laut und trat ein. Alles war an seinem Platz. Verschiedene Ruten, die große Reuse, das Stellnetz und auch der Räucherofen. Richtig glücklich nahm er seine kleine Kinderangel in die Hand und betrachtete sie eingehend. Dabei fiel ihm ein, dass er ja auch noch die Schachtel mit der Notangel von Sten hatte. Glasklar – er würde Fischer werden.

»Morgen gibt es Fisch!«, verkündete er in vollster Überzeugung. Er hatte seinen Erkundungsgang beendet und war wieder im Garten angekommen.

»Haben wir auch schon gehofft, aber die Beute war nicht so doll«, antworte Trine-Lill ohne ihre Arbeit zu unterbrechen.

»Versuchen werde ich es auf jeden Fall. Mein Vater brachte fast immer Fisch mit nach Hause. Ich weiß auch noch, wo er immer hingerudert ist. - So, wo soll ich anpacken?«

»Wenn sich, wie du ja sagtest, die Lage nicht so schnell wieder ändert, dann müssen wir in anderen Maßstäben rechnen. Da reicht dann kein kleiner Gemüsegarten, wir brauchen Platz für Kartoffeln, Gemüse und auch Getreide. Wobei es ein großes Problem gibt.«

»Und das wäre?«

»Wir brauchen Saat! Gemüsesaat habe ich mitgebracht und auch Kartoffeln. Allerdings werden wir die Kartoffeln bis zum Herbst aufgegessen haben.«

»Wo bekommt man denn Kartoffeln und Getreide her? Die Leute prügeln sich doch um alles Essbare.«

»Auf dem Weg hierher habe ich einige verstreut liegende Höfe gesehen, zu denen nicht nur Wiesen, sondern auch Ackerflächen gehören. Mit etwas Glück könnte man dort etwas eintauschen. Nur, zum Tauschen braucht man

Tauschware und was können wir schon anbieten?«

»Moment, da habe ich vielleicht etwas.« Kjell ging zu seinem Fahrrad, das immer noch vor dem Haus stand. Aus der Packtasche zog er den Beutel mit dem kleinen Goldschatz und ließ Trine-Lill hineinsehen.

»Sind die Taler alle echt?«, fragte sie mit großen Augen.

»Und ob! Davon verstehe ich nun wieder etwas.«

»Damit könnte es gehen - wenn es denn überhaupt noch etwas gibt.«

»Ich mache mich morgen mit dem Fahrrad auf den Weg.«

»Mit dem Fahrrad bekommst du nicht genug mit. Kannst mein Auto nehmen. Wenn es noch anspringt. Benzin ist noch genug drin.«

»Wie lange steht das Auto denn schon unbenutzt herum?«

»Zwei Wochen ungefähr.«

»Dann sollten wir es gleich ausprobieren, bevor die Batterie noch schwächer wird.«

Trine-Lill holte den Zündschlüssel aus dem Haus und gespannt drehte sie ihn herum. Das müde Geräusch des Anlassers trieb Kjell die Sorgenfalten auf die Stirn. Dann aber sprang der Motor an und Kjell stieß einen Freudenschrei aus. Das Motorengeräusch lockte die beiden Kinder an, die vermutlich auf einen Ausflug gehofft hatten. Ein paar klärende Worte auf Schwedisch und sie zogen enttäuscht wieder ab. Den Motor ließ sie noch einige Minuten im Stand weiterlaufen.

»Sie wollen morgen gerne mitfahren«, übersetzte Trine-Lill. »Es ist aber viel zu gefährlich. Eigentlich auch für dich.« Sie sah ihn fragend an.

»Wir haben ja wohl keine andere Wahl«, antwortete Kjell und griff sich den ebenfalls am Zaun stehenden Spaten. Direkt an den Gemüsegarten angrenzend sollte ihr kleines Feld entstehen. Leider war der ehemalige Acker völlig von Unkraut, Gras und kleinen Bäumchen überwuchert und so musste er zunächst die fast mannshohen Birken und Kiefern entfernen. Die ungewohnte Arbeit trieb ihm den Schweiß auf die Stirn.

Mit Beginn der Dämmerung hatte er die Bäume auf einem ganz ansehnlichen Stück entfernt und Trine-Lill die ersten Gemüsereihen eingesät. Sie gingen zurück ins Haus und Kjell nahm das Gepäck vom Fahrrad mit hinein. Die wenigen Vorräte kamen in die Speisekammer und alles andere ins Elternschlafzimmer. Die letzte Dose mit Erbsensuppe gönnten sie sich zusammen mit den Kindern als Abendbrot. Auch nach dem Essen blieben alle in der warmen Küche am Tisch sitzen, denn der Kamin im Wohnzimmer hätte zu viel Holz verbraucht. Draußen war es noch empfindlich kalt und der bedeckte Himmel sorgte für eine tiefschwarze Nacht.

»Ich muss mal«, meldete sich die kleine Annika plötzlich mit schüchterner Stimme. Trine-Lill atmete tief durch und schaute missbilligend. »Ihr sollt doch zum Klo gehen, wenn es noch hell ist. Wir müssen mit den Kerzen sparsam umgehen. Neue bekommen wir so schnell nicht mehr.« Sie zündete eine kleine Laterne an und gab sie Annika.

»Kommst du mit Lars?«, fragte die Kleine mit ängstlicher Stimme.

»Oh ne – muss das sein? So klein bist du doch auch nicht mehr!«

Die beiden zogen los und Trine-Lill rief ihnen nach: »Geht sparsam mit dem Papier um und wascht die Hände am See.«

Kjell hatte den Sinn der auf Schwedisch geführten Unterhaltung halbwegs mitbekommen und musste grinsen. Trine-Lill war die Sache etwas peinlich. »Das Toilettenpapier reicht wirklich nicht mehr lange und Zeitungen bekommen wir hier ja nicht. Nicht einmal Werbeprospekte.«

»Dann nehmen wir eben Gras oder Heu. Als Kinder haben wir oft in den Wald geschi … - gemacht. Jedenfalls immer, wenn wir uns zu weit von zu Hause entfernt hatten. Danach haben wir die Fliegen gezählt.«

Trine-Lill schaute ihn mit offenem Mund an.

»Oh, Entschuldigung! Anderes Thema.«

»Nein, du hast ja recht. – Kannst du mit einer Sense umgehen? In der Werkstatt hängt eine.«

»Wozu?«

»Na, im Sommer Toilettenpapier produzieren!« Sie lachte über das ganze Gesicht und Kjell spürte ein Kribbeln in der Magengegend. Dabei sah er sie wohl etwas zu lange an und das Lachen erstarb.

»Wir gehen immer zeitig zu Bett und stehen früh auf«, sagte sie leicht reserviert.

»Ich schau noch mal, was so im Fernsehen ist und dann ziehe ich mich auch zurück.« Kjell versuchte die Stimmung wieder aufzulockern, erntete aber nur ein zögerliches Lächeln. Er würde sich wohl mit einer Wohngemeinschaft abfinden müssen. Dabei hielt er sich doch für unwiderstehlich und war dazu noch im besten Alter. Dachte er jedenfalls.

Als die beiden Kinder zurück waren, zogen sich alle in ihre ungeheizten Zimmer zurück. Kjell rollte seinen Daunenschlafsack auf dem breiten Ehebett aus und schlief fast augenblicklich ein.

Helle Kinderstimmen, die durch das Haus hallten, weckten ihn und er brauchte einige Sekunden, bis er realisiert hatte, wo er eigentlich war. Er zog sich an, holte Seife und Handtuch aus dem Rucksack und ging die Treppe hinunter. Trine-Lill war schon aufgestanden und hatte Tee gekocht. Er grüßte mit einem kurzen und müden: »Hej« und wollte weiter zur Pumpe gehen, um sich zu waschen.

»Kannst du einen Eimer Wasser mitbringen«, fragte sie betont freundlich. Kjell war durch diese wenigen, freundlichen Worte auf der Stelle hellwach und antwortete ebenfalls betont höflich: »Sehr gerne Lillan!«

Sie schaute etwas verwundert, reichte ihm den Eimer und wendete sich wieder dem Frühstück zu. Kjell ging pfeifend zum Brunnen, beließ die Prozedur dann aber bei einer Katzenwäsche. Das Wasser war eiskalt. Schnell trocknete er sich ab und suchte nach einem Platz für sein Handtuch. Er fand ihn in Form einer zwischen zwei Birken gespannten Schnur.

Das Frühstück bestand aus selbst gebackenem Brot, etwas Margarine und Marmelade. Kjell, der die letzten Tage nur Knäckebrot gegessen hatte, war begeistert.

»Lange werden wir diesen Luxus nicht mehr haben«, sagte Trine-Lill nachdenklich. Sie hatte den guten Appetit ihrer familienähnlichen Versammlung etwas bedrückt verfolgt. »Willst Du heute wirklich zum Tauschhandel aufbrechen?«, fragte sie Kjell.

»Natürlich! Es geht einfach nicht anders. Auch wenn jetzt das Frühjahr anbricht, der nächste Winter kommt bestimmt und hier wird es scheißkalt. Wir brauchen also Lebensmittel und Brennholz. Und von allem nicht wenig.«

»Nimm wenigstens ein Gewehr mit. Ich habe zwei davon.«

»Wenn ich mit so einer Kanone auf einem Bauernhof aufkreuze, dann machen die doch gleich ein Sieb aus mir und deinem schönen Auto. Ganz unbewaffnet bin ich aber auch nicht.« Er holte die kleine Pistole aus der Jackentasche hervor. »Ist doch irgendwie diskreter.« Mit diesen Worten ging er zum Wagen, startete und fuhr zügig den kleinen Weg zum Wald hinauf.

Der früher monatlich geglättete Schotterweg war immer noch in einem passablen Zustand, was Kjell auf die geringe Nutzung zurückführte. An den im Waldgebiet liegenden Ferienhäusern hielt er erst gar nicht. Die meisten schienen unbewohnt und nach Getreideanbau sah es ohnehin nirgends aus. Erst als er das Waldgebiet hinter sich gelassen hatte, tauchten bäuerliche Anwesen auf. Immer in gebührendem Abstand zueinander. Auch ein Pferdefuhrwerk begegnete ihm. Der Mann mit den Zügeln in der Hand beachtete ihn nicht. Im Rückspiegel sah er jedoch, dass der Bauer sich umdrehte und ihm nachblickte. Angst und Misstrauen hatten die Leute befallen und Kjell machte dieser Zustand richtig mutlos.

Am nächsten Hof sah er eine ganze Familie bei der Arbeit. Fünf Personen bildeten eine Reihe und gruben den Garten um. Wie auf Kommando blickten alle auf und starrten das kleine Auto an, als wäre es das siebente Weltwunder. Kjell stoppte und stiegt bewusst langsam aus. Einer der Männer griff zu einer an einem Obstbaum angelehnten Waffe. Zum Zeichen seiner friedlichen Absichten hob Kjell schnell beide Hände in die Höhe und trat bis an den Gartenzaun heran. Von Trine-Lill hatte er sich die schwedischen Wörter für Kartoffeln, Weizen und Roggen übersetzen lassen und rief die Worte laut über den Zaun. Der Mann mit der Waffe winkte barsch ab und deutete ihm an, zu verschwinden. Er stieg ein und fuhr noch enttäuschter weiter. Die nächsten zwei Höfe wirkten menschenleer und er fuhr weiter. Dann tauchte ein etwas zurückliegendes, größeres Anwesen auf. Zum Wohnhaus führte eine Birkenallee und die kam ihm sofort bekannt vor. Hier holte er doch damals mit seinem Vater immer Eier und Milch. Da sie nur in den Ferien auf Timbonäs waren, hatten sie natürlich keine eigenen Tiere. Er schöpfte wieder etwas Mut, fuhr langsam die Allee hinunter und stoppte den Wagen auf einem großen Hofplatz. Kaum dass er die Fahrertür einen Spalt geöffnet hatte, bellte es wütend auf und ein riesiger Hundekopf versuchte, sich durch die schmale Öffnung zu schieben. Die scharfen Zähne hatten sich bereits in der Rückenlehne verbissen. Kjell versuchte, die Tür mit aller Gewalt wieder zu schließen. Zunächst vergeblich. Das Gebiss des Hundes löste sich dann doch langsam und mit wütendem Geknurre riss der Köter den Kopf zurück. Kjell knallte die Tür zu und atmete erleichtert auf. Dann sah er, dass auf der anderen Seite des Fahrzeuges ein älterer Mann mit einem geschulterten Gewehr stand und dem Hund lobend die Schnauze tätschelte. In aller Ruhe ging er um das Auto herum und deutete Kjell an, die Scheibe herunterzulassen. Dann sah er ihn einfach nur an.

»Hej«, grüßte Kjell betont freundlich. Er hatte Mühe ein Zittern in der Stimme zu unterdrücken. »Ich wollte eigentlich nur fragen, ob man bei Ihnen Kartoffeln und Getreide kaufen oder tauschen kann.« Die Worte Kartoffeln und Getreide sagte er dabei auf Schwedisch. Der alte Mann zog die Augenbrauen etwas höher. Einen Deutschen hatte er hier wohl nicht erwartet.

»Wo kommst du überhaupt her?«, fragte der Bauer mit einem neugierigen Unterton und in fließendem Deutsch.

»Von Timbonäs«, antwortete Kjell und fügte schnell hinzu: »Ich bin Kjell, der Sohn von

Tore, wir haben früher hier Milch und Eier gekauft.«

Das Gesicht seines Gegenübers hellte sich auf. »Lebt dein Vater noch?«

»Leider nein, er ist schon vor Jahren verstorben.«

»Dein Vater war ein anständiger Mensch. Warum bist du nie mehr gekommen? Euer Hof verkommt seit Jahren. Schade drum!«

»Hat sich irgendwie nicht ergeben. Viel Arbeit, keine Zeit.«

»Ihr Deutschen immer mit eurer Arbeit. Als wenn es nichts anderes gäbe. – Na, denn komm man mal mit rein.«

»Und der Kampfhund?«

»Will nur spielen!« Der Bauer grinste und gab dem Tier einen Wink. Sofort verzog sich der imposante Schäferhund in eine Hütte an der Hauswand. Kjell folgte in das modern wirkende Wohnhaus. Im Gegensatz zu den roten Wirtschaftsgebäuden hatte es einen hellgelben, sonnigen Anstrich. Als sie den großen Windfang betraten, tauchte ein weiterer Mann auf, der ungefähr Kjells Alter haben musste. Auch er war bewaffnet. Die beiden wechselten einige Worte auf Schwedisch und dann nahmen sie ihn mit in die große Wohnküche. Schon im Windfang hatte Kjell bemerkt, dass irgendwo Musik spielte. Jetzt sah er verblüfft eine komplette Stereoanlage mit lauter leuchtenden Anzeigen.

»Habt ihr hier etwa noch Strom?«, fragte er verwundert.

»Sonnenstrom«, antwortete der Bauer. »Wer weiß wie lange noch. Ersatzteile gibt es sicher keine mehr.«

Die beiden Männer baten Kjell an den großen Küchentisch und dann durfte er seine ganze Geschichte erzählen. Sie hörten interessiert zu und stellten einige Fragen zur Lage im Lande. Selbst hatten sie sich aus Angst vor Plünderern nicht mehr vom Hof getraut. Jedenfalls nicht sehr weit.

»Dann wollen wir mal zum Geschäftlichen kommen«, wechselte der Altbauer das Thema.

»Saatkartoffeln und Saatgetreide haben wir und könnten auch etwas davon abgeben, denn unsere großen Felder kann man mit der Hand nicht mehr bestellen. Ein Traktor ist kaputt und für den anderen haben wir kaum noch Diesel. Im nächsten Jahr wird es also auch bei uns kaum noch etwas zu tauschen geben. Bis dahin musst du auf eigenen Beinen stehen. Und was das Tauschen angeht. Was könntest du denn anbieten?«

Kjell holte aus seiner Jackentasche zwei Goldmünzen und packte sie auf den Tisch. Der Altbauer schaute die Taler skeptisch an. »Was soll man denn damit?«

»Vielleicht gar nicht so dumm«, meldete sich jetzt der Jüngere zu Wort. Vom Gesichtsausdruck her war er eindeutig der Sohn des Hauses. »Als ich letzte Woche drüben bei Perssons war, erzählte mir Leif von einigen Bauernsöhnen, die sich zusammen nach Sunne getraut hatten, um dort Salz und Zucker einzuhandeln. Sie haben sogar etwas bekommen

– gegen Kartoffeln. Neben den Lebensmitteln ist dort Gold die einzige gültige Währung und unsere Lebensmittel werden wir schon bald selber dringend brauchen. So gesehen ..«

»Gut«, unterbrach ihn der Altbauer. »Der Handel wird was. Du kannst je zwei Sack Kartoffeln und Roggen bekommen. Das Getreide hätte allerdings besser im Herbst ausgesät werden müssen. Wenn ihr Euch beeilt, könnte es noch eine mittlere Ernte abgeben. Bei den Kartoffeln habt ihr noch etwas Zeit.«

Kjell schob die beiden Goldmünzen über den Tisch. Dem Bauern sah man die aufkommende Freude über das Handeln richtig an.

»Drei Goldmünzen und du bekommst einen Hahn und zwei Hühner dazu. Oder habt ihr etwa Tiere auf Timbonäs?«

Kjell hatte sich bisher über Nutztiere nicht die geringsten Gedanken gemacht. Jetzt aber machte es richtig Klick in seinem Kopf. Natürlich brauchten sie auch Tiere. Trine-Lill wäre sicher begeistert über seinen erfolgreichen Handel. So schob er also eine dritte Münze über den Tisch.

»KARIN!«, rief jetzt der Jungbauer und eine schlanke, blonde Frau erschien. Sie hatte sicher hinter der Tür gelauscht.

»Hol mal den Schnaps aus dem Keller!«

Sie eilte sofort los und war wenige Sekunden später mit Flasche und Gläsern wieder da und schenkte die Gläser zunächst knapp ein. Auf einen Wink des Altbauern hin füllte sie sofort nach.

»Kjell, auf gute Zusammenarbeit unter Bauern. Falls du es nicht mehr weißt, ich heiße Björn und das ist mein Sohn Horst mit seiner Frau Karin.«

Die Gläser trafen sich über dem Tisch und wenige Augenblicke später ging es in die große Scheune. Kjell staunte nicht schlecht über die Vorräte. Zusammen füllten sie die vier Säcke und brachten sie mit einer Sackkarre zum Auto. Da wartete schon Karin, die inzwischen die Hühner eingefangen und in einen Karton gestopft hatte.

»So, mein Junge«, sagte Björn zum Abschied. »Für die nächsten Tage bist du jetzt gut beschäftigt. Kannst später ja mal wieder reinschauen. Vielleicht machen wir dann neue Geschäfte.«

Der Wagen hing richtig durch, als er vom Hof fuhr. Gut gelaunt schaltete er gewohnheitsmäßig das Radio ein, aber es schnarrte nur. Auch der Sendersuchlauf fand nichts, außer ein paar ganz undeutlichen Wortfetzen eines entfernten Senders in einer fremden Sprache. Ein Blick auf die Tanknadel ließ erkennen, dass der Treibstoffvorrat locker reichen würde und vielleicht sogar für eine weitere kleine Tour. Dann erreichte er auch schon Timbonäs und fuhr hupend vor das Haus. Die Kinder stürmten heraus und Trine-Lill folgte ihnen. Die Erleichterung über seine Rückkehr war ihr anzumerken. Kjell holte den Karton vom Rücksitz und ließ die Kinder vorsichtig durch einen Schlitz im Deckel hineinsehen. Beide riefen gleichzeitig ein schwedisches Wort und klatschten in die Hände. Das Wort ähnelte der deutschen Bezeichnung stark und Kjell prägte es sich ein. Da seine Eltern früher oft schwedisch sprachen, waren in seinem Langzeitgedächtnis ohnehin noch einige Worte vorhanden. Sie drängten sich langsam wieder in den Vordergrund und sein schwedischer Wortschatz vergrößerte sich mit jeder Stunde.

Auf der Rückfahrt hatte er sich schon Gedanken über die Unterbringung ihrer neuen Mitbewohner gemacht. In einem der Nebengebäude hatte es früher einen Tauben- oder Hühnerschlag gegeben.

»Die Hühner müssen aus dem Karton. Hat einer von euch vielleicht so etwas wie einen Hühnerstall gesehen? Ich habe leider vergessen, wo der war.«

Trine-Lill hatte die Frage noch gar nicht ganz übersetzt, da griff sich Annika den Karton und lief in Richtung Scheune. Sie hatte Mühe das große Tor mit einer Hand zu öffnen, denn in der anderen hielt sie weiter den Karton.

Der Hühnerstall bestand aus einem Drahtverschlag in der hinteren Ecke des hölzernen Gebäudes. Die Scheune hatte früher vielen Tieren als Unterkunft gedient. Es gab eine Anbindevorrichtung für zwei oder drei Kühe, einen Holzverschlag für zwei Pferde und ein Gatter für Schafe oder Ziegen. Über die ganze Fläche erstreckte sich ein Heuboden. Eine Treppe gab es nicht, nur eine hölzerne Leiter.

Im Verschlag für die Hühner hingen mehrere Nester an der einen Seite und treppenartig angebrachte Sitzstangen genau gegenüber. Durch eine kleine, jetzt verschlossene Luke konnten die Hühner ins Freie gelangen. Alles war mit einer dicken Staubschicht bedeckt, die bei jedem Schritt aufgewirbelt wurde. Annika stellte den Karton in die Mitte und öffnete ihn vorsichtig. Die verängstigten Tiere wollten aber gar nicht hinaus und sie schaute ihre Mutter an.

»Dreh den Karton langsam um«, riet sie ihr. Und so purzelten die Hühner nacheinander auf den Boden und verzogen sich dann verstört in eine Ecke unter den Nestern.

»Jetzt brauchen sie Ruhe, etwas Futter und eine Schale mit Wasser. Wenn Kjell nichts dagegen hat, dann kann Annika ja die Betreuung der Hühnerzucht übernehmen.«

Die Angesprochene nickte freudig mit dem Kopf.

»Dazu gehört natürlich auch die dringend erforderliche Reinigung des Stalles. Und jeden Morgen muss die Luke geöffnet und abends wieder verschlossen werden. Sonst kommt der Fuchs und holt sich alle. Willst Du diese Verantwortung wirklich übernehmen?«

Annika nickte immer noch mit dem Kopf und stellte dann mit sorgenvoller Miene eine Frage an ihre Mutter.

»Stimmt«, sagte Trine-Lill. »Wir haben doch gar kein Hühnerfutter.«

»Geht auch Roggen?«, mischte sich Kjell ein und deutete mit einer Kopfbewegung an, ihm zu folgen. Als er den Kofferraum öffnete, schlug Trine-Lill die Hände zusammen und rief: »Das ist ja Wahnsinn!«

Annika lief sofort zum See hinunter und holte einen dort herumliegenden Spieleimer. Kjell wollte den Eimer großzügig mit Körnern füllen, aber Trine-Lill stoppte ihn: »Nur ein paar Körner, ab morgen können die Hühner ihr Futter draußen selber suchen. Nur im Winter bekommen sie Getreide und ansonsten die Küchenabfälle.«

Annika machte sich mit ihrem Eimerchen auf den Weg zum Hühnerstall und ihr Bruder folgte neugierig.

»Geht langsam in den Stall und passt auf, dass die Hühner nicht entwischen«, rief Trine-Lill ihnen nach. Dann wendete sie sich Kjell zu. »Bekommt man mit Gold tatsächlich alles?«

»Nicht wirklich! Die ersten Bauern haben mich vom Hof gejagt. Dann habe ich aber durch Zufall den Hof gefunden, wo wir früher Eier und Milch geholt haben. Der Altbauer kannte meinen Vater noch und so hatte ich irgendwie Pluspunkte.«

»Deinem Vater haben wir eine Menge zu verdanken. Nicht nur diesen Hof, auch die ganzen Gartengeräte und sonstigen Werkzeuge.«

»Kann man wohl sagen! Ohne seine Wander- und Fahrradausrüstung wäre ich hier nie angekommen. – So, wo lagern wir denn nun die Kartoffeln und das Getreide?«

»Das Getreide muss trocken lagern und sollte daher ins Haus, die Kartoffeln dagegen mögen es gerne feucht und kühl, dürfen aber keinen Frost bekommen.«

»Feucht, kühl und gruselig war es früher immer im kleinen Erdkeller neben dem Wohnhaus.«

»Erdkeller? Habe ich hier noch nicht gesehen.«

Kjell blickte sich suchend um und fand ihn zunächst auch nicht. Eingang und Hügel waren völlig zugewachsen. Erst mit einer kleinen Bügelsäge verschafften sie sich eine Schneise zur schweren Eichenholztür, die sich dann aber nur mit einem kräftigen Tritt in Bewegung setzen ließ. Knarrend bewegte sie sich und gab den Blick auf einen gemauerten Rundbogenkeller frei. Es roch leicht moderig. Am Boden lagen verrottete Holzkisten, aber einige moderne Kunststoffbehälter hatten die Zeit heil überstanden. Trine-Lill begann sofort mit der Entrümpelung und warf die Kistenreste im hohen Bogen hinaus. Dann holte sie sich einen Besen und hatte im Nu alles wieder auf Vordermann gebracht. Mittels einer Schiebkarre transportierte Kjell die Kartoffeln heran und verteilte sie gleichmäßig auf die Plastikbehälter.

»Mäuse scheint es hier drinnen nicht zu geben und am glatten Kunststoff würden sie wohl auch wieder abrutschen.« Trine-Lill blickte zufrieden auf den Vorrat und öffnete noch die Lüftungsklappe im Holztor.

Nachdem sie das Getreide in einer alten Holztruhe im Elternschlafzimmer untergebracht hatten, widmeten sie sich wieder der Gartenarbeit. Es wurde ein Rennen gegen den fortschreitenden Frühling. Das kleine

Getreidefeld in wenigen Tagen mit der Hand umzugraben, verlangte all ihre Kraft.

»Reichen Sie mir bitte den Hummer, Herr Soldat!«

Der von Root angesprochene Offizier schaute verärgert auf. »Mein Dienstgrad ist Leutnant.«

»Ach - was weiß ich denn von diesen komischen Bezeichnungen. Die Bundeswehr habe ich immer abgelehnt.«

»Lesen können Sie aber schon, oder?«, mischte sich der mit am Tisch sitzende General ein und tippte mit dem Finger auf seine linke Brust. »Ich verlange, dass meine Männer mit dem nötigen Respekt behandelt werden, denn ohne uns würden Sie doch jetzt im Wald nach Essbarem wühlen. Vermutlich nur nach Trüffeln.«

Die Kanzlerin hatte die Unterhaltung missbilligend verfolgt und winkte zur provisorisch aufgebauten Bar hinüber. Der junge Soldat hielt fragend eine Flasche Wodka hoch und sie nickte fast unmerklich mit dem Kopf. Die Gläser wurden gefüllt und augenblicklich wieder geleert. Inzwischen hatte der Leutnant den Hummer vom Grill genommen und der Landwirtschaftsministerin auf den Teller gelegt oder besser gesagt geworfen. Kleine Fettspritzer zeigten sich auf dem knallgelben Kleid und nur der strenge Blick der Kanzlerin verhinderte ein weiteres Wortgefecht.

Die illustre Grillgesellschaft vor dem geöffneten Tor der riesigen Bunkeranlage bot ein groteskes Bild. Als Sonnenschutz hatten die Soldaten ein Tarnnetz gespannt und darunter saßen an langen Tischen meist uniformierte Partygäste mit mehrheitlich glasigen Augen. Einzelnen war der Kopf bereits auf die Tischplatte gefallen und schliefen ihren Rausch aus. Die wenigen Unterhaltungen zeichneten sich alle durch lange Unterbrechungen aus. Wenn Fragen überhaupt beantwortet wurden, dann hatten die Antworten rein gar nichts mit der vorher gestellten Frage zu tun. Zwischen den fast ausschließlich alkoholischen Getränken, die sich nicht selten außerhalb der Gläser einen Weg über die Tischkante suchten, standen ketchupverschmierte Teller mit Essensresten. Die fehlende Tischdekoration wurde durch zerknüllte Uniformmützen und einige herumliegende Revolver ersetzt. Im Gras neben dem Tarnzelt lagen achtlos abgelegte Gewehre und weitere Uniformteile. Abgerundet wurde das idyllische Bild durch den ebenfalls nicht mehr ganz nüchternen Innenminister, der auf der großen Teerplatte vor dem Bunkereingang mit seinen lachenden Kindern Federball spielte.

Im Hintergrund dudelte zum x-ten Mal der Weltkriegsschlager „Lili Marleen" und zwei eng umschlungene Soldaten, die sich kaum noch auf den Beinen halten konnten, bewegten sich zeitlupenartig in angedeuteten Tanzschritten.

Die Kanzlerin saß, an ihrem Weinglas nippend, in einem von Leutnant von Kerssenbrook unaufgefordert herangeschafften Sessel und beobachtete nachdenklich die Szene. Alles erinnerte sie an den Spielfilm „Das Ende".

Und irgendwie schwante ihr, dass die letzten Tage in Hitlers Führerbunker ihrer Situation im Eifelbunker erstaunlich nahe kamen. Sie musste dieser sich ankündigenden Geschichtswiederholung einen anderen Verlauf geben und dafür blieb ihr nicht mehr viel Zeit. Die Auflösungserscheinungen in der Eliteeinheit waren nicht mehr zu übersehen und Befehle wurden kaum noch ausgeführt. Die verbliebene Macht ging allmählich auf das Militär über und selbst der General verlor schon an Autorität. Es gab ja auch keine Perspektive für die Soldaten. Nur eines war klar, irgendwann würden sie alle den Bunker verlassen müssen.

Welche Möglichkeiten blieben für sie selbst? Ein Marsch auf Berlin um die Macht wieder an sich zu reißen. Würden die Soldaten ihr überhaupt folgen? Quer durch ein Land in Not, Terror und Wut. Ohne ausreichenden Schutz wäre ihr Schicksal besiegelt, darüber machte sie sich keine Illusionen. Das Ansehen ihrer Regierung lag schon länger am Boden und die Krise war für viele ihre Krise. Jedenfalls in den Augen der Massen.

Ein anderer Weg führte ebenfalls ins Ungewisse. Die Flucht mit nur wenigen Getreuen. Wer aber war ihr noch treu? Sie schaute sich um und ihr Blick viel zunächst auf ihren Ehemann. Oskar schlief tief und fest in einem Liegestuhl und seine spitze Nase ragte frech in den Himmel. Sein Gesundheitszustand verschlechterte sich täglich und eine Flucht mit ihm also undenkbar. Schon lange zog sie keinen

Nutzen mehr aus ihrer rein politischen Beziehung und sie hakte ihn innerlich ab.

Ihr Blick schweifte weiter umher. Der Innenminister und seine Sippe? Eine noch größere Belastung! Root? Bei dem Gedanken verschluckte sie sich dermaßen, dass Leutnant von Kerssenbrook sofort herbeieilte und den verschütteten Wein sorgfältig vom Tisch wischte. Er beugte sich weit hinüber und sein gewaltiger Brustkorb nahm ihr die Sicht. Unsicher und mit einem einfältigen Lächeln zog er sich wieder zurück.

Sie bedankte sich gespielt freundlich und hatte in diesem Moment ihren letzten Getreuen erkannt. Für eine Flucht konnte er ihr äußerst nützlich sein. Vielleicht auch sonst noch.

Bei Einbruch der Dunkelheit begann der Rückzug in den Bunker. Die nicht mehr Gehfähigen wurden von ihren Kameraden gestützt oder von Sanitätern getragen, die auch Oskar weiter schlafend auf seiner Liege mitnahmen. Der General begleitete die Kanzlerin durch die große Schleuse und wollte gerade zum Herrenklo abbiegen, da sprach sie ihn wie beiläufig an: »Ach Herr General, könnten Sie mir eventuell den Leutnant von Kerssenbrook überstellen? Er könnte mir beim Verfassen eines Lageberichtes helfen!«

Der General stutzte und antwortete dann militärisch kurz: »Kerssenbrook, Lagebericht verfassen? Der kann doch gar nicht schr…! - Meinetwegen. Wann?«

»Heute noch!«

»Heute noch? Wird veranlasst.« Er grüßte lässig, zuckte mit den Schultern und eilte weiter seinem Ziel entgegen.

Es klopfte an der Tür und die Kanzlerin öffnete. Nah dem Grillfest hatte sie die langen Hosen und den dicken Pullover gegen einen dunklen, schwarzen Rock und eine weit aufgeknöpfte Bluse getauscht. Um den langen Hals trug sie eine goldene Kette mit einem roten, fünfzackigen Stern.

»Leutnant von Kerssenbrook – abkommandiert zur Kanzlerin. Stehe zu ihrer Verfügung!« In zackiger Haltung und korrekt gekleidet stand der Leutnant in der Tür.

»Kommen Sie rein und stehen sie bequem.«

»Danke!« Kerssenbrook trat ein und wartete gespannt auf weitere Anweisungen. Die Kanzlerin bat ihn an den kleinen Konferenztisch im Wohnzimmer. »Nehmen Sie Platz. Was trinken Sie? Wein?«

»Nicht im Dienst.«

»Sonst?«

»Sonst schon.«

»Gut, dann befehle ich Ihnen eben ein Glas Rotwein mit mir zu trinken!« Die Kanzlerin holte zwei Gläser und eine Flasche aus der Küche und schenkte ein. Dem Leutnant war die Situation sichtlich nicht geheuer. Er rutschte auf seinem Stuhl hin und her und rieb sich die Hände.

»Auf gute Zusammenarbeit!« Waagenknecht erhob ihr Glas und Leutnant von Kerssenbrook tat es ihr gleich. Zögernd probierte er einen kleinen Schluck und sein Gesicht erhellte sich plötzlich. Die Kanzlerin war die Veränderung nicht verborgen geblieben und sah verblüfft zu, wie er seine Nase mit kreisenden Bewegungen über dem Glas schweben ließ. Dann nippte er erneut und plötzlich deutete sein strahlender Blick auf eine freudige Erkenntnis hin.

»Schmeckt Ihnen der Wein?«, fragte die Kanzlerin neugierig.

»Oh, entschuldigen Sie meine Unaufmerksamkeit, aber der Wein kommt mir bekannt vor. Darf ich die Flasche einmal sehen?«

Sie reichte ihm die Flasche hinüber.

»Dachte ich es mir doch! Sehen Sie hier!« Er deutete auf das Etikett und gab die Flasche zurück. Waagenknecht erblickte zunächst ein Schloss mit vielen Türmen und darunter dann die Bezeichnung „Weingut von Kerssenbrook". »Ihr Weingut?«

»Nein, es gehört meinem älteren Bruder. Als Nachgeborener musste ich aus Tradition in den Militärdienst.«

»Und Sie wären lieber Winzer geworden?«

Er zuckte erst mit den Schultern und nickte dann zustimmend.

»Da muss man manchmal einfach durch!« Sie prostete ihm erneut zu und beide nahmen jetzt einen kräftigen Schluck. Dann lehnte sie sich bequem zurück und bemerkte den Blick des Leutnants auf ihre langen, schlanken Beine. Es schien gut zu laufen.

»Der General sagte etwas von einem Lagebericht, bei dem ich behilflich sein soll.«

»Genau! Schildern Sie doch einfach mal die Lage aus Ihrer Sicht. Ohne Beschönigungen - ich will die reine Wahrheit.«

Der Leutnant wurde wieder unsicher und wusste nicht, wie er beginnen sollte. Die Kanzlerin versuchte, ihn zu ermuntern. »Mir ist klar, dass wir uns in einer äußerst beschissenen Lage befinden. Es gibt keinen Ausweg aus diesem Dilemma und jeden Tag wird es schlimmer. Wie ist die Stimmung in der Truppe?«

Der Leutnant schaute sie nachdenklich an. »Wie soll man das sagen. Die Soldaten haben erkannt, dass es keine richtige Regierung mehr gibt. Sie machen sich Sorgen um ihre eigene Zukunft, denn fast alle haben Familie da draußen und schon lange nichts mehr von ihnen gehört. Das zermürbt.«

»Haben Sie Familie? Ich meine Frau und Kinder oder so?«

»Nein, nur Eltern und Geschwister.«

Die Kanzlerin war sich noch nicht sicher, ob sie den Leutnant in ihre Fluchtpläne einweihen sollte, daher fragte sie ihn weiter aus. »Wie lange schätzen Sie, hält die Truppe noch zusammen?« Als er sich statt zu antworten mit Daumen und Zeigefinger nachdenklich am Kinn kratzte, da schob sie noch einen Satz nach. »Ich wünsche eine ehrliche Antwort und keiner wird von unserem Gespräch erfahren.«

»Ehrlich gesagt sind die ersten Soldaten bereits desertiert. Der General wollte es ihnen bei der nächste Lage mitteilen. Und nach meinen

Beobachtungen bereiten sich weitere darauf vor.
– Nicht nur Soldaten.«

»Was bedeutet nicht nur Soldaten?«

Der Leutnant brauchte wieder eine Bedenkzeit und sie füllte inzwischen erneut die Gläser. Sofort hob er sein Glas an die Lippen und bemerkte dann seine Unhöflichkeit.

»Oh – Entschuldigung!«

Sie winkte mit einer lässigen Handbewegung ab und nahm ebenfalls das Glas in die Hand. »In Anbetracht der konfusen Situation können wir wohl auf Förmlichkeiten verzichten.«

Als die Gläser wieder vor ihnen auf dem Tisch standen, forschte sie neugierig weiter. »Bedeutet ihre Anspielung auf die Zivilisten, dass auch Regierungsmitarbeiter türmen wollen?«

»Ja, aber nicht nur Mitarbeiter.«

Unter anderen Umständen wäre die Kanzlerin jetzt explodiert; sie konnte sich nur schwer zusammenreißen. Neugier und Bestürzung raubten ihr die sonst so kühle Zurückhaltung. »Wer denn noch? Die Root etwa?«

Der Leutnant leerte sein Glas in einem Zug und der Alkohol löste allmählich seine Zunge. »Der Innenminister!«

»Der Innenminister?« Damit hatte sie nicht gerechnet. Sie füllte das Glas des Leutnants erneut. »Auf welche Beobachtungen stützen sie ihre Behauptung?«

»Zunächst hat er sich nach der Einsatzbereitschaft der Hubschrauber erkundigt und danach ließ er die Goldreserven zum Abtransport bereitstellen.«

Die Kanzlerin war sprachlos und griff jetzt ebenfalls beherzt zum Glas. »Und …« Sie musste rülpsen und hielt sich erschrocken eine Hand vor den Mund. Der Leutnant grinste kurz und erschrak gleichzeitig über seine Lockerheit.

»Fürchterlich! Hier sitzt man ja auch völlig verkrampft. Lassen sie uns in den Wohnbereich wechseln. Sie ließ die inzwischen leere Flasche stehen und wechselte mit ihrem Glas in die Sofaecke. »Bringen sie mal eine neue Flasche aus der Küche mit«, rief sie dem zögernd folgenden Leutnant zu. Als er mit der geöffneten Flasche nachkam und sich nicht gleich setzte, deutete sie mit einer Handbewegung auf das Sofa. »Und legen sie die Jacke ab! Es ist doch sehr warm in unserem Erdloch – oder?« Sie hatte sich auf einen der beiden Sessel gesetzt und wartete, bis der Leutnant es sich ebenfalls gemütlich gemacht hatte. Das enge, kurzärmelige Uniformhemd betonte den muskulösen Körperbau des jungen Offiziers. Das Spiel der ausgeprägten Armmuskulatur, als er ihre Gläser füllte, imponierte der Kanzlerin. Noch aber siegte ihre Neugier.

»Wie sieht es denn aus mit den Hubschraubern?«, setzte sie die Unterhaltung fort.

»Nur noch zwei sind ausreichend betankt. Eine vollständige Wartung können wir hier allerdings gar nicht durchführen.«

Mit dieser Auskunft hatte sich die Frage eines Zeitplans für Waagenknecht erledigt. Eile war geboten. Eine Flucht des Innenministers würde den Zusammenbruch der Hierarchie im Bunker bedeuten. Sie musste unverzüglich handeln. »Nur einmal angedacht«, flüsterte die Kanzlerin und blickte sich um, als hätten die Wände Ohren. Dann wechselte sie aufs Sofa und lehnte ihren Kopf an die Schultern des Leutnants. Der nahm, nur um etwas zu tun, sein Weinglas in die Hand. Kleine Schweißperlen glitzerten auf seiner Stirn.

»Nur einmal angedacht«, wiederholte sich die Kanzlerin. »Falls auch ich fliehen möchte – würden sie mir helfen und mich begleiten?«

Die kleinen Schweißperlen hatten sich zu größeren vereinigt und begannen, der Schwerkraft folgend, zu Boden zu tropfen. Sie reichte ihm ein zierliches Stofftaschentuch und er nahm es mit der linken Hand, ohne das Glas abzustellen, und tupfte sich die Stirn trocken.

»Und?«

»Sie geben hier die Befohle.«

»Befehle, Befehle – freiwillig meine ich!«

Der Leutnant überlegte einige Sekunden und nickte dann. »Fragt sich nur wohin?«

»Das lassen sie man nur meine Sorge sein. Hauptsache der Sprit im Hubschrauber reicht bis ins benachbarte Ausland.«

»Reicht er! Der Innenminister hat dieselbe Frage gestellt.«

»Wann will das Schwein türmen?«

»In drei Tagen.«

»Dann fliegen wir in zwei Tagen! Bekommen sie eine verschwiegene und schlagkräftige Mannschaft zusammen?«

»Habe ich schon.«

»Vorräte, Waffen, die Goldreserve?«

»Steht bereit.«

Die Kanzlerin sah ihn forschend an. »Sie wollten sich doch nicht etwa selber davonmachen?«

»War ein Befehl des Innenministers.«

»Besser wir fliegen morgen früh und sie bleiben die Nacht hier bei mir, sonst wache ich auf und bin allein in diesem Rattenloch.

»Wie Frau Bundeskanzlerin befehlen«, antwortete Kerssenbrook kopfschüttelnd.

»Das mit dem Bundeskanzler hat sich wohl bald erledigt. Ab morgen sind wir ein Team und ich hoffe auf eine gute Zusammenarbeit.« Sie erhob das Glas und versuchte ein überzeugendes Lächeln. Die Kälte dahinter bemerkte der überrumpelte Leutnant nicht, aber die Schweißperlen waren verschwunden.

Nach der vierten Flasche Wein begann Waagenknecht etwas ungeschickt mit dem Öffnen der Hemdknöpfe, wobei sie das Kinn des Leutnants leicht anheben musste. Dieser zuckte nur ungläubig mit den Schultern und fügte sich dann in sein Schicksal.

Auf das frisch geharkte kleine Roggenfeld klatschten dicke Regentropfen, dennoch blieben beide eine ganze Weile zufrieden am Feldrand stehen. Sie hatten es geschafft! Die Saat war gerade noch rechtzeitig in die Erde gekommen und nach dem Regen würde sie schon bald zu keimen beginnen. Als sich der Regen zu einem Wolkenbruch entwickelte, verzogen sie sich ins Haus. Trine-Lill nutzte die Regentage gerne, um ihren Kindern eine Art Unterricht zu bieten. Sie musste viel improvisieren, denn es mangelte an Schreibpapier und auch die Bleistifte wurden immer kürzer. Bücher waren allerdings einige da, denn Kjells Vater war ein sehr belesener Mensch gewesen. Neben schwedischer und deutscher Literatur fanden sich auch einige englische Romane.

Während der Unterricht für die Kinder in der warmen Küche stattfand, verzog sich Kjell ins Schlafzimmer und studierte dort die zahlreichen Bücher zum Thema Garten, Landwirtschaft und allgemeine Selbstversorgung. Seine geringen Kenntnisse, was Natur und Umwelt anbetraf, waren ihm peinlich geworden. Ohne Trine-Lill wäre sein Start in Timbonäs wohl gründlich gescheitert. Mit den Büchern lernte er schnell hinzu und verrichtete bis dahin die eher groben Arbeiten. Das Umgraben des Roggenfeldes spürte er noch in allen Knochen.

Zusätzlich zur Feldarbeit musste er fast jeden Tag in den Wald um Feuerholz zu sammeln. Lars, der sich ihm immer öfter anschloss, war dabei schon eine große Hilfe. In der Abenddämmerung ruderten sie beide auf den See hinaus, um zu angeln. An die Fischerei mit seinem Vater konnte Kjell sich recht gut erinnern und er wusste auch noch, dass dort, wo der kleine Fluss in den See mündet, die Fische besonders gut beißen. Stolz wie Oskar kamen die beiden dann mit ihrer Beute nach Hause. Für den großen Fleischvorrat sorgte allerdings Trine-Lill mit ihrer Flinte. Nur der abnehmende Munitionsvorrat bereitete ihr Kopfzerbrechen. Und es war nicht ihre einzige Sorge. Der Vorrat an Salz und Zucker ging zur Neige. Ohne Zucker konnte man leben, aber ohne Salz würden sich nach ihrer Meinung schon bald Mangelerscheinungen zeigen.

Das beginnende Frühjahr bescherte ihnen immer längere Tage, die von harter Arbeit ausgefüllt waren. Trine-Lill hatte einen imposanten Gemüsegarten angelegt und Kjell führte einen nie enden wollenden Kampf gegen das Unkraut auf dem Acker.

Einmal in der Woche wurde ein Waschtag eingelegt und alle rubbelten auf einem alten Waschbrett ihre Kleidung halbwegs sauber. Ohne Waschpulver blieb das Ergebnis allerdings eher dürftig. Sie gewöhnten sich schnell an diesen Zustand und ein ständiges Waschen hätte die Kleidung ohnehin irgendwann zerstört. Ersatz gab es keinen.

Lediglich zu den Mahlzeiten kamen alle Bewohner des Hauses zusammen, denn auch die Kinder erfüllten ihre Aufgaben. Trine-Lill hatte ihnen verschiedene Wildkräuter gezeigt, die sie in der Umgebung des Hofes finden konnten. Allerdings war ihre Ausbeute um diese Jahreszeit eher kärglich, nach Meinung ihrer Mutter aber unbedingt nötig, da sie sonst kein frisches Gemüse hatten. Die wenigen Vorräte in Dosen waren längst aufgebraucht.

Kjell dachte bei fast jeder Mahlzeit darüber nach, dass ihre Runde am Küchentisch vor hundert oder fünfhundert Jahren nicht viel anders ausgesehen hätte, bis auf das Plastikgeschirr auf dem Tisch. Auch ihr sonstiges Leben auf dem Hof glich irgendwie einem Heimatfilm. Mit dem Unterschied, dass Bauer und Bäuerin in diesen Filmen immer ein Schlafzimmer teilten. Er fand Trine-Lill äußerst attraktiv, sie aber blieb auf Distanz und vermied jede Berührung. Kjell beschloss daher, ihr Verhältnis zunächst wie eine Art Geschäftsbeziehung mit Entwicklungspotenzial zu betrachten.

Als hätte sie seine Gedanken an vergangene Zeiten erraten, begann sie beim Abendbrot über ihre Sorgen zu sprechen und blickte dabei gedankenversunken auf den See hinaus. »Irgendwie leben wir doch schon fast wie im Mittelalter. Morgens gibt es Grütze und abends Brot ohne Aufstrich. Wenn das letzte Salz aufgebraucht ist, werden wir auch noch dieselben Mangelerscheinungen vorweisen können, wie sie die Menschen damals plagten.«

»Nicht ganz«, antwortete Kjell. »Die hatten damals noch keine Kartoffeln und weder Fahrrad noch Auto vor der Tür. Und mein Handy geht auch noch – hat nur keinen Empfang.« Er hatte mit seiner Antwort die trübe Stimmung bei Trine-Lill etwas aufhellen wollen. Es gelang ihm nicht. Sie atmete nur einmal tief durch und starrte weiter durchs Fenster.

»Ich könnte mit meinem Fahrrad nach Gräsmark radeln und dort vielleicht etwas Salz einhandeln.«

Trine-Lill blickte ihn an. »Das ist aber nicht ungefährlich und womöglich sogar sinnlos.«

»Was bleibt uns anderes übrig?«

Noch bevor sie das Thema weiter vertiefen konnten, wurde ihre Aufmerksamkeit durch mehrere, weit entfernte Schüsse abgelenkt. Beide dachten zunächst an einen Jäger, doch es fielen weitere Schüsse und sie eilten hinaus. Trine-Lill hatte das Fernglas mitgenommen und suchte das gegenüberliegende Seeufer ab. Auf die große Entfernung war allerdings nicht viel zu erkennen. Fast schon außer Sichtweite lag drüben ein einzelnes Gehöft und etwas abseits davon stand ein dunkler Lastwagen. Als sie wieder zum Haus schwenkte, sah sie rötliche Flammen emporzüngeln und wenig später brannte das ganze Gebäude. Schüsse fielen keine mehr. Sie setzte das Fernglas ab und ergriff Kjells Oberarm. »Das sind Plünderer – vielleicht ehemalige Soldaten.«

Kjell spürte, wie ihre Hand zitterte.

»Das mit dem Salz müssen wir anders lösen. Da draußen tobt der Wahnsinn. Viel zu gefährlich für dich!«

Kjell hatte jetzt das Fernglas genommen und sah noch, wie der Lastwagen den brennenden Hof verließ. »Diese Schweine! Gut, dass wir so weit abseits von allen Siedlungen wohnen, aber trotzdem müssen wir uns darauf einstellen.«

»Fragt sich nur, wie?«

In dieser Nacht schliefen beide unruhig. Den Kindern hatten sie nichts gesagt. Gegen Morgen hatte Kjell einen Einfall und man hörte sein Hämmern schon vor dem Frühstück. Trine-Lill schaute kurz in die Werkstatt und sah, wie er dicke, lange Nägel durch dünne Bretter schlug, bis sie völlig gespickt aussahen.

»Die grabe ich einige Meilen vor Timbonäs in den Weg ein«, erklärte er stolz.

»Nagelbretter?«

»Ja, ist doch einen Versuch wert.«

Trine-Lill zuckte mit den Schultern, dann ging sie in die Küche, um Grütze zu kochen.

Ihr Nahrungsangebot wurde immer einseitiger. Wurst und Marmelade waren aufgebraucht. Statt Butter oder Margarine gab es nur noch Schmalz aus dem Fett geschossener Tiere. Hauptsächlich ernährten sie sich von Getreide, Kartoffeln, Fleisch und Fisch, wobei ein großer Teil der Kartoffeln bereits in der Erde lag und dort auf warmes Wetter wartete. Auf Gemüse mussten sie auch verzichten, da sich außer bei den Radieschen noch kein grünes Blatt im Gemüsebeet zeigte. An geschützten Stellen auf der Wiese hatten die Kinder aber die ersten Blätter des Löwenzahns gefunden und so gab es immerhin einen vitaminreichen Salat.

Nach dem Frühstück schulterte Kjell die Nagelbretter und machte sich auf den Weg. Lars begleitete ihn mit einem Spaten in der Hand. Zur Sicherheit nahmen sie auch noch ein Gewehr mit.

Nach mehr als einer Stunde Fußmarsch befand Kjell den Abstand zu ihrem Hof für ausreichend. Auf keinen Fall sollten mögliche Plünderer einen Zusammenhang zwischen den Nagelbrettern und ihrem Hof herstellen. Dies würde ihre Wut nur steigern und Rachegedanken schüren.

Die Nagelbretter in den festgefahrenen Schotterweg einzuarbeiten erwies sich als reine Knochenarbeit. Sie benötigten den ganzen Vormittag für diese Aufgabe. Erschöpft, aber zufrieden, betrachteten sie ihr Werk und machten sich dann auf den Rückweg. In einem Tal führte der Weg über einen kleinen Bach. Es gab keine Brücke, sondern nur ein eingegrabenes Betonrohr. Als sie zum Bach hinunterstiegen, um sich zu erfrischen, hatte Lars plötzlich eine Idee. Ohne ein Wort zu sagen, begann er damit, herumliegende Steine vor das Rohr zu rollen.

»Das ist ja ein genialer Einfall, mein Junge!« Kjell hatte zunächst gedacht, dass Lars nur spielen wollte, bis er den Zusammenhang erfasste. Er klopfte ihm zustimmend auf die Schulter und half dann mit. Lars strahlte über das ganze Gesicht. Kjell fiel auf, dass er zum ersten Mal „mein Junge" gesagt hatte und der Gedanke gefiel ihm. Zusammen hatten sie das Rohr schnell mit Steinen verstopft und dichteten es dann mit Zweigen, Laub und Erde ab. Nach getaner Arbeit setzten sie sich auf einen Felsen und schauten dem steigenden Wasser zu. Eine halbe Stunde später erreichte der Wasserstand des neu entstandenen Teiches die Fahrbahn und nun strömte es über diese hinweg auf die andere Seite. Mit dem Spaten lockerten sie den Schotterbelag etwas, um dem Wasser eine Angriffsfläche zu bieten. Immer mehr kleine Steinchen wurden vom Wasser mitgerissen und nach einigen Tagen, da waren sich die beiden sicher, würde hier kein Fahrzeug mehr durchkommen.

Den restlichen Rückweg bewältigten sie fröhlich singend. Dabei stimmte jeder von ihnen Lieder in seiner Sprache an. Kjell hatte inzwischen ganz passabel Schwedisch gelernt und Lars wiederholte die deutschen Texte ebenfalls erstaunlich gut.

Trine-Lill staunte nicht schlecht, als sie die singenden Männer den Weg hinunter zum Hof kommen sah. Eigentlich könnte auch sie ganz zufrieden sein, denn mit Kjell als Mitbewohner gab es keine Probleme. Im Gegenteil, er kümmerte sich um die Kinder, als wären es seine eigenen. Und er kam ihr nicht zu nahe. Obwohl ihr die verstohlenen Blicke nicht entgangen waren. Sollte er etwas für sie empfinden? Von ihrer Seite wurde dies jedenfalls nicht erwidert.

Jedenfalls noch nicht. An eine neue Beziehung wollte sie ohnehin keinen Gedanken verschwenden. Zu tief saß der Stachel, den ihr Leif damals verpasst hatte. Mit zwei Kindern und einem Haufen Schulden hatte er sie einfach sitzen lassen. Männer hatten seither in ihrem Leben keinen Platz mehr. Außerdem quälte sie der Gedanke an ihren Vater. Wie mochte es ihm ergehen? Lebte er überhaupt noch?

Lars lief die letzten Meter voran und erklärte seiner Mutter mit großen Gesten, wie sie den Bach aufgestaut und den Weg so gut wie unpassierbar gemacht hatten. Seine Mutter freute sich mit ihm. Im selben Moment kam Annika aus der Scheune und trug freudestrahlend das erste Ei in der Hand. »Schaut mal«, rief sie. »Heute gibt es Spiegeleier!«

In den nächsten Tagen hörten sie immer wieder Schüsse in der Ferne. Waren es nur einzelne, so gingen sie von Jägern aus, waren es aber ganze Salven, so handelte es sich eindeutig um Plünderungen oder andere Auseinandersetzungen. Motorengeräusche vernahmen sie lediglich einmal in der Nacht, jedoch nur sehr schwach. Sie nahmen beide jeweils ein Gewehr mit ins Schlafzimmer. Kjell bekam die Schrotflinte, da man mit ihr nicht so treffsicher sein musste. Es war ihnen natürlich klar, dass sie gegen eine Horde schwer bewaffneter Soldaten nichts ausrichten konnten. Der Gedanke an diese Möglichkeit ließ keinen ruhigen Schlaf mehr zu. Immer wieder schreckten sie bei jedem kleinen Geräusch hoch und konnten danach nicht mehr einschlafen.

Das Gelände war sehr unwegsam und viele, wie von Riesen verstreute, moosbewachsene Felsen, versperrten ihr oft den Weg. Sie hatte sich auf der Suche nach jagdbarem Wild schon weit vom Hof entfernt und eine größere Hügelkette erreicht. Am Fuße eines dicht bewaldeten Hanges nahmen Fährten und Losungen stark zu und sie folgte den Spuren, in der Hoffnung doch noch etwas zu erlegen. Stattdessen stand sie plötzlich vor einer kristallklaren Quelle, die ihr grünlich schimmerndes Wasser über glatt geschliffene Felsen ins Tal schickte. Sie beugte sich nieder und trank aus der hohlen Hand. Das Wasser schmeckte köstlich und schien auch bei den Waldbewohnern sehr beliebt zu sein, denn der Boden um die Wasserstelle war von Fußabdrücken übersät. Dies musste einen Grund haben, denn an Quellen und Wasserstellen hatte es in Värmland keinen Mangel. Dieses Wasser musste etwas Besonderes an sich haben. Trine-Lill nahm einen weiteren Schluck und achtete jetzt mehr auf den Geschmack. MINERALWASSER, das ist eindeutig Mineralwasser, dachte sie erfreut. Und in Mineralwasser gibt es immer auch etwas Salz. Mal mehr und mal weniger. Sie nahm ihren Jagdrucksack vom Rücken, holte eine kleine Wasserflasche hervor und kippte das restliche Wasser aus. Dann füllte sie das Gefäß mit dem

Quellwasser und machte sich sofort auf den Heimweg.

»Probier mal!« Sie hielt Kjell, der gerade das keimende Getreide bewunderte, die kleine Flasche hin.
»Wasser.« Kjell zuckte mit den Schultern. »Ich trinke schon seit Wochen nur Wasser. Ein Bier könnte ich mal wieder vertragen.«
»Oh nein, Männer merken aber auch nichts! Das ist kein gewöhnliches Wasser, das ist Mineralwasser.«
Kjell nahm einen weiteren Schluck und ging zum Brunnen. Die Schwengelpumpe quietschte einige Male und dann sprudelte das Wasser hervor. Er hielt seinen Mund in den Wasserstrahl und schaute dann prüfend in die Luft. »Tatsächlich! Ein ganz anderer Geschmack als beim Brunnenwasser.«
»Ab morgen nehme ich einen kleinen Kanister mit. Unser Salzproblem ist vielleicht nicht ganz gelöst, aber zusammen mit dem geringen natürlichen Vorkommen in der Nahrung, könnte es reichen. Zumindest um Mangelerscheinungen zu vermeiden. Das muss gefeiert werden! Aber wie?«
»Da opfere ich meinen letzten Schluck Whisky, verlängert mit eigenem Mineralwasser!«

Es war ein herrlicher Frühlingstag gewesen und jetzt saßen sie auf der Terrasse und stießen gemeinsam auf die neue Salzquelle an.
»Ein Problem weniger, aber es kommen immer neue hinzu!« Bei Trine-Lill führten diese

besinnlichen Stunden immer in eine Phase der düsteren Gedanken, während Kjell, wie fast alle Männer, eher unbekümmert in den Tag lebte. Jedenfalls war dies ihr persönlicher Eindruck. Vielleicht konnte er seine Gefühle auch besser verbergen - wie fast alle Männer. Seine Anwesenheit gab ihr zumindest eine gewisse Sicherheit, obwohl sie immer stolz auf ihre Unabhängigkeit war.

Besonders schmerzhaft war für sie der immer wiederkehrende Gedanke an ihren Vater. Sie machte sich Vorwürfe. War es nicht ein schwerer Fehler gewesen, ihn zurückzulassen? Auch wenn der alte Sturkopf es ausdrücklich so gewollt hatte. Wer konnte schon ahnen, dass es so schlimm kommen würde? Sie hatte den Kindern von einem etwas längeren Ausflug aufs Land erzählt und irgendwie hatte sie es auch selber geglaubt. Nun wurde ihr klar, dass die ganze Sache erheblich länger dauern würde. Mit offenem Ausgang.

»Lillan, was grübelst du?«, fragte Kjell und riss sie aus ihren Gedanken. Er hatte erstmals wieder ihren Spitznamen verwendet und sie spürte eine Art Verlegenheit. Etwas nervös geworden wechselte sie schnell zu den Alltagsfragen. »So, wie es aussieht, wird sich das Chaos im Lande wohl über längere Zeit hinziehen und da tauchen schon einige Fragen auf. Die Kinder wachsen und brauchen schon bald größere Schuhe. Was machen wir, wenn wir krank werden? Und wie kommen wir über den nächsten Winter?«

Kjell blickte sie nachdenklich an. »Das mit der Kleidung kann man sicher durch Tauschhandel geregelt bekommen. Mein kleiner Goldschatz gibt sicher noch einiges her. An Krankheiten möchte ich allerdings lieber auch nicht denken. Vielleicht fahre ich mal mit dem Rad zu Björn. Als alteingesessene Bauern haben die sicherlich gute Verbindungen und wir sollten den Kontakt etwas ausweiten. Und was den Winter anbelangt, da werden wir natürlich Holz sammeln müssen. Viel Holz, aber Zeit haben wir ja genug!«

»Na, dann warte mal auf die Ernte. Hast du schon mal mit einer Sense gemäht?«

»So schwer kann das doch auch nicht sein.« Kjell zuckte mit den Achseln und machte mit den Armen schwingende Bewegungen. Trine-Lill musste lachen und stand dann auf, um ins Haus zu gehen. Er wollte ihr gerade folgen, als hinter den Hügeln wieder ein ferner Schusswechsel zu hören war.

»Die hatte ich schon fast vergessen«, seufzte Trine-Lill. »Keine Nacht kann man ruhig schlafen. Das zerrt an den Nerven!«

»Was ist DAS denn?« Kjell stand am Schlafzimmerfenster und starrte entsetzt auf sein geliebtes Getreidefeld. Mitten in dem so kräftig gewachsenen Roggen standen 5 Schafe und ließen es sich gut gehen. Nur mit einer Unterhose bekleidet sprang er polternd die Treppe hinunter, schnappte sich einen Besen und rannte zur Tür hinaus. In weiten Schritten eilte er zum Feld und hielt den Besen drohend erhoben. Die Schafe schauten nur verblüfft auf und machten zunächst keine Anstalten ihr Schlaraffenland zu verlassen. Erst als er mitten zwischen sie hineinsauste und mit dem Besen kräftige Schläge verteilte, da gingen sie widerwillig vom Acker.

Vom Haus her hörte er ausgelassenes Gelächter. Trine-Lill, mit Gewehr in der Hand und den Kindern daneben, konnte sich vor Lachen nicht halten.

»Das hätte man filmen müssen«, sagte sie immer noch grinsend. »Ein Bild für die Götter!«

»Finde ich gar nicht lustig«, antwortete Kjell, der sich regelrecht verarscht vorkam. »Wenn ich nicht so schnell eingegriffen hätte, dann wäre es das wohl gewesen mit der Ernte.«

Während sie sprachen, näherten sich die Schafe erneut. Kjell wollte gerade wieder zwischen sie fahren, doch Trine-Lill hielt ihn zurück.

»Zieh dir erst mal was über, um die Schafe kümmern wir uns.«

Kjell machte sich auf den Weg ins Haus und drehte sich an der Tür noch einmal um. Die drei trieben die Schafe ganz ruhig und gemächlich in die Scheune.

Als Kjell wieder dazukam, hatten die Kinder bereits Gras und Löwenzahn gepflückt und in die an der Außenwand befestigte Raufe getan. Die Schafe waren verblüffend ruhig und fraßen sofort.

»Sie haben Ohrmarken, also gehören sie auch einem Bauern«, stellte Trine-Lill nachdenklich fest. »Früher genügte ein Anruf und man erfuhr den Eigentümer. Jetzt aber?«

»Wir können sie doch behalten, ich sorge auch für sie«, warf Lars eifrig ein. »Annika hat ja ihre Hühner und was habe ich?«

»Sie gehören uns aber nicht«, antwortete seine Mutter fast barsch. »Allerdings weiß ich auch nicht, wen man fragen könnte. Ich werde sehen, aus welcher Richtung sie gekommen sind. Wenn die Spuren am See entlang führen, dann gehörten sie zum Hof auf der anderen Seite und den gibt es ja nicht mehr.«

Nach dem Frühstück nahm sie ihr Gewehr und machte sich auf die Spurensuche. Zunächst ging es entlang des Ufers bis zum kleinen Fluss. Da Schafe nur ungern breite Bäche durchqueren und auch sonst kein Wasser mögen, war die kleine Herde flussaufwärts gezogen. An einer schmalen Stelle hatten sie es auf die andere Seite geschafft.

Noch zwei Stunden folgte sie der Fährte, dann verschwanden die Abdrücke allmählich. Die Schafe hatten sich nur langsam fortbewegt und auch ihre Kothaufen ließen keine genaue Richtung mehr erkennen. Falls es nicht noch andere Höfe in der Nähe gab, so kamen sie wohl tatsächlich vom abgebrannten Hof auf der anderen Seeseite. Jeder Eigentümer hätte auch nach ihnen gesucht, wenn er denn noch lebte. Sie machte sich auf den Rückweg.

Auch nach mehreren Tagen tauchte kein Eigentümer der Schafe auf und Lars wurde zum Hütejungen ernannt. Eine eingezäunte Weide gab es nicht. Dafür wurde er von der ungeliebten

Arbeit im Gemüsegarten befreit. Fast den ganzen Tag zog er mit den Tieren in die nahe Umgebung und brachte sie gegen Abend wieder in die Scheune. Nebenbei sammelte er auch noch Holz.

Eines morgens, als er die Schafe aus der Scheune lassen wollte, kam er aufgeregt zurückgelaufen. »Wir haben Lämmer!«, rief er durch die offene Tür. Alle eilten in den Stall und tatsächlich standen zwei tapsige Lämmer neben einem Mutterschaf und versuchten ihr Euter zu erreichen.

»Besser, wir lassen sie einen Tag im Stall, damit die Kleinen auf die Beine kommen«, sagte Trine-Lill.

»Jetzt sind wir doch schon ein richtiger Bauernhof – oder?« Lars schaute fragend und auch etwas stolz herum.

»Stimmt! Es fehlt nur noch eine Kuh«, antwortete Kjell staunend.

»Sei froh, dass uns keine Kühe zugelaufen sind, die brauchen im Winter riesige Mengen an Futter. Schafe sind da viel anspruchsloser, aber etwas Heu für den Winter benötigen sie auch. Kannst schon mal die Sense schärfen, denn bald geht die Heuernte los.«

Die Druckwelle, die der gewaltigen Explosion mit etwas Verzögerung folgte, spürten sie deutlich in den Haaren und in der Kleidung. Alle standen wie versteinert im Garten und schauten über die Hügelketten, in denen das Echo mehrfach hin und her geworfen wurde.

»Woher kam das?« Trine-Lill hielt schützend eine Handfläche über die Augen und versuchte gegen die Sonne zu schauen. Nichts! Das Echo war verstummt und der Gesang der Vögel setzte wieder ein.

»Das kam eindeutig aus der näheren Umgebung. Vielleicht zehn Kilometer. Nur, was ist da passiert.«

Auch Kjell blickte über die Hügelketten der Umgebung. Dann sah er in nördlicher Richtung eine kleine dunkle Wolke aufsteigen, die im nächsten Augenblick durch eine größere verdeckt wurde, bis beide von einer tiefschwarzen Wand verschlungen wurden.

»Auf vielen abgelegenen Höfen wird in Schweden mit Gas gekocht und geheizt. Es kommt immer wieder vor, dass Gasflaschen durch defekte Leitungen explodieren«, antwortete Trine-Lill, während sie weiter auf die sich ausdehnende Qualmwolke starrte. »Aber irgendwie fühle ich, dass hier etwas anderes dahintersteckt.«

»Dem werde ich nachgehen«, sagte Kjell forsch.

»Das würde ich lieber lassen!«, warnte Trine-Lill.

»Mit dem Gedanken, dass in unserer Nähe etwas vorgeht, was wir nicht einschätzen können, kann ich aber nicht leben.« Mit diesen Worten ging er ins Haus und holte aus der breiten Schublade im Bücherschrank eine Wanderkarte der Umgebung. Er hatte sie schon mehrfach studiert und sich über das verwirrende Netz kleiner Waldwege gewundert. Mit dem

Kompass nordete er die Karte ein und hatte schon bald einen Weg in Richtung des Unglücksortes ausgemacht. Wenige Minuten später radelte er vom Hof.

Trine-Lill sah ihm nach und spürte dabei eine Angst, die tief aus der Magengegend kam. Ihr Herz pochte fast hörbar und sie setzte sich ins Gras. Annika und Lars hatten bis dahin keinen Mucks von sich gegeben und setzten sich jetzt an die Seite ihrer Mutter. Auch sie spürten die Gefahr. Stumm schauten sie den schon hoch aufgestiegenen Rauchschwaden zu und die Sorge um Kjell ließ sie noch lange so verharren.

Mehr als zwei Stunden radelte oder schob er nun schon auf den sandigen Waldwegen, die ihn immer weiter aufwärts führten. Von einer Lichtung aus konnte er noch einmal ihren Hof und den See erkennen. Alles sah so klein und friedlich aus.

Die Entfernung war größer als sie angenommen hatten und er hielt auf einem kahlen Bergrücken, um auf die Landkarte zu sehen. Plötzlich bemerkte er leichten Brandgeruch, steckte den Zeigefinger in den Mund und hielt ihn dann in die Höhe. Ein kühler Windhauch bestätigte ihm die eingeschlagene Richtung.

Stärker werdender Brandgeruch ließ ihn vorsichtiger werden. Langsam schob er sein Fahrrad weiter. Als sich der Wald vor ihm öffnete, versteckte er es etwas abseits zwischen einigen jungen Fichten. Der Weg wurde jetzt von zwei

Steinmauern gesäumt, in deren Schutz er sich weiter wagte. Hinter einer Anhöhe tauchte der brennende Rest eines Wohnhauses auf. Auch die Nebengebäude hatten unter der Druckwelle gelitten, brannten aber nicht. Auf dem Hofplatz stand ein geländegängiger Militärlaster, über dessen Ladefläche die Reste einer Plane flatterten.

Kurz vor dem Hof endete die schützende Mauer und Kjell wartete einige Minuten. Nur das Knistern des Feuers war zu hören. Der Qualm war nicht mehr so stark, zog aber in seine Richtung und bot etwas Sichtschutz. Bevor er die offene Hoffläche betrat, nahm er seinen Revolver und entsicherte ihn. Er spürte seinen Pulsschlag bis in die zitternde Hand.

Der Laster bot ihm erneut etwas Deckung. Die Splitter der Frontscheibe lagen auf den Sitzen verstreut und auf der zerbeulten Motorhaube lag ein zertrümmerter Fensterrahmen aus der Hauswand gegenüber. Angelehnt an eines der großen Vorderräder ließ er seinen Puls zur Ruhe kommen.

Der Wind wehte den Rauch plötzlich in eine andere Richtung und Kjell lugte hinter dem Rad hervor. Der Anblick ließ ihn erschaudern. Nur wenige Meter weiter lagen fünf zerfetzte Leichen am Boden. Die Erde um sie herum war von Blut getränkt. Er zog den Kopf wieder ein, atmete mehrfach tief durch und verließ dann den Schutz des Reifens. Nach allen Seiten sichernd näherte er sich den toten Männern und stolperte dabei über einen abgerissenen Arm, weil er den Boden vor sich nicht beachtet hatte. An den

Uniformresten hingen Rangabzeichen, die Gesichter allerdings waren nicht mehr vorhanden. Kjells Blick viel auf die klobigen Militärstiefel und es verblüffte ihn total, dass er bei deren Anblick sofort an das von Trine-Lill angesprochene Schuhproblem dachte. Damit aber nicht genug. Völlig mechanisch begann er den Soldaten die Stiefel auszuziehen und hatte das Gefühl sich selber dabei zuzusehen.

Die Schuhe flogen einfach auf die Ladefläche. Dann sah er sich den LKW näher an, wobei sein zweites Ich weiter neben ihm stand und alle Bewegungen mitverfolgte.

Mit einer energischen Handbewegung fegte er die Splitter vom Fahrersitz und startete mit dem steckenden Zündschlüssel den Motor. Der sprang sofort an und er legte den ersten Gang ein. Der Wagen ruckelte los, direkt auf die Hofscheune zu. Die Vorderfront war nach außen gekippt und machte die Sicht auf eine Art Lager frei. Kjell steuerte das Fahrzeug dichter heran und glaubte seinen Augen nicht zu trauen. Alles war voller Paletten mit gestapelten Lebensmittelpaketen. Wie früher bei Aldi dachte er kopfschüttelnd. Er stellte den Motor wieder ab und kletterte über die Trümmer in den Innenraum. Eigentlich musste er hier sofort verschwinden, denn jeden Moment konnten weitere Soldaten auftauchen, aber er konnte nicht widerstehen.

Bevor er erneut den ersten Gang einlegte, wischte er sich den Schweiß von der Stirn. Fast eine Stunde hatte er geschuftet wie ein Tier. Auf der Ladefläche stapelten sich Dosen und Tüten mit allen möglichen Vorräten. In einer Ecke fand er sogar ein ansehnliches Waffenlager. Das hochmoderne Schnellfeuergewehr mit Zielfernrohr und reichlich Munition musste natürlich auch noch mit. Das Ding klemmte jetzt griffbereit neben ihm in einer Waffenhalterung. Und was ihn besonders freute, weil er damit zu Hause einen großen Jubel auslösen würde, waren Waschmittel, Seife und Kerzen aus dem Angebot der Plünderer.

Bei dem Gedanken, dass diese Typen die ganze Zeit in ihrer Nähe gehaust hatten, lief ihm erneut ein Schauder über den Rücken und er hatte es plötzlich sehr eilig. Nur für sein Fahrrad stoppte er noch einmal und raste dann durch die Wälder hinab zum See.

Zweihundert Meter vor ihrem Hof bremste er abrupt ab. Trine-Lill hatte das Motorengeräusch sicher gehört und lag vermutlich mit ihrem Bärentöter im Anschlag. Im Fahrzeug stehend winkte er mit seinem weißen Unterhemd. Trine-Lill tauchte tatsächlich, mit einem Fernglas in der Hand, hinter einem Johannisbeerstrauch auf. Dann winkte sie kurz und er fuhr weiter.

Kopfschüttelnd stand sie da und betrachtete das Ungetüm von Militärfahrzeug. Kjell sprang heraus und hätte sie zu gern umarmt, konnte sich aber gerade noch beherrschen. Stattdessen klappte er die Plane auf und zeigte auf seinen rollenden Supermarkt.

»Das ist ja Wahnsinn!« Sie stützte ihren Kopf mit beiden Händen und schaute mit offenem Mund auf das umfangreiche Sortiment. Einzelne Pakete nahm sie in die Hand, betrachtete sie kurz und stellte sie zurück. Plötzlich drehte sie sich um und umarmte den völlig verdutzten Kjell. Erschrocken über ihre spontane Handlung ließ sie ihn aber sofort wieder los und wandte sich den Kindern zu, die gerade angelaufen kamen. Lars kletterte sofort über die am Heck angebrachten Stufen auf die Ladefläche und krabbelte übermütig über die Pakete. Damit zog er sich aber den Unmut seiner Mutter zu, die ihn kurzerhand griff und wieder auf den Boden setzte. Danach schaute sie Kjell fragend an. Der zog eine übergroße Tafel Schokolade hervor und reichte sie Annika. »So, verzieht euch mal damit, die Erwachsenen haben zu reden!«

Annika lief sofort los und Lars folgte ihr aus Angst um seinen Anteil. Trine-Lill blickte immer noch forschend.

»Also«, fing Kjell zögerlich an zu sprechen. »Die Explosion hat ein ganzes Bauernhaus zerrissen und mindestens fünf Soldaten sind dabei umgekommen. Nach meiner Meinung waren es Plünderer. Eine ganze Scheune mit allem, was man sich so denken kann. Lebensmittel, Waschmittel und auch Elektrogeräte.«

»Waren es wirklich nur fünf?«

»Keine Ahnung. Darum bin ich auch so schnell wie möglich abgehauen.«

»Wenn da noch andere dazugehören, dann werden sie die Reifenabdrücke von diesem Monstertruck leicht bis zu uns führen.«

»Stimmt, daran habe ich gar nicht gedacht.«

»Und wenn sie das Fahrzeug bei uns finden, dann sind wir erledigt.«

»Äh, scheiße – und jetzt?«

»Wir laden die Sachen ab, fahren den Laster die halbe Strecke zurück und legen eine falsche Fährte.«

»Du bist genial, Lillan! Da hätte ich als Mann doch selber drauf kommen müssen.«

»Ja, die Männer sind auch nicht mehr das, was sie mal waren.« Trine-Lill zeigte ein kurzes Lächeln und deutete dann mit einer Kopfbewegung zum Haus. »Der Laster muss heute noch verschwinden!«

Kjell startete den Motor und fuhr so dicht wie möglich an die Haustür. Trine-Lill winkte die Kinder heran und zusammen trugen sie die Kisten und Kartons hastig ins Haus. Kjell hatte ein breites Sortiment geladen, aber besonders viel Salz und Zucker.

»Wau! Spaghetti«, rief Lars. »Die könnte wir doch heute essen – oder?« Er schaute seine Mutter fragend an. »Nur, wenn wir nicht so trödeln,« Lars grinste breit und erhöhte sofort sein Arbeitstempo.

Kjell wischte sich den Schweiß von der Stirn und riss dann den Verschluss einer Bierdose auf. »Belohnung muss sein. Prost!« Vor ihm türmten sich die neuen Vorräte im Hausflur auf und alle konnten es noch immer nicht richtig fassen. Besonders Annika und Lars waren völlig aus dem Häuschen.

»Hört mal zu!« Trine-Lill legte ihre Hände auf die Schultern der Kinder. »Wir bringen den Laster in den Wald und kommen dann sofort zurück. Wenn jemand kommt, dann versteckt ihr euch am Seeufer. Verstanden?«

»Warum behalten wir das coole Ding denn nicht?«, fragte Lars etwas enttäuscht.

»Das Ding gehört Plünderern, und wenn sie uns damit erwischen, dann machen die sicher mächtig Ärger.« Kjell hatte sein Bier ausgetrunken und ging zum Schuppen hinüber um sein Fahrrad zu holen. Als er es auf die Ladefläche legte, kam Trine-Lill und packte einen Besen hinzu. Kjell stutzte, sagte aber nichts. Er hatte sich daran gewöhnt, dass Trine-Lill in manchen Situationen immer das Richtige tat.

»Siehst du die Reifenspuren? Man kann sie aus dem Fahrzeug heraus deutlich sehen.«

»Stimmt«, sagte Kjell. Er saß am Steuer und nach einigen Minuten, sie waren bereits wieder tief im Wald, stoppte ihn Trine-Lill. »Hier ist eine geeignete Weggabelung. Bieg ab und fahr dann rückwärts auf der Spur weiter.«

»Jawoll Frau Leutnant! Wie Sie befehlen.«

»Blödmann!«

Er bog ab und fuhr dann ein ganzes Stück im Rückwärtsgang, bis sie ihn wieder anhielt. »So, jetzt wieder vorwärts und etwas schneller abbiegen, damit die Reifen richtig schöne Abdrücke hinterlassen.«

Kjell ließ den Motor aufheulen und fuhr mit richtig Schmackes um die Ecke. Der Dreck spritze bis an die Böschung. Er hatte jetzt den Zweck der Übung erkannt. »Was machen wir mit dem Wagen?«, fragte er nach einem guten Kilometer in der falschen Richtung.

»Wir kippen das Ding einfach den Abhang hinunter, damit ihn keiner mehr benutzen kann.«

»So machen wir es!«

Als sich die Straße an einem steilen Hang entlangschlängelte, hielten sie an. Kjell nahm sein Rad und Trine-Lill den Besen von der Ladefläche. Dann legte er einen Kriechgang ein, drehte das Steuer nach rechts, kletterte aus dem langsam anrollenden Fahrzeug, das sich zunächst gemächlich über die Böschungskante bewegte und dann immer schneller wurde. Kleinere Birken wurden wie Streichhölzer geknickt. Erst ein großer Felsen machte der Abfahrt ein jähes und krachendes Ende.

»Die Sache wäre erledigt.« Kjell setzte sich auf sein Fahrrad und fuhr los.

»Soll ich laufen oder was?« Sie sah ihm ärgerlich nach.

»Du hast doch deinen Besen!« Kjell musste über seinen Scherz lauthals lachen, hielt dann aber an.

»Ich geb dir gleich eins mit dem Besen«, antwortete Trine-Lill kopfschüttelnd. »So ein blöder Macho!« Sie setzte sich seitwärts auf den Gepäckträger und dann radelten sie zur Weggabelung zurück. Es ging steil bergauf und Kjell kam völlig außer Atem.

»Ich hätte doch meinen Besen nehmen sollen! Das wäre schneller gegangen.« Sie sprang vom Gepäckträger und lief die letzten Meter. Dann begann sie, die Reifenspuren in Richtung Timbonäs mit dem Besen zu glätten. An der ersten Kurve schaute sie prüfend zurück und war mit dem Ergebnis offensichtlich zufrieden.

Plötzlich gab es einen lauten Knall. Sie zuckten zusammen und Kjell griff zu seiner Pistole. Nichts rührte sich, aber eine dunkle Rauchwolke stieg über dem Wald auf.

»Der Laster ist explodiert«, sagte Trine-Lill.

»Auch gut«, antwortete Kjell und setzte sich aufs Rad. Von nun an ging es bergab und wenig später waren sie erleichtert zurück auf ihrem Hof.

Ein fernes Grollen kündigte das erste Gewitter des Jahres an. Dunkle Wolken türmten sich über den Hügeln und ein leichter Windzug strich um die Hausecke. Sie hatten sich eine Flasche trockenen Rotwein aus Kjells Beute gegönnt. Eigentlich als Belohnung für die harte Arbeit, in Wirklichkeit aber mehr zur Beruhigung ihrer angespannten Nerven. Neben Kjell lehnte das Schnellfeuergewehr an der Hauswand und sie lauschten von Zeit zu Zeit auf Motorengeräusche. Über dem See lag eine unheimliche Stille und jedes sich nähernde Fahrzeug hätten sie sofort bemerkt. Mit dem Fernglas suchte Trine-Lill immer wieder den Waldrand ab. Nichts.

Das Grollen kam wieder, wurde lauter und helle Blitze flackerten über den Horizont. Die ersten dicken Regentropfen platschten auf das durchsichtige Dach der Terrasse, vereinigten sich auf dem Weg zur Dachrinne und ein kleines Rinnsal ergoss sich aus dem Fallrohr. Zusammen mit dem ersten Blitz in ihrer Nähe und dem unverzüglich folgenden Knall brach das Unwetter los. Das Wasser schoss über die Rinne hinaus und klatschte direkt auf den Boden.

»Super! Das passt.« Trine-Lill nahm ihr Glas und prostete Kjell erleichtert zu.

»Was passt?«

»Na, von den Reifenspuren bleibt jetzt nichts mehr übrig.«

»Stimmt!« Auch Kjell erhob sein Glas. In diesem Moment kamen auch die Kinder auf die Terrasse. Sie hatten schon geschlafen und waren durch den Donner aufgewacht.

»Lasst uns in die Küche gehen. Hier wird es jetzt zu ungemütlich.« Trine-Lill schob die Kinder zurück ins Haus.

»Ist das nicht ein bisschen übertrieben?« Kjell war von seiner Katzenwäsche am See zurück ins Haus gekommen und staunte über den gedeckten Frühstückstisch. Es gab Kaffee, Limonade, Marmelade, Honig, Margarine und sogar eine brennende Kerze stand auf dem Tisch. Ein kleiner Frühlingsstrauß rundete die festliche Tafel ab. »Wir sollten die Vorräte einteilen. So schnell finde ich keinen Aldiladen mehr.«

»Lars hat heute Geburtstag und wird neun Jahre alt«, antwortete Trine-Lill leicht bedrückt. »Die Steinzeit hat uns ohnehin bald wieder und ich dachte ...«

»Tut mir leid, konnte ja nicht ahnen, dass heute ein Festtag ist«, antwortete Kjell mit einem beleidigten Unterton. »Mir sagt ja keiner was.«

»Ich hatte es bei der Aufregung gestern doch selber vergessen. Bei dem Unwetter konnte ich nicht schlafen und dann fiel es mir wieder ein. Ich glaube, dass Lars auch nicht daran denkt. Wie auch? Wir haben keinen Kalender, nur mein kleines Notizbuch. Und außer deinem Nobelhandy mit Solarzellen funktioniert doch hier nichts mehr elektrisch.«

Kjell ging zum Fensterbrett und schaltete sein dort seit Tagen unbeachtet liegendes Handy ein. »Heute ist der 9. Mai.«

»Nach meinen Berechnungen auch und somit hat Lars heute Geburtstag.«

»Was habe ich?« Lars kam noch leicht verschlafen ins Zimmer.

»Herzlichen Glückwunsch zum Geburtstag!« Der Satz war ihnen völlig synchron gelungen und sie lachten herzlich. Lars aber guckte völlig verdutzt. Er hatte tatsächlich nicht daran gedacht.

»Nehmen Sie Platz junger Mann! Heute sind Sie unser Ehrengast und wir bieten Ihnen alles, was Haus und Hof hergeben.« Kjell deutete auf den gedeckten Tisch und zündete die Kerze mit einem Feuerzeug an.

»Ein Huhn geht nicht mehr vom Nest. Es sitzt schon seit heute Morgen, und wenn ich es streicheln will, dann wird es böse und pickt nach mir. Ist es krank?« Annika war die Sorge um ihre geliebten Hühner deutlich anzusehen.

»Nein«, antwortete ihre Mutter. »Da brauchst du dir keine Sorgen machen. Es will wohl brüten.«

»Toll, dann bekommen wir ja bald Küken.«

»In einundzwanzig Tagen«, mischte sich Kjell ein.

»Ach, was so ein Banker alles weiß«, staunte Trine-Lill.

»Habe ich dickes Buch von meinem Vater gelesen«, erklärte Kjell stolz sein neues Fachwissen.

»Ohne Eier nützt das ganze Fachwissen nichts«, antwortete Trine-Lill und holte aus der überfüllten Speisekammer sechs Eier. »Gut, dass wir seit zwei Tagen von Nudeln gelebt haben, sonst hätte das arme Huhn jetzt sinnlos gebrütet.«

Mutter und Tochter machten sich auf den Weg in den Hühnerstall und Annika durfte die Eier ganz vorsichtig unter die Glucke schieben, während Trine-Lill das aggressive Huhn ablenkte. »So, jetzt braucht es absolute Ruhe. Einmal am Tag wird sie das Nest verlassen, etwas fressen, ein Staubbad nehmen und nach einigen Minuten zurückkehren. Du musst nur aufpassen, dass in dieser Zeit nicht das andere Huhn ins Nest geht und die Glucke verdrängt.«

Das Leben auf dem Hof hatte sich gut eingespielt. Während Trine-Lill mit dem Garten und der Hausarbeit beschäftigte war und von Annika unterstützt wurde, zog Lars mit seinen Schafen und den inzwischen sechs Lämmern umher. Kjell kümmerte sich um den Acker, der immer wieder zu verunkrauten drohte, denn der Boden war noch voller Unkrautsamen. Große Probleme bereitete die Beschaffung von Feuerholz. Auch wenn sie jetzt kaum noch heizten, so war der Bedarf zum Kochen nicht unerheblich. Außerdem musste ein Vorrat für den Winter angesammelt werden. Kjell nahm ausschließlich Windbruch, da diese Stämme bereits vorgetrocknet waren. Mit einer nicht mehr ganz scharfen Bügelsäge und einem Beil aus der Werkstatt seines Vaters mühte er sich fast jeden Tag zwei bis drei Stunden ab. Zu einem Bündel geschnürt schleppte er das Ergebnis seiner Arbeit dann nach Hause.

Einmal die Woche abends oder auch mal im Morgengrauen ging Trine-Lill auf die Jagd. Die Schachtel mit den Schrotpatronen leerte sich ziemlich schnell und sie versuchte es mit dem Präzisionsgewehr der Soldaten. Der Erfolg war nicht schlecht, aber auch diese Munition würde eines Tages aufgebraucht sein und im Falle eines Angriffs wollten sie auch nicht ganz wehrlos sein. So begann sie nach Draht zu suchen und fand eine Rolle Bindedraht, wie er für Blumengestecke verwendet wird. Daraus bastelte sie mit dem Geschick einer schwedischen Jägerin mehrere Schlingen und baute diese gut getarnt in Wildwechsel ein.

Schon am zweiten Tag brachte sie einen Hasen mit nach Hause.

Noch bevor Lars am Morgen mit seinen Schafen loszog, half er Kjell bei der Kontrolle von Reuse und Netz. Hauptsächlich fingen sie Barsche und Hechte – wenn sie etwas fingen. Der Fischbestand hatte durch ein Wasserkraftwerk stark gelitten. Kjell konnte sich noch gut erinnern, dass der Wasserstand im Winter immer stark abnahm und der Laich der Hechte jedes Jahr vertrocknete. Das Kraftwerk lieferte als Ersatz junge Fische in Tankwagen. Er war gespannt, ob sich im kommenden Winter dieselbe Situation einstellen würde. Das könnte dann bedeuten, dass im Kraftwerk gearbeitet wird und irgendwer den Strom nutzt.

Ein weit größeres Problem deutete sich immer mehr an: die Kleiderfrage. Ihre Sachen litten unter der schweren Arbeit und die Kinder waren dazu noch im Wachstumsalter. Sie besaßen weder einen Webstuhl noch ein Spinnrad für die Verarbeitung von Schafwolle. Trine-Lill hatte bereits einen wiederkehrenden Albtraum. Darin sah sie eine frierende Steinzeitfamilie, die in schlecht verarbeiteten Fellen gekleidet auf ihrem Hof lebte. Es waren immer vier Personen, aber die Hoffnungslosigkeit ausstrahlenden Gesichter hatten keine Ähnlichkeit mit ihnen. Wenn sie aus diesem Traum hochschreckte, konnte sie nicht wieder einschlafen. Oft ging sie dann von Schrank zu Schrank und kontrollierte die Tischdecken, Bettbezüge, Handtücher und Wäschestücke, die noch von Kjells Eltern stammten. Es war ein

Glück, dass Kjell den Hof nach dem Tod seines Vaters nicht mehr besucht hatte, um womöglich alles zu entsorgen. So konnte sie aus den Stoffen neue Kleidung nähen. Tischdecken benutzten sie ohnehin nie. Die hätte man ja waschen müssen.

Auch an die Kleidung der alten Herrschaften würden sie sich zwangsläufig gewöhnen müssen und warum nicht ganz vornehm in einem Sakko die Gartenarbeit verrichten. Nur die zeltartigen Unterhosen würden wohl erst im absoluten Notfall zum Einsatz kommen. Wobei an eiskalten Wintertagen die Mode wohl eher eine untergeordnete Rolle einnehmen dürfte.

Mit dem großen Salzvorrat machte das Brotbacken wieder richtig Spaß. Sie hatten sich zwar schon an wenig Salz gewöhnt, aber eine kleine Prise dieses weißen Goldes bewirkte Wunder im Geschmack. Nur die Herstellung von Mehl war sehr mühsam. Die alte handbetriebene Kaffeemühle forderte viel Geduld und Ausdauer, bis das kleine Schächtelchen endlich voll war. So blieb es an den meisten Tagen dann doch bei der ungeliebten Grütze. Für diese einfache Speise ihrer Vorfahren musste man das Getreide nur eine Zeit lang in Wasser quellen lassen und dann kochen.

Alle freuten sich auf den Sonntag, denn nur an diesem Tag wurde eine Dose aufgemacht. Der Stapel aus dem Plündererlager war zwar groß, sollte aber für viele Monate reichen.

Voller Sehnsucht erwarteten sie das erste frische Gemüse aus dem Garten. Die Reihen waren schon gut zu erkennen und schon bald würde es den ersten Salat und die ersten Radieschen geben.

Zwischen dem ganzen Unkraut hatte Trine-Lill sogar einige Erdbeerpflanzen gefunden, die noch aus dem alten Garten stammen mussten und irgendwie die Zeit überlebt hatten. Sie pflanzte sie wieder in eine ordentliche Reihe und hoffte auf zahlreiche Ableger.

Den Übergang vom Garten zum Feld bildete eine Reihe alter Obstbäume, die gerade in voller Blüte standen und auf eine gute Ernte hoffen ließen. Zwischen jeweils zwei Bäumen wechselten sich rote und schwarze Johannisbeersträucher ab, die allerdings den Kampf gegen das Unkraut schon fast verloren hatten. Auch sie wurden gerettet. Kjell stellte dabei immer wieder verblüfft fest, was eine Familie, die sich ausschließlich mit der Arbeit auf dem Hof beschäftigt, alles schaffen konnte. Nur, sie waren keine richtige Familie und das wurmte ihn doch erheblich. Er mochte Trine-Lill nicht nur, weil sie die einzige Frau weit und breit war, er hatte sie wirklich lieb gewonnen. Und auch die Kinder waren ihm richtig ans Herz gewachsen. Leider gab es nicht das geringste Signal von ihr. In seinem Kopf verfestigte sich der Gedanke, dass sie doch noch auf den richtigen Vater ihrer Kinder wartete. Und dieser unerträgliche Gedanke geisterte immer wieder durch seine Träume. In der letzten Nacht war dieser Typ sogar bei ihnen auf dem Hof aufgetaucht. Breitschultrig wie Rollo der Wikinger stand er vor dem Haus. Die muskulösen Arme vor der Brust verschränkt, deutete er mit einer unmissverständlichen Geste an, dass er jetzt hier einziehen würde und dieser deutsche Wicht irgendwie über war.

An dieser Stelle war Kjell schweißgebadet aufgewacht und wunderte sich über das entsicherte Schnellfeuergewehr in seinen Armen. Es hatte bis dahin immer neben dem Bett gestanden und wurde jetzt sicherheitshalber auf die andere Zimmerseite verbannt.

Quietschend drehte sich der schwere Schleifstein in seinem rostigen Gestell. Obwohl sie immer wieder etwas Öl aus einer alten Kanne auf das Lager tröpfelten, hatte Lars erhebliche Mühe den Stein in Bewegung zu halten. Kjell kippte etwas Wasser auf die Schleiffläche und drückte dann die Sense darauf. Langsam verschwand die dicke Rostschicht und blankes Eisen wurde sichtbar. Zuvor hatte er es mit dem Dengeln der Sense versucht und sich dabei genau an die Anweisungen aus einem Buch gehalten. Eine wirkliche Verbesserung konnte er aber nicht feststellen.

Mit einem dicken Schnaufer ließ Lars die Kurbel los und wischte sich den Schweiß von der Stirn. »Wie lange denn noch?«, fragte er völlig erschöpft.

»Denke, für einen Probeschnitt reicht es.«

»Na, Gott sei Dank! Die reinste Sklavenarbeit.«

Kjell nahm die Sense über die Schulter und ging zielstrebig auf einen Pulk mit jungen Brennnesseln los, der sich auf dem ehemaligen

Misthaufen neben der Scheune gebildet hatte. Mit kurzen Hieben hackte er die Sense in das dicke Kraut und schon nach wenigen Versuchen steckte das Blatt tief in der Erde. Trine-Lill war neugierig hinzugekommen und lachte sich zusammen mit Lars fast schlapp. Kjell wurde ärgerlich, riss das Blatt mit aller Gewalt wieder heraus und wollte noch kräftiger zuschlagen.

»Halt, halt!«, rief Trine-Lill. »Tut mir leid, dass wir so gelacht haben, aber es sah wirklich zu komisch aus. Ich kann zwar auch nicht mit dem Ding umgehen, aber ich habe es bei meinem Vater oft gesehen.« Sie nahm ihm die Sense aus der Hand und deutete eine weit ausholende, gleichmäßige Bewegung an. »Das Blatt wird über den Boden geführt, wobei die Spitze nie nach unten zeigen darf.«

Kjell probierte es erneut und ihm gelang auf Anhieb ein glatter Zug durch die Nesseln. Auch die nächsten Bewegungen reihten sich nahtlos ein und die abgemähten Stängel bildeten kleine Haufen. Erst an einem Maulwurfshügel blieb er wieder stecken und machte eine Pause.

»Du bist ja ein Naturtalent«, freute sich Trine-Lill über die lustige Vorführung.

»Na ja, aber die gebückte Haltung geht ganz schön auf den Rücken. Mir graust schon vor der Heuernte. Wie haben die Leute das früher nur geschafft?«

»Mit viel Geduld und Übung, aber hart war es sicher.«

In diesem Moment wurde die Luft von einem Sausen erfüllt und sie blickten sich verblüfft um. Eine dunkle, wabernde Wolke von

Insekten zog vom Wald herkommend direkt auf ihren Hof zu und drehte erst am Seeufer wieder ab. Nach einigen unschlüssigen Richtungswechseln hatte es ihnen der überhängende Ast einer Kiefer irgendwie angetan und immer mehr Bienen ließen sich darauf nieder, bis die Traube immer schwerer wurde und der Ast bedenklich durchhing.

»Ein Bienenschwarm«, rief Kjell erfreut aus. »Das ist ja ein Zufall. Gerade lese ich in einem Selbstversorgerbuch meines Vaters über diese wunderlichen Kreaturen. Zusammen mit einem Nachbarn hatte er hier auf dem Hof einige Völker aufgestellt und im Sommer wurde Honig geschleudert. Vielleicht gibt es in irgendeiner Ecke noch die Bienenkästen.« Sofort begann er, in allen Schuppen zu suchen. In seiner Erinnerung waren die Kästen grün gestrichen und standen aufgereiht an der Südwand der Scheune. In der Scheune fand er sie dann auch. Versteckt hinter einem Stapel alter Bretter und grün waren sie unter der dicken Staubschicht auch noch. Gut geschützt unter einer dicken Plastikplane entdeckte er auch die Honigschleuder aus rostfreiem Edelstahl.

Beim Öffnen eines dreistöckigen Bienenhauses aus Styropor kam dann die Ernüchterung. Die Waben waren zerfressen und ausgetrocknet. Nur die Rähmchen aus Kunststoff hatten überlebt. Auf ihnen war das Grundmuster von Bienenwaben schon vorgestanzt, welches die Bienen nur noch weiterbauen sollten. Dies taten sie laut Fachbuch aber nur, wenn sich auf dem Grundmuster zumindest eine dünne

Wachsschicht befand. Wachs hatten sie aber nicht. Kjell beschloss, die Waben und das Bienenhaus möglichst schnell zu säubern und sein Glück trotzdem zu versuchen.

Zwei Stunden warteten sie nun schon, aber außer ein paar neugierigen Bienen hatte sich nichts getan. Den Bienenkasten hatten sie direkt unter der Kiefer mit dem Schwarm platziert und sogar mit einer Wasserwaage ausgerichtet. Den Kindern war die Sache schon zu langweilig geworden und auch Kjell wollte schon aufgeben, als Trine-Lill wieder einen Einfall hatte. »Vielleicht sollte man die Plastikwaben mit etwas flüssigem Honig bestreichen«, sagte sie nachdenklich und stützte dabei wie immer ihr Kinn mit dem rechten Daumen ab. Dabei kniff sie ein Auge zu und schaute Kjell mit dem anderen fragend an.

»Warum nicht! Einen Versuch wäre es wert.« Schnell nahm er die oberste Reihe Waben aus dem Kasten und auf dem Herd in der Küche erwärmten sie ein angebrochenes Glas Honig.

»Schade um den Honig, wenn es nicht klappt!«

»Aber wenn«, antwortete Kjell, »dann gibt es bald Honig satt.«

Mit einem Pinsel verteilten sie den flüssigen Honig auf den Waben. Nach wenigen Sekunden war er angetrocknet und die Rähmchen wieder an ihrem Platz im Bienenkasten.

Sie brauchten nicht lange zu warten. Der Flugbetrieb nahm sofort kräftig zu und es entstand ein reger Pendelverkehr zum Schwarm auf dem Baum und wieder zurück. Als das Brausen wieder bedrohlich anschwoll, da verzogen sich die beiden lieber in einen sicheren Abstand und beobachteten das faszinierende Schauspiel von Weitem. Wie auf ein geheimes Kommando war nun der ganze Schwarm wieder in Bewegung geraten und wuselte durch die Luft. Wie zuvor auf dem Ast, so entstand die Traube jetzt vor dem Flugloch des Bienenkastens. Die letzten Zentimeter in ihr neues Zuhause legten die Bienen zu Fuß zurück. Dann war der Spuk vorbei.

»Einfach nur geil!« Kjell war die Begeisterung anzusehen und er wunderte sich selbst am meisten darüber. Noch vor ein paar Wochen konnte er eine Biene nicht von einer Wespe unterscheiden.

Die schwedische Fahne flatterte oben an dem dünnen, soeben aufgestellten Birkenstamm und die vier Bewohner von Timbonäs schauten zufrieden hinauf. Ganz oben hatte Kjell auf Anweisung von Trine-Lill einige belaubte Äste übrig gelassen. Ansonsten zierten den weißen Stamm noch einige blaue und gelbe Bänder. Schon der Kinder wegen wollte Trine-Lill die Tradition einer Mittsommernachtsfeier fortsetzen, auch wenn die Zeiten nicht gerade danach waren. Sie fassten sich an den Händen und nach einem alten schwedischen Volkslied tanzten sie um den Baum herum. Plötzlich merkten sie, dass eine tiefere Stimme hinzugekommen war und blieben augenblicklich wie angewurzelt stehen.

»Warum hört Ihr denn auf, habe ich euch erschreckt?« Der unbemerkt herangekommene Reiter lachte über das ganze Gesicht und stieg von seinem schweren Kaltblut herunter.

»Björn! Wir haben Dich gar nicht bemerkt.« Kjell war der Schreck noch anzumerken.

»Ihr braucht unbedingt einen Hofhund, sonst rauben sie euch noch aus, während ihr tanzt.« Björn reichte Trine-Lill die Hand und tätschelte dann kurz die noch immer sprachlosen Kinder. »Ich heiße Björn und komme vom Waldhof. Kjells Vater und ich waren befreundet. – So, nun stell mir mal deine Familie vor.«

Kjell wusste nicht so recht, wie er antworten sollte und so kam Trine-Lill ihm zuvor. »Das sind Annika und Lars und ich heiße Trine-Lill.«

»Nette Kinder habt ihr«, sagte Björn und sah sich dann auf dem Hof um. Kjell schaute Trine-Lill unschlüssig an, aber die zuckte nur mit den Achseln.

»Mein Sohn und meine Schwiegertochter haben drei Kinder, einen Jungen und zwei Mädchen. Wäre doch schön, wenn die Kinder mal zusammen spielen könnten. Eine Schule gibt es ja nicht mehr. – Euer Getreide steht ja gar nicht schlecht und auch die Kartoffeln machen einen guten Eindruck. Ehrlich gesagt war ich etwas neugierig und wollte doch mal sehen, was aus Timbonäs geworden ist. Fleißig wart ihr ja, das sieht man sofort.«

Annika hatte inzwischen einige Gräser gepflückt und fütterte damit Björns Pferd. Gleichzeitig strich sie mit der anderen Hand durch die dichte Mähne. Björn hatte dies lächelnd bemerkt und reichte ihr die Zügel.

»Tore hat bestimmt Durst. Du kannst ihn ja zum See runter führen.«

»Oh ja«, freute sich Annika und zog vorsichtig am Zügel. Das riesige Pferd setzte sich gemächlich in Bewegung und folgte ihr. Lars war wieder zu seinen Schafen gegangen, die sich bedenklich dem Getreidefeld genähert hatten.

»Schafe habt ihr auch«, staunte Björn. »Und einen aufmerksamen Hütejungen!«

»Sind uns zugelaufen. Vielleicht gehörten sie zu dem abgebrannten Hof am anderen Seeufer. Genau wissen wir es aber nicht«, erklärte Trine-Lill.

»Schlimme Sache!« Björn war plötzlich sehr ernst geworden. »Die ganze Familie wurde von Plünderern getötet. Nur Tore hat überlebt, weil er auf einer Waldwiese stand.« Er deutete auf das Pferd. »Vom Hof ist nichts mehr übrig und solche traurigen Fälle gibt es noch einige in der Gegend. Inzwischen ist es aber ruhig geworden. Hoffentlich kommen die nicht mehr so schnell zurück.«

Die bestimmt nicht, wollte Kjell gerade sagen, beschloss dann aber die ganze Sache nicht zu erwähnen. Ein verstohlener Blick von Trine-Lill ließ ihn vermuten, dass sie denselben Gedanken hatte. Stattdessen bat er Björn auf die Terrasse und zusammen stießen sie mit einem Schnaps aus dem Plündererlager auf den Mittsommertag an.

»Ein echter Aalborger Aquavit«, staunte Björn schon wieder und ließ den edlen Tropfen genießerisch durch die Kehle gleiten. »Wird auch langsam selten, so etwas Gutes. Wir brennen inzwischen selber oder besser gesagt, wir versuchen es. Mein Vater war zu seiner Zeit ein echter Profi darin. Leider hat er uns nur die Geräte hinterlassen, aber keine Rezepte.«

»Da kann ich bestimmt aushelfen«, antwortete Kjell. »Mein Vater hatte die Bücher dazu und ich kann dir nachher eines mitgeben.«

Von Björn erfuhren sie erstmals etwas über die Lage im Lande. Flüchtlinge, die es bis in ihre Gegend geschafft hatten, berichteten von schweren Unruhen in den großen Städten und auch in der Umgebung dieser Orte. Es gab viele Tote. Nicht nur durch Gewalt, sondern auch schon durch Hunger. Dass nur so wenige Menschen bis zu ihnen hier kamen, lag einzig am Spritmangel und Björn hielt diesen Mangel für einen Segen. Anderenfalls wären sie nach seiner Meinung hier längst überrannt worden. Trine-Lill dachte bei seinen Worten wieder an ihren Vater und wurde ganz blass im Gesicht. Kjell versuchte die Situation zu retten, indem er einen weiteren Schnaps einschenkte und dabei das Thema wieder auf die Situation vor Ort lenkte. »Wie löst ihr das Problem mit Kleidern und Schuhen?«, fragte er Björn.

»Noch kommen wir zurecht, und wenn etwas fehlt, dann tauschen wir mit den Nachbarn. Ihr könnt ja die Wolle eurer Schafe verarbeiten, aber das ist eine zeitraubende Arbeit. Besonders das Waschen der Wolle ohne Waschmittel.« Er dachte kurz nach und ergänzte dann: »Wie haben unsere Vorfahren das nur alles geschafft?«

Trine-Lill hatte sich schnell wieder gefasst und schaute nachdenklich über den See. »Die richtigen Probleme kommen erst im Winter und in den nächsten Jahren. Was ist, wenn einer krank wird oder sich ein Bein bricht? Gibt es noch einen Arzt in der Nähe?«

»Darüber haben wir auch schon öfter nachgedacht. In der kleinen Krankenstation in Gräsmark gibt es keine Medikamente und auch kein Verbandszeug mehr. Wurde alles geplündert. Die Gemeindeschwester ist spurlos verschwunden. Vermutlich ist sie in Sunne geblieben, da wohnt ihre Familie. – Übrigens bin nicht nur aus Neugierde gekommen. Zusammen mit mehreren anderen Bauern haben wir eine Art Bürgerwehr gegründet, aber ohne Telefon können wir uns nicht gegenseitig alarmieren. Einige haben noch die alten Hofglocken. Mit denen wurden früher die Knechte und Mägde am Feierabend nach Hause gerufen und jetzt warnen wir uns damit gegenseitig von Hof zu Hof. Leider liegt ihr zu abseits und da ist mir noch keine Lösung eingefallen.«

»Vielleicht mit Rauchzeichen«, meinte Kjell grinsend. »Wie die Indianer; was anderes sind wir irgendwie ja auch bald nicht mehr.«

»Na ja, bis zu euch hier ans Ende der Welt kommt wohl so schnell ohnehin keiner. Werde mich jetzt allmählich auf den Rückweg machen. Mein Ackergaul ist sehr stark, aber auch ziemlich langsam. Ach – übrigens, die Nagelbretter auf dem Weg hierher hat der Regen freigespült. Die habt ihr doch ausgelegt, oder?«

»Stimmt«, antwortete Kjell. »Ich hoffe, dein Pferd ist nicht hineingetreten! Und wenn sie schon so offensichtlich herumliegen, dann kann ich sie auch wieder beseitigen.«

»Aber nicht einfach wegwerfen! Die Nägel kann man vorsichtig herausziehen. Die sind heutzutage Gold wert.« Mit diesen Worten erhob er sich und reichte allen die Hand. Annika hatte Tore an einen Pfosten der Terrasse gebunden und Björn zog das Pferd etwas dichter heran. So konnte er bequem von der erhöhten Holzkonstruktion aufsteigen. »Nach der Getreideernte könntet ihr mal zu einem Gegenbesuch kommen. Würde uns freuen«, rief er zurückblickend, während Tore in seiner gemütlichen Art Richtung Waldrand trottete und bei jedem Tritt kleine Staubwölkchen aufwirbelte.

»So ein Pferd müsste man haben«, dachte Trine-Lill und blickte den beiden gedankenversunken nach. Dabei kam die Erinnerung an Gesine, das Arbeitspferd ihres Vaters wieder hoch. Für seine Hobbylandwirtschaft war das zuverlässige Tier unersetzlich gewesen. Es zog im Winter Baumstämme aus dem Wald und im Frühjahr spannte ihr Vater es vor den Pflug. Oft hatte sie als Kind stundenlang auf dem Rücken dieses Pferdes gesessen und vom Feld aus den Spaziergängern zugewunken. – Gesine gab es schon lange nicht mehr und, wie die Pferde danach hießen, hatte sie vergessen, denn schon bald nach der Schulzeit lebte sie in Göteborg.

193

»Na, schon wieder am Grübeln?« Kjell lachte verschmitzt und Trine-Lill erwachte aus ihren Gedanken, noch bevor die übliche Wehmut aufkam. Für einen Augenblick leuchtete sogar das von Sommersprossen verstärkte Lächeln in ihrem Gesicht. Aber nur für einen winzigen Augenblick, dann drehte sie sich um und begann wortlos mit den Vorbereitungen für ihre kleine Mittsommernachtsfeier.

Wie beinahe jedes Jahr nieselte es auch an diesem Mittsommerabend, aber es war relativ warm. Nachdem sie die üblichen Spiele mit den Kindern absolviert hatten, saßen alle zusammen unter dem schützenden Dach der Terrasse und schaufelten Spaghetti in sich hinein. Die Kinder hatten es so gewünscht und in Schweden werden Kinderwünsche fast immer erfüllt. Am Mittsommerabend jedoch grundsätzlich. Trine-Lill hatte sogar zwei Packungen aus dem langsam schwindenden Vorrat geopfert und alle hielten sich nach dem Essen demonstrativ ihre prallen Bäuche. Als Kjell dann noch eine sorgsam versteckte Flasche Limonade hervorholte, jubelten Annika und Lars gleichzeitig auf. Während die beiden den süßen Inhalt gerecht teilten, öffnete Kjell eine Flasche Wein und erblickte dabei tatsächlich einen Aldi-Aufkleber. Er musste lauthals lachen und Trine-Lill schaute ihn verwundert an.

»Ich bin nicht besoffen! Als ich das Plündererlager entdeckte, dachte ich sofort an einen Aldiladen. Und was siehste hier? Aldi! Die hatten schon immer eine ausgesuchte

Weinabteilung.« Er musste schon wieder lachen. Trine-Lill nahm ihm die Flasche aus der Hand und schenkte ihre Gläser voll. »Du verschüttest mir noch die Hälfte und der Schnapsladen in Sunne hat bestimmt schon zu.« Auch sie konnte sich ein zweites Lächeln am selben Abend nicht verkneifen.

Die Kinder hatten die Limonade schnell vernichtet und drehten noch einige Runden um den Mittsommernachtsbaum. Die beiden Erwachsenen schauten ihnen zu und nippten von Zeit zu Zeit an ihren Weingläsern. Plötzlich sprang Kjell auf und ging in die Küche. Als er zurückkam, trug er sein Handy in der Hand und tippte darauf herum. Es hatte sich auf dem Fensterbrett bis zum Anschlag aufgeladen und begann jetzt plötzlich einen alten deutschen Schlager zu spielen. Kjell stellte die Lautstärke auf die höchste Stufe und legte das Gerät auf den Tisch. »Ein Klingelton«, verkündete er stolz. Trine-Lill musste erneut grinsen und sagte dann kopfschüttelnd: »Zwei kleine Italiener. Was ist das denn für ein Lied? Ist das nicht diskriminierend?«

»Quatsch!«, antwortete Kjell. »Es besagt doch nur, dass es in Italien zwei kleine Italiener gibt und nicht etwa, dass alle Italiener klein sind. – Darf ich bitten, Lillan?« Er hatte sich in Tanzpose aufgestellt und schaute erwartungsvoll.

»Du bist ja besoffen!«, antwortete Trine-Lill.

»Doch Mutti, tanzt doch mal!«, rief Annika und Lars klatschte bereits im Takt. Und da in Schweden Kinderwünsche an Mittsommernacht nicht abgelehnt werden dürfen, stand auch Trine-Lill auf und stellte sich unter den geschmückten Baum. Kjell folgte ihr mit dem Handy in der Hemdtasche und sie versuchten zusammen einige walzerähnliche Schritte. Die Kinder klatschten begeistert und sprangen um sie herum.

»Einer geht noch«, rief Kjell und schaltete den Klingelton erneut ein, aber Trine-Lill hatte sich schon Lars geschnappt und Kjell forderte somit Annika mit einer tiefen Verbeugung auf.

Im Gegensatz zur regelmäßig verregneten Mittsommernachtsfeier scheint am Tag danach die Sonne genau so regelmäßig und unerbittlich in die Fenster und verstärkt mit ihren Strahlen die unvermeidlichen Kopfschmerzen der übernächtigten Landesbewohner. Kjell öffnete seine geblendeten Augen nur einen kleinen Spalt und zog dann die Decke über den Kopf. Im selben Moment gab es einen scharfen Knall und das ganze Haus schien zu wackeln. Die Bettdecke flog zur Seite und Kjell lugte vorsichtig durchs Fenster. Sein Kopf schmerzte fürchterlich. Draußen segelten einige graubraune Federn durch die Luft und am Boden lagen zwei tote Vögel. Ein weißes, schon angefressenes Huhn und ein zerschossener Raubvogel. Um die Vögel herum war alles mit Federn übersät.

»Was um Gottes willen ist denn hier los?« Er hatte das Fenster geöffnet und hielt sich mit beiden Händen den Kopf. Unten kamen gerade Trine-Lill und die beiden Kinder aus dem Haus und schauten sich das Gemetzel an. Annika weinte und Lars trat mit dem Fuß gegen den Raubvogel.

»Das Vieh hat heute Morgen die Glucke getötet. Wir waren gerade beim Frühstück, als es draußen ein ziemliches Gegacker gab. Dann habe ich mich auf die Lauer gelegt und gewartet.«

»Und die Küken?«

»Sind im Stall«, schluchzte Annika.

»Darf man denn Greifvögel in Schweden schießen?«, fragte Kjell, der noch immer schwer mit sich zu kämpfen hatte.

»In Schweden schießen wir sogar auf Trunkenbolde und Umweltschützer«, antwortete Trine-Lill kopfschüttelnd. Kjell zog den Kopf beleidigt wieder ein und schloss das Fenster. Zunächst wollte er sich wieder ins Bett legen, zog dann aber mit einem Handtuch zum See und sprang, nur mit einer Unterhose bekleidet, direkt vom Steg in das noch eiskalte Wasser. Zitternd und nach Luft ringend eilte er wieder an Land und sah sich einem Herzinfarkt nahe. In der Küche bekam er einen heißen Tee. Den Becher hielt er mit beiden Händen und schlürfte genüsslich und geräuschvoll.

»Das Sixpack mit dem dänischen Elefantenbier musste ja unbedingt noch vernichtet werden«, stellte Trine-Lill trocken fest.

»Das Verfallsdatum war fast erreicht. Was sollte ich tun? So was kann man doch nicht wegschütten!« Kjell wollte grinsen, aber es wurde nur eine schmerzverzerrte Grimasse.

»Das Getreide lässt sich später leichter mähen«, sagte Trine-Lill in einem Tonfall, der etwas Mut machen sollte. Kjell schaute aber nur missmutig auf, wischte sich den Schweiß mit dem Handrücken von der Stirn und mähte dann verbissen weiter. Auch wenn seine Bewegungen schon flüssiger geworden waren, so arbeitete er doch immer noch mehr mit Kraft als mit Können. Immer wieder blieb die Sense in dichteren Grasbüscheln hängen und brachte ihn aus dem so mühsam errungenen Rhythmus. Dazu schien die Sonne fast senkrecht und gnadenlos vom wolkenlosen Himmel herab; von Zeit zu Zeit legten sie kleine Pausen im Schatten einer breiten Fichte ein. Da lagen sie dann alle völlig erschöpft und schauten wortlos den wenigen Wolken nach. Ihre Gedanken konnten dabei unterschiedlicher nicht sein.

Trine-Lill merkte in solchen Momenten, dass sie mehr an ihrem Vater hing, als sie es sich selber je eingestanden hätte. Immer stärker verfestigte sich ein Schuldgefühl und nahm mehr und mehr Raum ein. Ablenkung verschaffte nur die harte Arbeit des Sommers und natürlich die Kinder.

Kjell, der nachdenklich auf einem Grashalm kaute, fühlte sich eigentlich geborgen, wie seit seiner Kindheit nicht mehr. Andererseits lag da eine begehrenswerte Frau so dicht neben ihm im Gras und doch war sie für ihn unerreichbar fern. Sollte dieser Zustand für lange Zeit sein Schicksal sein oder würden sie bei einer Normalisierung der Lage wieder auseinanderlaufen, so wie der Zufall sie auch zusammengewürfelt hatte.

Während Kjell mit ihrer einzigen Sense mähte, wendeten Trine-Lill und die Kinder das bereits gemähte Gras mit einer Harke oder auch mit den Händen. Um ihre wenigen Schuhe zu schonen, gingen alle barfuß. Die gekappten Grashalme pikten und kitzelten an den Fußsohlen, aber sie hatten sich schnell daran gewöhnt. Die grelle Sonne hatte das Gras schnell zu Heu umgewandelt und sie trugen es in eine alte Plane gehüllt zum Hof. Der Wintervorrat war schon ganz ansehnlich und erfüllte alle mit Stolz. Am Nachmittag schlief der laue Wind ganz ein und es wurde unerträglich schwül. Ein fernes Grollen bestätigte ihre Befürchtungen und schweißgebadet retteten sie alles halbwegs trockene Gras in die Scheune. Auf dem großen Heuboden breiteten sie es zum Nachtrocknen aus und gingen dann zum See hinunter um das am anderen Ufer aufziehende Gewitter zu beobachten.

Ohne ein Wort zu sagen, entledigte sich Trine-Lill plötzlich ihrer wenigen Kleidungsstücke und rannte, noch bevor der überraschte Kjell es fassen konnte, direkt in den See. Ihr wohlgerundeter, schneeweißer Po leuchtete noch kurz vor dem dunklen Wolkenhintergrund auf, bevor er unter der wellenlosen Wasseroberfläche verschwand. Auf dem Rücken schwimmend winkte sie mit einer Hand und Kjell stürmte zusammen mit den Kindern hinterher. Ausgelassen tobten sie alle splitternackt im immer noch kühlen Wasser des tiefen Sees, bis ein naher Blitz sie aus dem Wasser trieb. Schnell schnappten sie sich ihre verstreut liegenden Kleider und rannten, gejagt von den ersten dicken Regentropfen ins Haus. Jeder verschwand in seinem Zimmer und ein paar Minuten später saßen sie zusammen beim Abendbrot auf der Terrasse. Unter dem schützenden Dach beobachteten sie fasziniert das Naturschauspiel und waren gleichzeitig um das Getreide besorgt. Ein Hagelschauer um diese Jahreszeit konnte dem Getreide arg zusetzen. Es blieb aber bei den dicken Tropfen.

Annika und Lars verschwanden schnell in ihren Zimmern. Die harte Arbeit hatte sie geschafft. Entgegen der üblichen Sitzordnung hatte sich Kjell auf die Bank zu Trine-Lill gesetzt, doch die ging unter einem Vorwand in die Küche, und als sie zurückkam, da nahm sie stattdessen Kjells Stuhl am Kopfende. Der ergab sich enttäuscht in sein Schicksal und holte die vorletzte Flasche Aalborger aus dem Erdkeller. Wortlos schenkte er sein, noch vom Abendbrot stehen gebliebenes Wasserglas halb voll, nahm einen kräftigen Schluck und streckte sich auf der Bank lang aus. Trine-Lill zuckte mit den Schultern, griff sich ebenfalls die Flasche und setzte sie direkt an die Lippen.

Bis auf den schon wieder abziehenden Donner blieb der Abend stumm.

Der kurze, aber schöne schwedische Sommer steckte für die Bewohner von Timbonäs voller harter Arbeit. Die Heuernte ging fast direkt in die Getreideernte über und nebenbei musste der Gemüsegarten gepflegt werden. Als Entschädigung gab es aber endlich wieder frisches Gemüse. Die Reihen wurden nicht vollständig abgeerntet. Einige Pflanzen durften auswachsen und die getrockneten Samen bildeten den Grundstock für die Aussaat im nächsten Jahr. Sie rechneten inzwischen nicht mehr mit einer kurzen Krise und richteten sich daher für einen längeren Aufenthalt ein.

Das Bienenvolk hatte sich gut entwickelt, aber an eine Honigernte war in diesem Jahr nicht zu denken. Der entnommene Honig hätte durch einige Kilo Zucker ersetzt werden müssen und die hatten sie nicht über. Stattdessen setzte Kjell auf Vermehrung. Wenn er erst mehrere Völker besaß, dann würde er die früher übliche Methode anwenden und den Bienen immer nur die Hälfte des Honigs rauben. Mit dem Rest mussten sie dann über den Winter kommen.

Die Küken entwickelten sich auch ohne die Glucke prächtig, aber an viele Eier war natürlich bei einem Hahn und einem Huhn nicht zu denken. Die besorgte Annika behielt die kleine Schar immer im Auge und der an einem Ast aufgehängte tote Bussard schreckte andere Räuber zuverlässig ab. Kjell protestierte zunächst heftig gegen diesen Anblick und geriet mit Trine-Lill in einen ausgewachsenen Streit. Einige Jahre hatte er, wie andere Topverdiener auch, brav seinen Mitgliedsbeitrag bei den Grünen eingezahlt. Allerdings ohne sich um deren Programm zu scheren. Trine-Lill schimpfte wie ein Rohrspatz über diese weltfremden

Umweltschützer, die sich nach ihrer Meinung so weit von der Natur entfernt hatten, dass sie im Notfall darin völlig hilflos umherirren würden. Sie war davon überzeugt, dass von denen keiner diese Krise überleben würde. Irgendwie fühlte Kjell sich direkt angesprochen und an seine eigene Unfähigkeit erinnert. Ohne Trine-Lill hätte er wohl tatsächlich nicht überlebt. Leicht eingeschnappt verzog er sich zu einer Angeltour auf den See. Angeln konnte er immerhin.

Das zweite Huhn brütete inzwischen ebenfalls und der Hahn langweilte sich ohne seine Damen sichtlich. Aus Protest krähte er noch häufiger als sonst.

»Das Fieber muss weiter gestiegen sein!« Trine-Lill hielt die flache Hand auf Annikas Stirn und schaute besorgt zu Kjell. Sie war sichtlich nervös und ihre so unerschütterliche Zuversicht war in Panik umgeschlagen. »Warum habe ich auch kein Fieberthermometer eingepackt?«

»Mach dir doch keine Vorwürfe, man kann nicht an alles denken und genützt hätte es auch nichts. Sie hat doch ganz offensichtlich hohes Fieber.«

Annika lag in ihrem Bett und war nicht mehr ansprechbar. Nur ein leises Wimmern war zu hören. Um ihre Hand- und Fußgelenke hatten sie kühlende Umschläge gewickelt und Trine-Lill tupfte vorsichtig den Schweiß von Annikas Stirn.

Angefangen hatte es mit Magenschmerzen, und als die nach zwei Tagen noch immer nicht abklangen, befürchteten sie eine

Blinddarmentzündung. In ihrer jetzigen Lage ein Todesurteil.

»Ich nehme mein Rad und fahre zu Perssons«, sagte Kjell, der die Hilflosigkeit nicht mehr aushielt. »Vielleicht gibt es inzwischen einen Arzt in der Gegend.«

Trine-Lill sah ihn an und nickte mit dem Kopf. Ihre Augen waren gerötet. Sie hatte zwei Tage nicht geschlafen, obwohl Kjell sie am Krankenbett abgelöst hatte.

»Beeil dich bitte!«

»Ja, mache ich.«

Ihr Blick ließ ihn erschaudern und er rannte zu seinem Fahrrad. Gerade aufgestiegen hielt er wieder an, rannte zurück ins Haus, schnappte sich einige Goldmünzen und ein Paket Salz. Er radelte was die Kräfte hergaben, und an seiner eigenen Straßensperre trug er das Rad springend durch den jetzt im Sommer ausgetrockneten Bach. Die Nagelbretter hatte er vor einigen Tagen entfernt.

In der Einfahrt zum Hof der Perssons sah er Björn, der mit einer Sense auf dem Weg zur Feldarbeit war.

»Hallo Björn«, rief er völlig außer Atem. Der schaute ihn erstaunt an.

»Wir brauchen einen Arzt. Annika hat eine Blinddarmentzündung.«

»Oh, das tut mir schrecklich leid!« Björn war sichtlich betroffen. »Aber einen Arzt gibt es in der ganzen Gegend keinen.« Er dachte angestrengt nach, während Kjell ihn erwartungsvoll ansah.

»Wenn wir etwas brauchen, dann gehen wir zur alten Margos. Alle nennen sie nur die Hexe, aber sie kann oft helfen. Bei einem Blinddarm allerdings – seid ihr euch sicher?«

»Sicher nicht, aber Annika hatte starke Bauchschmerzen und jetzt hohes Fieber. – Wo kann ich die Hexe finden?«

»Zwei Kilometer von hier biegst du in einen kleinen Waldweg und dann folgt schon bald ein baumloses Moor. Das Haus der Margos steht auf einer kleinen Anhöhe mitten im Moor. Du kannst es nicht verfehlen.«

»Danke!« Kjell drehte sein Rad und wollte sofort weiter, doch Björn hielt ihn am Arm fest. »Wunder dich nicht über die alte Frau, sie ist sehr gewöhnungsbedürftig. Und hier – nimm!« Er reichte Kjell eine olivgrüne Feldflasche. »Du bist ja völlig durchgeschwitzt. Trink etwas, sonst kommst du gar nicht erst an.«

»Danke, danke.« Kjell nahm einen kräftigen Zug aus der Flasche und sauste weiter.

Der Wald öffnete sich zu einer fast baumlosen Moorlandschaft, die vor ihrer Verlandung wohl ein Ausläufer des Kymmen war. Aus den hohen Gräsern ragten nur vereinzelte, meist abgestorbene Birken und Kiefern. Der Waldweg endete hier und ging in einen sehr schmalen Trampelpfad über, der nur wenig aus dem Moor herausragte. Kjell musste absteigen und konnte nur knapp neben seinem Rad gehen. Zeitweise trug er es über den wabbeligen Boden.

Das Haus der Hexe lag auf einer fast kreisrunden Anhöhe und wurde von einem lichten Birkenwald umsäumt. In den Ästen saßen einzelne Krähen und schauten mit langen Hälsen auf ihn herab. Aus dem windschiefen

Schornstein kräuselte sich ein dünner Faden aus weißem Rauch in den blauen Himmel. Die Hexe war also zu Hause. Vor seinen Füßen flüchtete eine dicke Ringelnatter vom Pfad in das bräunliche Wasser und verschwand zwischen den Stängeln einer Binsengruppe. Die absolute Stille im Moor ließ das Konzert der Insekten fast unnatürlich laut erscheinen und das von seinen Schritten verursachte Rascheln der trockenen Gräser wirkte beinahe störend.

Als er die Anhöhe zum Haus hinaufging, spürte er, wie kalter Schweiß seinen Rücken überzog. Alles schien wie im Märchen von Hänsel und Gretel, nur eine Gretel fehlte ihm auch hier. Das farblose Holzhaus musste sehr alt sein. Die hölzernen Dachschindeln waren mit Moos bewachsen, einige hingen schief oder lagen bereits am Boden. Die Fensterläden waren alle verschlossen, nur die Eingangstür stand halb geöffnet. Er klopfte vorsichtig an. Keine Antwort. Er klopfte erneut und etwas heftiger. Nichts. Erst der dumpfe Schlag seiner Faust wurde mit einem unverständlichen Krächzen beantwortet. Zögernd trat er ein und sah zunächst nichts, nur ein undefinierbarer Geruch leitete ihn weiter. Als seine Augen sich an die Dunkelheit gewöhnt hatten, sah er die kleine, tief gebeugte Gestalt an einem Herd stehen und in einem Topf rühren, wobei die extrem lange Nase bis in den Topf reichte.

»Hej, mein Name ist Kjell. Meine Tochter Annika ist sehr krank und wir brauchen Hilfe.« Die Worte „meine Tochter" waren ihm einfach so über die Lippen gekommen. Die Alte krächzte etwas, was für Kjell wie „Christine" klang und deutete auf einen Tisch aus dicken ungehobelten Eichenbohlen. Kjell setzte sich und schaute zu, wie sie den großen Topf von der Feuerstelle schob. Ihre lange Hakennase schwebte immer noch direkt über dem blubbernden Inhalt. Kjell kamen erhebliche Zweifel. Was mache ich hier eigentlich und was soll diese Kräuterhexe gegen einen entzündeten Blinddarm ausrichten.

»Kopf hoch, mein Junge!« Christine hatte seine Gedanken wohl erraten und setzte sich jetzt zu ihm. »Es sind schlechte Zeiten, aber sie werden wieder besser. Das sehe ich.« Sie schaute ihn durchdringend an und ein leicht fauliger Mundgeruch waberte über den Tisch. Kjell wollte schon aufstehen, da sagte sie plötzlich: »Es ist nicht deine Tochter. Du hast keine eigenen Kinder.«

Kjell erschrak fürchterlich und sein Mund stand halb offen.

»Du kannst mir nichts vormachen. Schon als du auf mein Haus zukamst, habe ich gespürt, dass du es ehrlich meinst und wirklich tief besorgt bist. Der Moorboden schwimmt und überträgt Schwingungen über weite Strecken. Es gibt Menschen, die diese Signale spüren und deuten können«

Kjell war beeindruckt. Woher hatte die Alte ihre Kenntnisse über seine Scheinfamilie. Keiner konnte es ihr gesagt haben. Selbst Björn, ihr einziger Kontakt zur Außenwelt, hatte sie für eine richtige Familie gehalten und Trine-Lill hatte ihn in diesem Glauben gelassen.

»Versuche nicht etwas zu verstehen, was in deinem Weltbild nicht erklärbar ist. Nimm es einfach so hin!«

Christine hatte seine Gedanken schon wieder erraten, und er versuchte einfach an nichts zu denken. Das ging aber auch nicht, denn er war mit einem eiligen Auftrag unterwegs.

»Die Medizin für Annika ist schon fertig. Sie kühlt gerade ab.« Sie deutete auf den Herd. »Hol mir mal ein Glas dort aus dem Regal. Ich bin nicht mehr so beweglich. Morgens und abends bekommt Annika zwei Teelöffel davon, keinesfalls mehr. Die Wirkung ist sehr stark und eine Überdosis bewirkt das Gegenteil.«

Kjell stand schnell auf und nahm ein leeres Marmeladenglas aus dem Wandregal. Der Preiselbeeraufkleber eines Möbelhauses war schon etwas verblichen.

»Nimm den Holzlöffel, aber keine Blätter und Früchte einfüllen, nur die Flüssigkeit.«

Kjell ging an den Herd und tat wie ihm geheißen. Im Topf schwammen verschiedene Blätter, Pilze und Früchte. Der Geruch kam ihm jetzt schon viel angenehmer vor. Dann stellte er das Glas auf den Tisch und setzte sich wieder. »Wie kann ich bezahlen?«, fragte er zögerlich.

»Mit Gold natürlich!«, antwortete Christine und stieß dabei ein zischendes Lachen aus. Kjell holte seinen kleinen Lederbeutel mit den Goldmünzen hervor und öffnete ihn zögerlich. Wie viele Münzen sollte er ihr geben? Mit einer blitzschnellen Handbewegung hatte Christine die Frage geklärt und sich den ganzen Beutel geschnappt. Kjell schaute verdutzt auf und sah in

Christines Augen ein so eisiges Leuchten, dass er nicht ein Wort hervorbekam. Der Beutel war ohnehin augenblicklich zwischen den zahlreichen Schichten ihres Kleides verschwunden.

Kjell schnappte sich das Glas und stand auf. Wieder zog eine eisige Kälte über seinen Rücken und er wollte nur noch weg. »Vielen Dank noch für alles«, stotterte er und eilte aus der Küche. Als er die Haustür erreichte und noch einmal in die Dunkelheit zurücksah, war von der Hexe nur noch das Leuchten ihrer Augen zu sehen.

Das Glas mit der Medizin verstaute er sorgfältig in der Packtasche, dann schüttelte er sich, rieb sich die Augen und blickte noch einmal zum Hexenhaus. So etwas hatte er noch nie erlebt. Nicht einmal geträumt. Besser er sagte Trine-Lill nichts von dem Erlebten, sonst würde sie die komische Brühe aus dem Marmeladenglas wohl gleich wegschütten. Er wusste ja selber nicht, ob er in einem Irrenhaus gewesen war oder eine Erfahrung der dritten Art miterlebt hatte. Irgendwie stieg aber auch eine wohltuende Hoffnung in ihm auf und beflügelte seinen Rückweg.

Trine-Lill schaute ihn mit rot geränderten Augen an. Ihre linke Hand ruhte auf der Hand ihrer Tochter, die nach wie vor völlig apathisch in ihrem Bett lag. Die dünne Sommerdecke hob und senkte sich gleichmäßig, aber viel zu schnell. Kjell stellte das Marmeladenglas wortlos auf den Nachttisch. Ihm war nicht wohl bei der Präsentation seiner sonderbaren Medizin. Trine-

Lill hatte sicher mehr erwartet, vielleicht sogar einen Arzt. Sie sagte aber nichts und blickte ausdruckslos auf den Nachttisch.

»Zwei Teelöffel morgens und zwei abends. Keinesfalls mehr.« Kjell wartete darauf, dass Trine-Lill ihm das Glas an den Kopf warf, aber sie ging einfach in die Küche hinunter und holte einen Teelöffel.

»Willst du gar nicht wissen, woher ich das habe?«

»Ist doch egal – vermutlich von einer Kräutertante und was bleibt uns schon anderes übrig.« Sie nahm das Glas, schraubte den Deckel ab und verzog das Gesicht fast angewidert. »Kannst du sie etwas anheben?«

Kjell schob seinen Arm unter Annikas Rücken und hob sie vorsichtig an. Ihr kleiner Mund öffnete sich in wundersamer Weise von selbst ein wenig und Trine-Lill flößte ihr die dunkle Flüssigkeit vorsichtig ein.

»Soll ich dich am Bett ablösen«, fragte Kjell. Ihm war klar, dass Trine-Lill die ganze Zeit am Bett verbracht hatte.

»Ja ist gut, ich koche dann etwas«, antwortete sie leise und ging nach unten. Kjell setzte sich ans Bett und schaute auf Annika. Seine Hilflosigkeit machte ihm schwer zu schaffen und schnürte ihm den Brustkorb zu. War er so ein Versager? Hätte er nicht doch nach Gräsmark radeln sollen? Vielleicht gab es dort inzwischen doch einen Arzt und es hatte sich nur noch nicht herumgesprochen. Gleich morgen würde er einen neuen Versuch unternehmen.

Nach einer Stunde kam Trine-Lill wieder nach oben und löste ihn wieder ab. Sie hatte eine Suppe aufgewärmt und bereits zusammen mit Lars gegessen.

In der zweiten Nachthälfte änderte sich Annikas Zustand. Nach Kjells Meinung jedoch nicht zum Positiven. Sie bewegte sich unruhig im Bett hin und her und ihr Mund formte kaum hörbare Worte. Trine-Lill beugte sich über sie und versuchte etwas zu verstehen, aber die Worte ergaben keinen Sinn. Sie klangen wie aus einer unbekannten Sprache.

Am Morgen wollte Kjell die Behandlung mit dem Mittel der alten Hexe nicht fortsetzen, doch Trine-Lill bestand darauf. Also flößten sie Annika erneut zwei Teelöffel ein. Ihr Mund hatte sich beim Anheben wieder automatisch geöffnet und ihre Augen wirkten etwas klarer. Statt wie vorher auf dem Rücken liegen zu bleiben, drehte sie sich selbst in eine Seitenlage und schlief ein. Kjell übernahm die Wache am Bett, während Trine-Lill sich völlig übermüdet in ihr Zimmer verzog. Später wollte er sich auf den Weg nach Gräsmark machen. Auf dem Stuhl am Bett sitzend schlief auch er ein.

Die Berührung an seinem Ärmel war nur ganz schwach, aber er erwachte sofort. Annika hatte sich leicht mit dem Oberkörper wankend aufgerichtet und flüsterte ganz leise. »Durst – trinken.«

Auf dem Nachttisch stand neben der Medizin ein halb gefülltes Glas mit Wasser und Kjell setzte es vorsichtig an Annikas Mund. Sie versuchte zu trinken und verschluckte sich. In diesem Moment kam Trine-Lill ins Zimmer und stutzte über den Anblick. Dann hatte sie die Situation erfasst und löste Kjell ab. Ganz schwach klopfte sie Annika auf den Rücken, und als die sich wieder gefangen hatte, probierte sie es erneut mit dem Glas. Jetzt klappte es, Annika trank das Glas fast leer und schlief sofort wieder ein.

Trine-Lill wirkte erschöpft aber glücklich. Sie schaute ein paar Minuten gedankenversunken der schlafenden Annika zu, drehte sich dann plötzlich um und fiel Kjell um den Hals. »Danke!«, flüsterte sie leise und drückte ihn noch fester. Kjell wollte die Umarmung gerade erwidern, da hatte sie sich schon wieder von ihm gelöst.

»Ist doch gar nicht gesagt, dass es das Mittel der Hexe war«, antwortete Kjell mit einem Achselzucken.

»Welche Hexe?«, fragte Trine-Lill verwundert.

»Die Kräuterfrau meine ich natürlich.« Kjell zögerte kurz und sprach dann weiter: »Die Frau war schon etwas wunderlich.«

»Ach, da übertreibst du wieder! Kräuterfrauen sehen immer etwas sonderbar aus. Das Mittel hat auf jeden Fall geholfen.«

Kjell beließ es dabei und dachte sich sein Teil. Nur einen Entschluss hatte er gefasst: So konnte es nicht weitergehen! Schon in den nächsten Tagen würde er nach Gräsmark radeln und sich dort umsehen. Vielleicht würden Horst oder Björn mitkommen. Sie kannten die Leute dort, für die er nur ein Fremder war. Es musste doch möglich sein, wieder eine menschliche Gemeinschaft aufzubauen. Zunächst im Rahmen einer kleinen Gemeinde, deren Bewohner sich gegenseitig unterstützen und in Notfällen auch helfen würden. Allein stießen sie doch sehr schnell an ihre Grenzen, das hatte Annikas Krankheit ihm deutlich gemacht.

Beim Abendessen zwei Tage später, sie saßen erstmals wieder alle gemeinsam am Tisch, erläuterte Kjell seine Gedanken. Trine-Lill stimmte ihm sofort zu. Auch sie hatte in den langen Stunden am Krankenbett über die Zukunft und die damit verbundenen Probleme nachgedacht. Nach der anstehenden Getreideernte würde Kjell sofort aufbrechen.

Annika winkte den anderen von der Terrasse aus zu, als diese sich zur Getreideernte aufmachten. Ihr ging es zwar schon wieder recht gut, aber die Kräfte reichten noch lange nicht für einen Ernteeinsatz. Kjell hatte den Umgang mit der Sense inzwischen gut drauf und das kleine Feld machte ihm keine großen Probleme. Nur da, wo die Halme durch Regenfälle an den Boden gedrückt worden waren, da fluchte er leise vor sich hin. Am Abend hatten sie alles zu Garben gebunden und aus Furcht vor erneutem Regen trugen sie die Bündel sofort in die Scheune und breiteten sie zum Trocknen aus. Gegen Mitternacht waren sie fertig und betrachteten stolz das Ergebnis.

»Na Lillan, was sagste dazu?« Kjell blickte zufrieden auf die für seine Begriffe riesige Ernte.

»Ehrlich?«

»Was – ehrlich?«

»So wirkt der Haufen riesig, aber gedroschen bleibt da nicht viel. Und wenn die Mäuse mitessen, dann reicht es nicht über den Winter. Geschweige denn für die Saat im nächsten Frühjahr.«

»Du kannst einem aber auch das Erntefest verderben!«

»Ich mein ja nur, und du hast ja auch gefragt. Im nächsten Jahr muss das Feld tatsächlich größer werden, damit es reicht.«

»Noch mehr umgraben?« Kjell spürte sofort wieder seinen Rücken.

»Da können Lars und ich helfen und wir fangen bereits im Herbst damit an. Und im Winter gibt es auch frostfreie Tage. Jedenfalls manchmal.«

»Da brauche ich jetzt einen Schnaps drauf!« Kjell ging kopfschüttelnd und missmutig aus der Scheune. Sie hatte natürlich recht, das war ihm schon klar. Während der monotonen Arbeit mit der Sense hatte er oft an die erstaunlichen Leistungen früherer Generationen gedacht. Die brauchten sich sicher keine Gedanken über Zerstreuung am Abend machen, die fielen einfach halb tot ins Bett. Oder waren die einfach härter und zäher gewesen? Dann hatte Trine-Lill wohl doch recht mit ihren verweichlichten Grünen, denen sie keine Woche in der Natur zutraute. Er konnte sich ein plötzliches Grinsen nicht verkneifen, als ihm bei diesen Gedanken

213

die Körnerfresser aus der Bankkantine einfielen. Die sahen mit ihren eingefallenen Wangen und dunklen Augenrändern immer schon so aus, als hätten sie mindestens vier Wochen in der Wildnis zugebracht. Er stellte sich die dürren Gestalten beim Umgraben eines ganzen Feldes vor und musste plötzlich laut auflachen.

»Was gibt es da zu lachen?« Trine-Lill war ihm mit einem schlechten Gewissen gefolgt und wollte ihn eigentlich etwas aufmuntern. Seinen Lachanfall konnte sie sich nicht erklären.

Kjell lachte erneut und konnte sich gar nicht beruhigen. Trine-Lills entgeisterter, fast schon zorniger Gesichtsausdruck, machte es auch nicht besser.

»Lachst du etwa über mich?«

Kjell versuchte sich zusammenzureißen, denn er merkte, dass Trine-Lill den Lachanfall auf sich bezog. »NEIN! Ich meine die Veganer in unserer Bank.«

»Was für Leute?«

»Na solche, die kein Fleisch, keine Milch, keine Eier und auch keinen Käse essen.« Er hatte die Worte mit Mühe herausgebracht und lachte weiter.

»Du kennst aber auch Leute. Kein Wunder, dass du so …«

»Hilflos bist, wolltest du doch sagen? Und du hast ja so recht. Mir ist das gerade wieder bewusst geworden.« Er japste immer noch nach Luft, aber das Lachen verstummte allmählich.

»Setz dich auf die Terrasse, den Schnaps hole ich, sonst verschüttest du noch die letzten Tropfen.«

Wieder führte ihn sein Weg am See entlang bis zu Perssons Waldhof. Er hatte sich einen schönen Hochsommertag ausgesucht, war guter Laune und freute sich richtig auf den Ausflug nach Gräsmark. Björns Hof lag ungefähr auf halber Strecke am Ende des Kymmen. Die ganze Familie war auf dem Feld und lud die in Gaben aufgestellten Getreidebündel auf einen zum Pferdewagen umgebauten Pkw-Anhänger. Das ursprünglich kleine Stützrad vorne hatten sie durch ein größeres ersetzt und eine Sitzbank für den Kutscher gab es auch. Tore, das schwere Kaltblutpferd wartete geduldig auf seinen Einsatz.

Alle hatten mit der Arbeit aufgehört, stützten sich auf ihre Forken und schauten gespannt auf den näherkommenden Kjell. Sie erwarteten vermutlich eine schlechte Nachricht und Kjell rief daher schon von Weitem: »Na, alle schön fleißig? Das lob ich mir!« Dabei winkte er ihnen freundlich zu. Die Erleichterung bei den Perssons zeigte sich durch ein allgemeines und tiefes Durchatmen.

»Und wie sieht es bei euch aus?«, fragte Björn trotzdem vorsichtig.

»Alles wieder ok! Die Kräuterhexe hat eine teuflische Medizin zusammengebraut, aber die Frau ist wirklich mehr als gewöhnungsbedürftig.«

»Das ist ja toll!«, freute sich Björn erleichtert.

Seid ihr denn schon mit der Getreideernte fertig?«, mischte sich Björns Sohn Horst neugierig ein.

»Es muss noch gedroschen werden. Unser Feld war aber auch viel kleiner als eures. Im nächsten Jahr vergrößern wir die Anbaufläche auf 15 Hektar.«

Alle lachten herzlich über den gespielt größenwahnsinnigen Kjell.

»Bei so einem großen Hof, da kann der Bauer schon mal eine Radtour unternehmen«, frotzelte Horst.

»Genau!«, antwortete Kjell. »Alleine macht es aber keinen Spaß und darum komme ich bei euch vorbei. Wer hat denn Lust auf ein Bierchen in Gräsmark?«

Der Vorschlag machte alle zunächst sprachlos, dann antwortete Björn: »Typisch deutsch! Auf so einen Einfall sind wir nicht einmal vor der Krise gekommen. Wie auch, die nächste Kneipe gab es in Sunne und da würde ich erst mal wegbleiben. Man hört nichts Gutes.«

»War doch auch nur ein Spaß. Mein Anliegen ist schon etwas ernsthafter. Die Krankheit von Annika hat uns die Augen geöffnet. Wir können nicht für immer als Einsiedler leben. Irgendwann passiert wieder etwas und wer hilft uns dann? Wäre doch nicht schlecht, wenn man sich zu einer Art Gemeinde zusammenschließt.«

»Darüber haben wir in unserer Bürgerwehr auch schon gesprochen«, stimmte Horst zu. »Nach der Ernte wollten wir das Thema angehen. Jetzt sind alle zu sehr beschäftigt.«

»Vielleicht könnte ja wenigstens einer mitkommen.« Kjell schaute in die Runde. »Mich kennt da keiner. Womöglich schießen die noch auf mich.«

»Das könnte durchaus passieren«, antwortete Björn nachdenklich. »Durch die ganzen Plünderungen liegen die Nerven richtig blank. Also gut, es kann ja nicht schaden, wenn wir über die neuesten Nachrichten aus der Umgebung informiert sind. Für mich ist der Weg mit dem Fahrrad nichts mehr, aber Horst kann ja mitfahren.«

Der Angesprochene hatte schon mit seinem Einsatz gerechnet und die Forke auf den Anhänger gelegt. Zusammen machten sie sich auf den Weg zum Hof, um ein weiteres Fahrrad zu holen.

»Passt auf euch auf!«, rief Karin ihnen nach.

»Nimmst du keine Waffe mit?«, fragte Kjell, als sie vom Hof radelten. Horst hob sein T-Shirt etwas an und deutete auf den Revolver im Hosenbund. »Ohne Waffen gehen wir niemals aufs Feld.«

Während sie den Schotterweg entlangfuhren, sprachen sie fast ausschließlich über die Probleme in der Landwirtschaft. Besonders das bevorstehende Dreschen der Getreideernte ohne den Einsatz von Maschinen war das Thema auf allen Höfen der Umgebung.

Der breitschultrige und stämmige Horst tat sich mit seinem einfachen Fahrrad ohne Schaltung sichtlich schwer und wurde schnell kurzatmig. Als ihnen ein Pferdegespann entgegen kam, nutzte er die Gelegenheit sofort für eine Verschnaufpause. Der Bauer auf dem mit Heu beladenen Leiterwagen hatte ihn schon von Weitem erkannt und stoppte seine zwei tänzelnden Pferde etwas unbeholfen. Die nervösen Reitpferde waren, wie auch der Kutscher, diese Art der Fortbewegung offensichtlich nicht gewohnt.

»Hallo Gunnar!«, begrüßte Horst den rothaarigen Mann, der trotz der Hitze eine dicke Weste trug und einen zigarettenähnlichen Stummel zwischen den braunen Zahnresten hielt. »Einen schönen Wagen hast du da.«

»Was für einen Wagen? – Ach, du meinst die Karre, auf der ich sitze.« Gunnar schaute sich um und zuckte mit den Achseln. »Mein Volvo war mir lieber! Nie hätte ich gedacht, dass wir die alten Geräte aus der Scheune wieder vorholen müssen. – Dein Trecker scheint ja auch kaputt zu sein.« Er deutete grinsend auf die Fahrräder. »Oder haben sie dir den Führerschein abgenommen?«

»Kommst du gerade aus Grasmark?« Horst wechselte das Thema.

»Nein, nur von der Wiese da drüben.« Er deutete hinter sich.

»Wollt ihr denn ins Dorf?«

»Ja, mal sehen, was es so Neues gibt. Wie ist denn die Lage da?«

»Hat sich alles beruhigt, seit die Plünderer verschwunden sind. Nur selten kommen noch Fremde und die werden sofort verjagt. Wir haben ja selber kaum noch was zu beißen. Und Leben ist wieder im Dorf, fast wie zu meiner Jugendzeit.«

»Das werden wir uns mal ansehen.«

Gunnar tippte mit dem Zeigefinger an den Schirm seiner Mütze und schnalzte mit der

Zunge. Es dauerte einige Meter, bis die Pferde wieder gleichmäßig zogen.

»Leider gibt es nur wenige Kaltblutpferde und diese empfindlichen Hobbygäule taugen nicht für die Landwirtschaft«, erklärte Horst den Anblick.

Immer wenn der Wald sich zu einer größeren Lichtung öffnete, tauchten vor ihnen einzelne Höfe auf. Die Bewohner waren alle mit der Arbeit auf den direkt angrenzenden Feldern beschäftigt. Schläge, die weiter vom Hof entfernt lagen, blieben noch immer unbewirtschaftet. Horst schien sie alle zu kennen und grüßte beständig mit der Fahrradklingel. Dann hatte sie Gräsmark erreicht. Ein kleines, locker bebautes Dorf. In den Carports standen verstaubte Autos, denen bereits einzelne Räder fehlten. Der Verkehr im Dorf beschränkte sich auf Schiebkarren, Bollerwagen und Fahrräder.

Sie schoben ihre Räder gemütlich durchs Dorf und schauten sich das Treiben der Bewohner an. Einige strebten dem kleinen Freilichtmuseum zu und sie schlossen sich neugierig an. Vor dem hölzernen Torhaus standen zwei gelangweilt wirkende und mit Jagdgewehren bewaffnete Posten. Horst kannte auch sie und stellte ihnen Björn als Bauern aus Timbonäs vor. Einer der beiden Männer notierte sich den neuen Bewohner in einem kleinen Notizbuch und erklärte dann: »Damit bist du sozusagen Mitglied unserer kleinen Gemeinschaft geworden. Wir müssen uns irgendwie gegen alle möglichen Ganoven schützen. Immer wieder ziehen einzelne Leute oder auch kleine Gruppen durch und bedienen sich auf den Feldern. Selbst Vieh wurde schon gestohlen und so gehen jetzt rund um die Uhr ein oder zwei Streifen durch das Dorf.«

»Und was passiert hier im Freilichtmuseum?«, fragte Horst, der sich staunend den Betrieb auf dem Gelände ansah.

»Wir haben hier einen wöchentlichen Tauschmarkt für Lebensmittel, Kleidung und Werkzeug eingerichtet. Und die alten Werkstätten sind auch alle wieder auf. Unser von vielen so belächeltes Museum hat sich als wahrer Glücksfall entpuppt. Es gibt eine Schmiede, eine Weberei und viele andere Handwerker. Sogar ein kleiner Ausschank hat am Markttag geöffnet. Es gibt allerdings kein Bier, nur harten Schnaps. Aber schaut es euch doch einfach an. Wir müssen unsere Patrouille fortsetzen.« Die beiden nahmen grinsend Haltung an und gingen dann weiter.

Auf den ersten Blick glich die überdachte Tanzfläche auf dem Dorfplatz des Museums einem gewöhnlichen Trödelmarkt. Kjell bemerkte aber sofort einen Unterschied zu früher. Es wurde nur mit Sachen gehandelt, die einen tatsächlichen Nutzen hatten. Es gab weder Poster noch Gemälde und natürlich auch keine Elektrogeräte. Dahinter standen auch keine Autos mit aufgeklapptem Kofferraum, sondern nur mittelalterlich wirkende Karren und Wagen. Es wurden auch keine Geldbörsen gezückt, stattdessen trugen die Kunden Tauschwaren mit sich herum.

Neben der alten Schmiede standen zwei ausgeschlachtete Autos und die Reste anderer Geräte aus Metall. Am Schmiedefeuer arbeitete ein graubärtiger Mann, der sicher schon einige Zeit im Rentenalter war, und hämmerte mit geschickten Schlägen auf einem glühenden Stück Eisen herum. Neben ihm schaute ein junger, kräftiger Bursche interessiert zu und der Alte erklärte seinem Lehrling die einzelnen Arbeitsschritte. Kjell fühlte sich ins Mittelalter versetzt und war gleichzeitig über die Geschwindigkeit erstaunt, mit der sich hier ein autarkes Dorfleben entwickelte. Alles beruhte natürlich auf dem glücklichen Umstand, dass die Geräte im Heimatmuseum vorhanden waren und es Menschen gab, die diese auch noch bedienen konnten.

Im Wohnzimmer eines Bauernhauses, das durch seine aus massiven Stämmen gebauten Wände eher norwegisch wirkte als schwedisch, saß eine Gruppe Frauen zusammen und verarbeitete Schafwolle. Kjell musste an ihre eigenen Versuche mit der Schafschur denken. An der Wand im Schafstall hatten sie eine alte verrostete Schafschere gefunden und diese über dem großen Schleifstein geschärft. Kjell scheiterte kläglich beim Umgang mit dem Ding und übernahm dann lieber die wichtige Rolle des Tierbändigers. Die Schafe sträubten sich heftig und sahen danach auch dementsprechend aus. Trine-Lill hatte aber achselzuckend gemeint, dass sich so was schon wieder zurechtwächst und das außer ihnen die Tiere ja keiner sieht.

Auf der mit frischen Holzspänen übersäten Diele des Blockhauses entstanden unter den flinken Händen mehrerer Männer alle möglichen Utensilien des täglichen Bedarfs. Von der Suppenkelle bis zum Tisch. Ihr Arbeitsplatz war eine massive, rechteckige Werkbank in der Mitte des Raumes. An den Wänden standen oder lehnten die fertigen Waren. Kjell schaute sich interessiert um und sein Blick blieb auf einem nagelneuen Dreschflegel hängen. Stiel und Schlägel waren mit Lederriemen verbunden und das Gerät wirkte richtig stabil. Er griff einfach zu und fuchtelte mit dem Ding in der Luft herum.

»Na, mein Junge, damit hast du wohl noch nie gearbeitet!« Einer der Handwerker hatte seine Arbeit unterbrochen und sah sich Kjells Dreschversuche grinsend an. Sein wettergegerbtes Gesicht ließ erahnen, dass er in seinem langen Leben viel an der frischen Luft gearbeitet hatte. Mit einem ausgeklappten Zollstock deutete er auf den Dreschflegel: »Lass mich mal!« Mit geübten Schwüngen ließ er das schwere Rundholz auf den Boden klatschen. »Besser geht es allerdings, wenn ihr zu dritt seid und im Takt arbeitet.«

»Ich würde das Ding gerne kaufen«, sagte Kjell etwas unsicher, denn er hatte ja außer den Goldmünzen keine Tauschware.

»Und womit möchtest du bezahlen? Doch wohl nicht mit Kronen oder gar Euros.« Inzwischen hatten die anderen Männer ihre Arbeit ebenfalls eingestellt und lauschten dem Gespräch. Beim Wort „Euro" fielen sie in lautes

Gelächter. Kjell wartete einen Augenblick und zog dann einen Goldtaler aus der Tasche.

»Ist der auch echt?«, fragte ein blasser, hochgewachsener Mann mit eingefallen Gesichtszügen. Seine Arbeitskleidung hing schlaff herunter und seine Knochen konnte man durch den Stoff hindurch erahnen.

»Da könnt ihr euch aber drauf verlassen«, mischte sich Horst jetzt ein. »Er war mal Banker.«

»Gut, dann soll der Handel gelten. Mir wäre allerdings eine schöne Schachtel Marlboro lieber gewesen.«

»Sei froh Karl, dass es die Dinger nicht mehr gibt. Du hast in den letzten Wochen schon richtig zugenommen.«

Erneut lachten alle! Der wettergegerbte Bauer nahm Kjell den Goldtaler ab und schaute ihn sich in der flachen Hand an. »Ist allerdings überbezahlt und wir können nicht wechseln.«

»Vielleicht gibt der Jungbauer ja statt der Zigaretten für den Rest ein paar Schnäpse aus?«

Dieser Vorschlag schien nicht so ganz abwegig, denn alle schauten erwartungsvoll auf Kjell. Der zog seine Augenbrauen hoch, dachte kurz nach und willigte dann ein. Die Männer hakten sofort ihre Werkzeuge in eine Halterung über der Werkbank und ab ging es.

Auf der anderen Seite des Dorfplatzes, in einem weiteren, aber kleineren Blockhaus, hatte sich die Dorfgemeinschaft eine Art Partyraum geschaffen. Die Einrichtung bestand aus einer langen, massiven Holztafel, einem alten Wohnzimmerschrank und einer kleinen Spüle in der Ecke. Am Tisch saßen bereits drei Männer und zwei Frauen. Kjells Blick fiel sofort auf die jüngere, große, aber nicht gerade zierliche Frau. Zusammen mit den roten Haaren wirkten ihre grünen Augen noch feuriger. Sie erwiderte seinen ausdauernden Blick selbstbewusst, bis er von Horst einfach weitergeschoben wurde. Er sah noch ein Lächeln in ihrem Gesicht, dann saß er auch schon mit am Tisch. Allerdings am falschen Ende.

Der wettergegerbte Bauer warf Kjells Goldstück einfach in die Mitte des Tisches und schnappte sich dann eine von zwei bereits auf dem Tisch stehenden Wasserflaschen mit einem tiefroten Inhalt. Der große Dürre suchte eifrig im Schrank nach Gläsern und verteilte sie dann auf dem Tisch.

»Geht heute alles auf diesen Jungbauern – wie heißt du noch?«

Da Kjell nicht sofort antwortete; seine Augen und Gedanken hatten andere Ziele, antwortete Horst. »Das ist Kjell. Er ist im Frühjahr aus Deutschland gekommen und wohnt jetzt in Timbonäs.«

»Einfach so?«

»Wie einfach so?«

»Hat er den Hof einfach besetzt? Da wohnte doch schon lange keiner mehr.«

»Blödsinn! Der Hof gehört seiner Familie seit Ewigkeiten. Er war nur schon lange nicht mehr hier.«

Kjell hatte inzwischen bemerkt, dass es die ganze Zeit um ihn ging und so begann er, seine Geschichte auch hier zu erzählen. Die mit einem ziemlich starken Likör gefüllte Wasserflasche leerte sich dabei kontinuierlich. Am Ende seiner Ausführungen erklärte er auch noch den Grund seines Besuchs in Gräsmark.

»Wir haben hier weder einen Arzt noch irgendeine andere Krankenversorgung«, antwortete ein gepflegt aussehender Mann, der im Gegensatz zu allen anderen einen Anzug trug und auch sonst nach Büro aussah. »Es gibt auch keinerlei Verwaltungsstrukturen mehr, und da ich vor zwei Jahren zum Bürgermeister gewählt wurde, mache ich jetzt einfach weiter und versuche zumindest in unser Dorfleben etwas Ordnung zu bringen.«

»Und was ist mit der Hexe Margos?«, fragte Kjell vorsichtig.

»Mir hat sie bei einer Gürtelrose super geholfen«, meldete sich der große Dürre eifrig.

»Wollen mal so sagen. Mal kann sie helfen und mal nicht«, ergänzte der Bürgermeister betont sachlich.

»Alles Schwindel!«, rief ein kleines Männchen am Ende des Tisches. »Die will nur euer Geld oder besser euer Gold. Früher hat sie bei der Sparkasse in Sunne gearbeitet, und seit sie rausgeschmissen wurde, fehlt da auch nichts mehr in der Kasse. Man konnte ihr natürlich nichts nachweisen.«

»Eben! Sie verfügt über besondere Fähigkeiten, die man nicht erklären kann.« Der große Dürre blickte sich bei seinen Worten fast ängstlich um.

Die Gläser wurden erneut gefüllt und aus der sachlichen Diskussion wurde sehr schnell ein allgemeines Palaver. Die ersten derben Witze flogen über den Tisch und der kleine Dicke holte eine Ziehharmonika unter dem Tisch hervor. Seine schwedischen Volkslieder klangen zwar alle irgendwie ähnlich, aber die Musik lockte weitere Gäste an. Das Stimmungsbarometer stieg schnell und Kjell wunderte sich über die Ausgelassenheit und echte Freude. Sein Vater hatte einmal gesagt, dass in der Not die Feste immer am schönsten sind, weil die Leute vergessen wollen. Für ihn war diese Floskel damals nicht wirklich nachvollziehbar gewesen, denn er benötigte grundsätzlich viel Geld für jedes Amüsement. Heute erlebte er die Freude in der Krise live, allerdings schon etwas verschwommen. Der Alkohol zeigte seine Wirkung und er schaute jetzt ziemlich unverhohlen zur Rothaarigen hinüber und sie erwiderte seine Blicke mit ihren feurigen Augen. Ein Gespräch war nicht möglich, denn sie saß zu weit weg.

»Wie lange willst du noch bleiben?« Horst hatte ihn angestupst.

»Wie lange?« Kjell hatte sich umgedreht und schaute ihn entgeistert an. »Die Party ist doch geil! Seit Monaten lebe ich stumpfsinnig vor mich hin und heute geht endlich mal was ab.«

»Stumpfsinnig?« Jetzt war es Horst, der verblüfft dreinschaute. »Du hast doch eine Familie und ihr seid glücklich zusammen!«

»Familie?« Kjell warf den Kopf nach hinten und stieß dazu einen undefinierbaren Laut aus. »Familie – Du hast eine Ahnung. Trine-Lill und ihre Kinder waren schon da, als ich aus

Deutschland angeradelt kam. Habe sie vorher nie gesehen. Wir schlafen in getrennten Zimmern und sind eher eine Firma als eine Familie.«

Horst war sprachlos und brauchte sofort einen Schnaps. Bisher hatte er sich bei den Getränken eher zurückgehalten. Sein Ding waren diese unkontrollierten Saufgelage ohnehin nicht und er wollte möglichst bald aufbrechen.

»Dabei mag ich sie alle. Die Kinder und auch ihre Mutter. Die Kinder sind super, aber an Trine-Lill prallst du ab, wie an einem Eisberg.« Kjell hatte leise und nachdenklich gesprochen und Horst hörte einfach nur zu. Die Situation auf dem Nachbarhof musste er erst einmal verarbeiten.

»So, nun aber Schluss mit der Grübelei, heute wird gefeiert.« Mit diesen Worten stand Kjell auf und machte sich schwankend auf den Weg zum Tischende. Die anderen Gäste, außer der Rothaarigen, hatten einen Kreis gebildet und warteten auf ein beliebtes Volkslied. Auch der kleine dicke Musiker stand nun, was aber größenmäßig keinen Unterschied ergab. Kjell hatte sein Ziel inzwischen erreicht und deutete eine leichte Verbeugung an. Noch bevor er etwas sagen konnte, zog sie ihn lächelnd auf die Tanzfläche. Alle hakten sich ein und begannen mit langsamen Tanzschritten. Mal nach links, mal nach rechts und dann nach innen. In der Mitte angekommen wurden die Arme mit einem lauten Juchhe hochgeworfen, sodass sie fast ein Knäuel bildeten. Bis hier konnte Kjell noch folgen. Seine Tanzkünste aus dem alten Leben beschränkten sich lediglich auf ein cooles Abhängen mit der obligatorischen Bierflasche in der Hand. Daher wurde er bei den schnelleren Schritten, die nun folgten, eher getragen, als dass er mit eigenständigen Bewegungen zum Gelingen beitrug. Es störte aber niemanden oder besser gesagt, es merkte keiner. Außer der Rothaarigen.

Entweder kannte der Ziehharmonikaspieler viele Strophen oder er spielte immer wieder dieselben. Kjell jedenfalls war schweißnass und faselte etwas von Tanzpause und Sektbar. Daraus wurde aber nichts, denn die Rothaarige schlang ihre Arme plötzlich um seinen Hals. Auch Kjell bemerkte jetzt, dass der kleine Dicke auf langsamen Walzer umgeschaltet hatte. Der verstand sein Handwerk entweder oder hatte einen Wink bekommen. Mit ihnen waren noch drei weitere Paare auf der Tanzfläche verblieben, die anderen hatten sich wieder gesetzt. Kjell staunte über die schwedische Engtanzvariante. Die Oberkörper eng aneinander geschmiegt, aber weiter unten konnten selbst größere Kinder locker zwischen den Tanzpartnern hindurchlaufen, ohne zu stören. Der große Vorteil dieser Tanzhaltung war, dass sich die Partner gegenseitig stützen und ein Umfallen nach hinten für beide unmöglich wurde.

Die Rothaarige schien aber eher südamerikanische Tangoschritte zu beherrschen. Jedenfalls den Schritt, der immer zwischen die Beine des Mannes führt und nur selten wieder zurück. Obwohl sie sich eigentlich kaum noch bewegten, wurde ihm noch heißer.

Ein störendes Tippen auf seiner Schulter ließ ihn aufsehen. Es war Horst, der sich bemerkbar machen wollte. »Ich radel denn schon mal los. Viel Spaß noch!«

Kjells Antwort bestand in einem lockeren Gruß, nachdem er eine Hand kurzfristig und widerwillig von der linken Pobacke seines Mädels entfernt hatte. Horst schüttelte mit dem Kopf und ging.

Sie hatten noch nicht ein Wort miteinander gesprochen. War es der Alkohol oder war es dieses grünliche Funkeln ihrer Augen. Kjell meinte plötzlich zu wissen, was sein Vater mit dem Ausdruck „Kartoffelhimmel" sagen wollte. Fast träumend versuchte er sich diesen Himmel bildlich vorzustellen, als er erneut geschubst wurde. Schon wieder Horst? Nein, es war die Rothaarige, die ihn mit sich zog. Schade, dachte er, dann setzen wir uns eben wieder. Es ging aber am Tisch vorbei. Das Sonnenlicht blendete ihn, aber nur kurz, dann waren sie wieder in einem Gebäude. Allerdings gab es hier keine Tische und Stühle.

Kaum hatte sie ihm das Hemd ausgezogen, spürte er ein erregendes Kitzeln auf der Haut, und als seine Nase zwischen zwei kleine feste Brüste geriet, da explodierte sein Körper. Wie in einem Rausch riss er sie an sich, als wollte er sie nie mehr hergeben. Ihre nassen Leiber wühlten sich tief in das duftende Heu. Ähren und Halme klebten auf ihrer Haut und hinterließen winzige rote Druckstellen in lustigen Mustern. Kjells Puls raste, er atmete hektisch. Immer wieder nahm er sie. Er konnte nicht genug bekommen - sie aber schon und so setzte sie sich einfach auf den Vulkan, der nicht erlöschen wollte. Sein

Widerstand erlahmte schnell, dann schlief er einfach ein.

Ein kleiner Sonnenstrahl, der durch einen Spalt in der Schuppenwand den Weg auf seine Nasenspitze gefunden hatte, weckte ihn sanft. Die Augen öffneten sich nur schwer. Wo war er? Splitternackt und allein in einer tiefen Kuhle aus Heu. Auf seinem Bauch klebten einige Halme, an den Beinen auch. Seine Kleidungsstücke lagen verstreut im Heuschuppen umher. Er sammelte sie ein, zog sich an und dabei kam die Erinnerung zurück. Die Rothaarige, wo war sie geblieben und wer war sie überhaupt. Er zerbrach sich den Kopf, aber sein Gedächtnis gab nichts preis. Hatten sie überhaupt ein einziges Wort gewechselt?

Die Sonne meinte es gut – zu gut. Er hielt die Hand schützend vor die Augen. Sein Kopf dröhnte schwer. Der große Platz des Heimatmuseums war menschenleer. Nur aus der Holzwerkstatt drangen Geräusche. »Die schnitzen wohl schon wieder Dreschflegel«, murmelte er vor sich hin und schaute zum Partyschuppen hinüber. Das Ding stand noch neben dem Eingang. »Alles für einen Goldtaler.« Er zuckte zusammen und griff in die Hosentasche. Der kleine Beutel mit den restlichen Talern war noch da. Erleichtert schnappte er sich das Holzgerät und marschierte zum Museumsausgang. Als er das Tor hinter sich gelassen hatte, fehlte ihm etwas - aber was? Das Fahrrad – wo hatten sie die Räder gestern abgestellt. Natürlich am Tor! Er sah sich um –

nichts. »Das nenn ich mal eine erfolgreiche Shoppingtour!« Er schüttelte sich ungläubig, schulterte den Dreschflegel und machte sich auf den Heimweg. In den Gärten wurde bereits wieder fleißig gewerkelt und viele grüßten ihn freundlich. Oder lachten sie ihn aus? Bestimmt hatte sich schon alles herumgesprochen und irgendeiner hatte sicher auch Trine-Lill angerufen. Angerufen? Blödsinn! Mein Gott muss ich voll gewesen sein. Und selbst wenn, was habe ich mir denn vorzuwerfen? Ich bin ein freier Mann und kann tun, was ich will. Fertig! Plötzlich überkam ihn ein fürchterlicher Durst und er sah sich um. Das Dorf lag schon in weiter Ferne und er musste einen Abhang hinunterklettern. Das Wasser im Graben floss nur langsam, schmeckte dementsprechend moderig und so beließ er es bei einer Erfrischung für Gesicht und Hände.

»Timbonäsbauer, was machst du denn da unten?«

Kjell schaute den Hang hinauf und oben sah er Gunnar den Kutscher, den sie gestern schon getroffen hatten. »Ich habe einen scheiß Durst! Hast du vielleicht etwas trinkbares Wasser für mich?«

»Ja klar. Soll ich dir helfen oder schaffst du den Hang? Scheinst ja auf den Markttag noch eine Marktnacht drangehängt zu haben.« Gunnar stieß ein krächzendes Raucherlachen aus und eines seiner Pferde stieg mächtig in die Höhe. Nur mit Mühe konnte er wieder Ruhe ins Gespann bringen. Kjell war inzwischen auf der Straße angekommen und griff gierig nach der gereichten Plastikflasche.

»Scheinst ja einen erfolgreichen Handelstag hinter dir zu haben.«

»Wie kommst du da denn drauf?« Kjell hatte die Flasche kurz abgesetzt.

»Ein Fahrrad gegen einen Mähdrescher zu tauschen, das schafft auch nicht jeder.«

»Mähdrescher?«

Gunnar deutete auf den am Boden liegenden Dreschflegel.

»Verarschen kann ich mich selber. Das Fahrrad haben sie mir gestohlen.«

»Ja, die Zeiten sind wirklich schlecht!« Gunnar konnte ein erneutes Gekrächze gerade noch unterdrücken. »Aber du hast auch Glück, denn ich fahre ein ganzes Stück Richtung Timbonäs.«

Kjell setze sich zu Gunnar auf den Kutschbock. Wie gestern schon, so zogen die Pferde auch heute wieder ungleichmäßig an, aber Gunnar hatte dazugelernt und so ging es mit dem leeren Wagen zügig voran.

»Bis zum Südende des Kymmen kannst du mitfahren. Ich hole dort meinen alten Kumpel Ole Hansen ab. Er schafft es nicht mehr allein da draußen und zieht zu mir ins Dorf.«

»Ein netter Zug von dir.«

»Hm, könnte man so sehen, beruht aber auf Gegenseitigkeit. Ole ist Schuhmacher.« Gunnar zeigte auf seine arg verschlissenen Schuhe und grinste vielsagend.

»Gräsmark lebt ja richtig auf. Fehlt nur noch ein Arzt.«

»Und eine Apotheke – und ein Zigarettenautomat.« Gunnar öffnete eine kleine

Blechschachtel und bot Kjell etwas aus Zeitungspapier Gewickeltes, Zigarettenähnliches an. Der lehnte dankend ab und so reichte er kurz die Zügel hinüber und zündete sich das wundersame Gebilde an. Der Rauch zog Kjell direkt ins Gesicht und er bekam einen Hustenanfall. Die Zügel fielen ihm aus der Hand und beide Pferde gingen durch. Stehend, die qualmende Tüte im Mund, zog Gunnar mit aller Kraft an den Zügeln. Die Pferde warfen ihre Köpfe wild hin und her, aber nach ein paar tänzelnden Bewegungen standen sie wieder. »Glaube, ich sollte mit dem Rauchen aufhören!«

Nachdem sich die Pferde wieder beruhigt hatten, ging es weiter. Der Kymmen tauchte auf und Gunnar hatte sein Ziel erreicht. Kjell schulterte seinen Dreschflegel und machte sich an die letzten Kilometer. Die Sonne stand hoch am Himmel und er freute sich über jeden Schatten spendenden Baum. Der Perssonhof tauchte auf, lag wie verlassen da und er spürte auch kein Verlangen nach einer Unterhaltung mit Horst.

Die Bewegung an der frischen Luft ließ das gewaltige Dröhnen in seinem Kopf langsam verschwinden. Und als Timbonäs in Sichtweite kam, da fühlte er sich völlig beschwingt und klar.

»Wie siehst du denn aus?« Trine-Lill hatte ihn schon von Weitem kommen sehen und sah ihn fragend an. »Und wo ist Dein Fahrrad?«

Fehlt ja nur noch das Nudelholz in der Hand, dachte Kjell, der sich einen anderen Empfang erhofft hatte. »Hab ich gegen einen Mäh …, gegen einen Dreschflegel getauscht.«

»Aha, ist ja ein toller Tausch!«

»Dreschflegel sind sehr knapp und werden hoch gehandelt.«

Trine-Lill schüttelte den Kopf und ging wieder an ihre Arbeit im Gemüsegarten. Im Haus fand Kjell noch Reste vom Mittagessen. Er war völlig ausgehungert und griff gierig zu. Danach ging er direkt zum See, zog sich aus und schwamm trotz des kalten Wassers weit hinaus.

Trine-Lill schaute besorgt hinterher. Irgendetwas hatte Kjell verändert. Er reagierte völlig anders. Natürlich hatte sie den Alkoholgeruch bemerkt, aber daran konnte es nicht liegen. Sie spürte eine aufziehende Gefahr für ihre ungewöhnliche Wohngemeinschaft und damit auch für ihre Kinder. In Gräsmark musste etwas vorgefallen sein und was, das konnte sie sich denken.

Aus den Augenwinkeln sah sie, wie Kjell schwerfällig ans Ufer stapfte und sich nur wenige Meter weiter ins hohe Gras legte. Ohne seine Umgebung eines Blickes zu würdigen, schaute er gedankenversunken den wenigen Wolken nach. Sie stellte sich vor, was er da oben sah, und es machte sie nervös. Würde er diese Frau eines Tages hier anschleppen? Und was dann?

Das feine Kitzeln eines trockenen Grashalms im Gesicht und leises Gekicher weckten ihn aus seinen Träumen. Annika und Lars waren mit den Schafen zurück und machten sich einen Spaß mit dem Schlafenden. Kjell sprang auf und nur mit einer Unterhose bekleidet scheuchte er die Kinder gespielt empört und schimpfend über die Wiese. Trine-Lill kam aus dem Haus und schaute sich die wilde Jagd nachdenklich an. Kjell war doch so ein netter Kerl! Warum funkte es zwischen ihnen nicht. Besser gesagt, warum funkte es bei ihr nicht. Sie lebten nun schon einige Monate zusammen und Kjell hatte mehrere Annäherungsversuche gestartet, die sie alle im Keim erstickte. Also hatte sie es sich selber zuzuschreiben, wenn die Sache eines Tages zerbrach. Alles andere wäre ohnehin sehr außergewöhnlich, denn sie waren schließlich beide noch zu jung, um ewig ohne Partner zu leben. Wie sollte sie aber jemanden kennenlernen? Außer zu ihren Jagdausflügen in die Wildnis hatte sie den Hof seit dem Frühjahr nicht verlassen. Telefon und Internet gab es nicht mehr und das Fahrrad war auch verschwunden. Sie steckte in einer Sackgasse – in einer extrem abgelegenen Sackgasse. Oder sollte sie sich Kjell an den Hals werfen? Liebe aus praktischen Gründen? Dafür war es jetzt zu spät.

In den Nächten war es empfindlich kalt geworden und der erste Frost würde nicht lange auf sich warten lassen. Die kürzer werdenden Tage waren mit harter Arbeit ausgefüllt. Freude bereitete ihnen die üppige Kartoffelernte. Wie hatten die Perssons noch gesagt: „Wer Kartoffeln hat, der verhungert nicht, auch wenn die Mahlzeiten sehr einseitig ausfallen." Während die Kartoffeln nur eine kleine Fläche benötigten, um eine ausreichende Ernte zu liefern, so ergab das kleine Getreidefeld viel zu wenig Ertrag. Sie mussten die Anbaufläche mehr als verdoppeln und vor allem im Herbst aussäen. Damit aber nicht genug! Das Getreide durfte nicht jedes Jahr an derselben Stelle angebaut werden. Man sollte eine Fruchtfolge einhalten. So beschlossen sie, das Getreidefeld im nächsten Jahr für die Kartoffeln zu nehmen und für den Roggen ein neues Feld umzugraben.

Kjell fühlte sich an den Spaten gefesselt. Wie gerne hätte er einen Ausflug nach Gräsmark unternommen. Das monotone Graben ließ ihm viel Zeit für weit schweifende Gedanken, die allerdings immer im Heuschober des Museumsdorfes endeten. War es Liebe oder waren es nur seine ungestillten Triebe. Er war sich nicht sicher und er hatte auch einen Plan um dies herauszufinden. Sobald genügend Schnee lag, wollte er die Langlaufski seines Vaters nehmen und der Sache im Dorf nachgehen. Mit den Dingern müsste die Strecke locker zu schaffen sein.

Das vom Waldrand herkommende Gespann kam ihm sofort bekannt vor. Es war Horst mit dem umgebauten Autoanhänger und dem Hengst Tore davor. Kjell rammte den Spaten in die Erde und ging ihnen ein Stück entgegen. Noch bevor Trine-Lill mithören konnte, wollte er Horst nach der Rothaarigen fragen. Doch zunächst sah er verblüfft sein Fahrrad auf der Ladefläche liegen.

»Hej, hab hier eine Lieferung aus dem Fundbüro in Gräsmark.« Horst hatte die Zügel leicht angezogen und das Pferd stand sofort. »Musst ja fürchterlich abgestürzt sein den Abend.«

»Ja, ja, danke danke!« Kjell trat schnell etwas dichter an den Wagen und flüsterte, obwohl sie noch ganz allein waren: »Kein Wort über die Rothaarige und so!«

»Logo, bin doch nicht blöd.«

»Warst du mal wieder in Gräsmark? Hast du sie gesehen?«

»Wir fahren jetzt öfter zum Markttag. Zuerst haben sie noch über deine Eskapaden geschludert, dann gab es jedoch andere Themen. Die Rothaarige ist nie wieder aufgetaucht und einige vermuten sie jetzt hier auf Timbonäs. – Scheint aber wohl nicht so zu sein.«

»Ne, Blödsinn. Weißt du ihren Namen oder wo sie wohnt?«

»Nein, keiner hatte sie vorher je gesehen.«

»Das ist ja komisch.« Kjell dachte einen Augenblick nach. »Auch gut – oder auch nicht. Woher hast du denn bloß das Rad?«

»Das stand nur ein Stück weiter. Vermutlich hatten Kinder damit gespielt.«

»Hallo Trine-Lill, dein Göttergatte ist ja letztens fürchterlich abgestürzt.« Horst hatte sein Gespann inzwischen vor dem Haus geparkt und Trine-Lill reichte ihm die Hand. »Komm rein, ich habe gerade einen heißen Tee gemacht. Den kannst Du sicher bei dem Wetter gut vertragen.«

Warum betonte Horst das Wort Göttergatte so stark? Kjell schaute verdutzt auf und Horst zwinkerte ihm zu. Natürlich – er hatte ja im Suff sein ganzes Elend ausgeplaudert. Der schien aber dichtzuhalten und so folgte Kjell erleichtert in die Küche.

Das Gespräch am Küchentisch drehte sich wie immer hauptsächlich um landwirtschaftliche Probleme. Horst berichtete von einem kleinen Pflug, den sich die Gemeinschaft in Gräsmark jetzt teilte. Allerdings benötigte man dazu ein kräftiges Zugpferd. Mit dem Pflug konnten sie endlich wieder größere Flächen bewirtschaften und die Versorgung des Dorfes im nächsten Jahr wesentlich verbessern. Ihre größte Sorge war der kommende Winter. Eine lang anhaltende große Kälte, wie sie in Värmland nicht selten vorkommt, könnte für viele den Tod bedeuten. Nicht alle hatten es geschafft, größere Lebensmittelvorräte anzulegen, und ohne Motorsägen fehlte es schon jetzt an Brennmaterial, um die Häuser warm zu bekommen.

Beide hatten Horst aufmerksam zugehört und ihre Stimmung sank mit jedem Satz. Bisher hatten sie nur einen geringen Holzvorrat im Schuppen. Zum Wald waren es ein paar Hundert Meter und jedes Bündel trugen sie auf dem Rücken. Horst sah ihre aufkommende Verzweiflung. »Ein kostenloser Ratschlag von einem alten Schweden.« Er hob den Zeigefinger. »Legt einen Vorrat am Waldrand an und wenn der erste Schnee gefallen ist, dann holt ihr den ganzen Kram mit dem Schlitten. Vom Wald zum Hof geht es doch immer bergab. Und jetzt habt ihr ja auch wieder ein Fahrrad. Damit kann man größere Bündel transportieren, und auch noch viel schneller.«

»Das klingt irgendwie logisch. Hätte ich auch selber drauf kommen können.« Kjell hatte wieder Mut gefasst, nur Trine-Lill sah man die Angst vor der Kälte an.

»Als Värmländer sind wir die geborenen Holzwürmer. Leider hat der billige Strom aus den Wasserkraftwerken viele total versaut. Einige haben nicht mal mehr einen Ofen. Jetzt hängen sie den Alten an den Lippen und lassen sich gute Ratschläge geben. Wir Bauern sind besser davor. Fast alle haben weiter im Wald gearbeitet und müssen jetzt nur lernen, wie man ohne Motorsäge auskommt.«

Die Tage wurden noch kürzer und morgens lag Raureif auf den Wiesen. Obwohl sie Kerzen besaßen, richteten sie sich aber fast ausschließlich nach dem Tageslicht. Der Schulunterricht für die Kinder fiel aus. Beinahe hektisch widmeten sie sich der Holzbeschaffung. Der gefrorene Boden ließ Feldarbeiten ohnehin nicht mehr zu und so machten sie gute Fortschritte. Der früh einsetzende und kräftige Schneefall bedeckte dann aber schnell die am Boden liegenden, halbwegs trockenen Äste und Stämme, die sich so bequem sammeln ließen. Jetzt wollten sie die alte Bügelsäge benutzen, die allerdings sehr stumpf war. Mit dem auf dem Schleifstein geschärften Beil ging es besser.

Zwei Wochen schneite es fast ununterbrochen. Kjell nutzte die Zeit in der Scheune. Die Arbeit mit dem Dreschflegel war ungewohnt und anstrengend, aber er hatte ja alle Zeit der Welt. Und bei der Arbeit fror man nicht.

Als sich die Wolken endlich verzogen, holten sie Kjells alten Kinderschlitten hervor. Der Schnee lag fast einen Meter hoch und zwei Tage lang trampelten sie einen schmalen Weg zum Wald fest. Dann kam der Schlitten zum Einsatz. Nachdem sie das gesammelte Holz vom Schnee befreit und auf dem Schlitten gebündelt hatten, ging es zurück zum Hof. Die Kinder durften abwechselnd oben auf dem Holzhaufen mitfahren.

Der wolkenlose Himmel brachte jedoch auch die Kälte. Um die Hühner zu schützen, schaufelten sie eine hohe Wand aus Schnee an die Scheune. Die Schafe nahmen die Kälte gelassen und die Menschen auf Timbonäs rückten zwangsläufig enger zusammen. Hatten sie sich bisher gerne in ihre Zimmer zurückgezogen, so spielte sich das Leben jetzt ausschließlich in der halbwegs beheizten Küche ab. Dann kam auch noch ein Sturm auf. Der scharfe Ostwind kühlte die unbeheizten Zimmer so stark aus, dass sie alle ihre Matratzen in die Küche schleppten und am Boden ausbreiteten. Der große Küchentisch musste für die kommenden Nächte ins Wohnzimmer wechseln. In der Mitte zwischen Trine-Lill und Kjell schliefen die Kinder. Als Starthilfe erhielten sie eine Wärmflasche für die Füße.

Kjell hatte sich für diesen Winter in sein Schicksal ergeben. Er arbeitete hart und redete wenig. Nur beim Spielen mit den Kindern wirkte er richtig ausgelassen. Auf dem Weg zum Wald tobten sie durch den Schnee, und als der Sturm eine Pause einlegte, holte er einen Eisbohrer aus der Werkstatt. Das Eisangeln war eine willkommene Abwechslung für Seele und Magen. Besonders die Rödinge, eine Forellenart, die nur im Winter in den Kymmen zieht, schmeckten richtig gut. Fleisch dagegen wurde schnell knapp. Als Kjell wieder einmal mit den Kindern im Wald war, ertönte ein Schuss. Die Kinder erschraken, denn der Knall kam vom Hof.

»Das war nur eure Mutter. Sie schlachtet ein Lamm.«

Die Kinder blickten traurig zu Boden, suchten dann aber weiter nach Holz. Trine-Lill hatte immer mal wieder angedeutet, dass sie nicht alle Tiere über den Winter bringen konnten. Dafür reichte das Heu nicht. Jetzt, wo es aber tatsächlich passierte, da nahm es sie doch arg mit. Sie waren täglich mit den Tieren zusammen und nun würde eines von ihnen fehlen. Auch Kjell war froh, der Aktion nicht beiwohnen zu müssen. Als Jägerin war es für Trine-Lill kein Problem und ihr kurzer Kommentar dazu: »Beim zweiten Tier wird es zur Gewohnheit!«

Sie ließen sich mehr Zeit beim Holzsammeln als üblich und kamen erst mit der aufziehenden Dämmerung zurück. Vom Schlachtfest war nichts mehr zu sehen. Trine-Lill hatte das Fleisch zerteilt und in der belüfteten Speisekammer gefror es sofort.

Für mehrere Tage gab es nur Kartoffelsuppe, denn die Kinder weigerten sich, das Fleisch zu essen. Als ihre Mutter aber mit zwei in Schlingen gefangenen Hasen von der Jagd kam, da griffen sie wieder zu. Natürlich hatten sie in der folgenden Zeit den berechtigten Verdacht, dass in der Suppe nicht nur Hasenfleisch war, aber als Kinder einer Jägerin fragten sie nicht mehr lange nach.

Die eisige Kälte hatte das Land fest im Griff. Der Pulverschnee glitzerte mit der tief stehenden Sonne um die Wette und kein Laut störte die absolute Stille. Auch die Menschen verließen ihr Haus nur für die nötigsten Wege. Bei minus 23 Grad ruht alles Leben. Nur ein hungriger Elch hatte Appetit auf Grünkohl und musste diesen Feinschmeckerausflug in ihren Garten mit dem Leben bezahlen. Nun konnte Kjell sich nicht mehr drücken und staunte über sich selber. Ganz selbstverständlich arbeitete er unter den Anweisungen der Jägerin an der Zerteilung des riesigen Fleischberges. Vorräte für viele Wochen – es sei denn, es würde Tauwetter einsetzen. Ihr Kühlschrank war einfach zu wetterabhängig.
Der Holzvorrat schmolz besorgniserregend. Nur dank der verschiedenen Winterstiefel von Kjells Eltern konnten sie zumindest kleine Ausflüge in den Wald unternehmen. Sogar Kjells Kinderstiefel gab es noch, sodass auch Annika und Lars mithelfen konnten.

Weihnachten hätten sie fast übersehen, zu sehr waren sie mit dem Überlebenskampf beschäftigt. Doch plötzlich meldete sich Kjells Solarzellenhandy mit einem Weihnachtslied. Es hatte eingeschaltet, aber unbeachtet tagelang auf der Fensterbank gelegen und verschaffte sich so die größtmögliche Aufmerksamkeit.

Allerdings reichte die Batterieladung in dieser dunklen Jahreszeit nur für wenige Minuten. Als es verstummte, hinterließ es Ratlosigkeit in der Küchenrunde. Geschenke? Es würde wohl ein sehr trauriges Fest werden, denn außer den Lebens- und Waschmitteln aus dem Plündererlager hatten sie nichts, und auch diese Vorräte schmolzen zusehends dahin. Die Kinder errieten die Gedanken der Erwachsenen. »Für Geschenke sind wir doch schon viel zu groß«, erklärte Annika bestimmt und Lars fügte altklug hinzu: »Wir haben jetzt wohl andere Sorgen!«

Kjell lachte und Trine-Lill drückte ihre Kinder fest an sich.

Nach der seit Tagen üblichen Katzenwäsche legten sich alle wieder zusammen auf ihr Matratzenlager in der Küche. Es wurde früh dunkel und sie gingen zeitig zu Bett, um Heizmaterial zu sparen. Sie lagen eng zusammen und Trine-Lill legte ihren Arm um die schlafenden Kinder. Kjell lag auf dem Rücken, starrte in die Dunkelheit und seine Gedanken kreisten, wie jeden Abend, um seine sowie die Zukunft ihrer kleinen Gemeinschaft. Hatten sie überhaupt eine gemeinsame Zukunft? Seine Zweifel wurden zunehmend stärker.

Es musste Annikas Hand sein, die sich auf seine gelegt hatte. Es war aber keine kleine Hand. Die Hand blieb einfach so liegen. Sollte er seine Hand vorsichtig wegziehen, aber dann würde Trine-Lill sicher aufwachen, und sie hatte die letzten Nächte wenig geschlafen. Auch sie grübelte in diesen langen Nächten, das spürte Kjell deutlich. Die Finger schlossen sich jetzt um seine Finger. Schlief sie wirklich? Er war jetzt hellwach und wartete auf weitere Reaktionen. Ihm wurde richtig warm und sein Herz klopfte. Die Hand blieb einfach auf seiner Hand – die ganze Nacht.

Gegen Morgen musste er dann doch fest eingeschlafen sein, denn es duftete nach Hagebuttentee und draußen schien die Sonne – wenn auch nur schwach. Die anderen Matratzen waren bereits weggeräumt und die Kinder schnappten sich sofort sein Bettzeug. Dann holten sie den Tisch aus dem Wohnzimmer und deckten ihn mit dem guten Goldrandgeschirr von Kjells Eltern.

»Ist schon Weihnachten? Wie lange habe ich geschlafen?« Kjell schaute der Prozedur verwundert zu. Die Kinder kicherten und Trine-Lill kam mit einem Glas Haselnusscreme aus dem sorgsam gehüteten Vorrat. Sie lächelte und schaute Kjell irgendwie anders an als sonst. Sie hatte gar nicht geschlafen, sie hatte ihn absichtlich berührt. Aber deshalb gleich ein Glas Haselnusscreme öffnen? Blödsinn, was für absurde Gedanken!

»Das Glas ist nicht für dich, auch wenn du so gierig schaust!« Sie lachte und die Kinder mit ihr. Ihr Lachen war wieder anders und Kjell spürte, wie es ihn verzauberte.

»Ich hab doch Geburtstag«, rief Annika immer noch lachend. »Jetzt bin ich schon sieben Jahre alt!«

»Warum hat mir das keiner gesagt!« Kjell spielte den Empörten. »Nun habe ich gar keine Geschenke. Ich muss sofort in die Stadt. Wo ist mein Fahrrad? – Ach, erst mal meinen Glückwunsch, junge Dame.« Er reichte ihr die Hand und deutete ein Handkuss an. Alle freuten sich über die gute Stimmung, die ihnen in den letzten Wochen abhandengekommen war. Die Kinder hatten dies natürlich gespürt, ebenso wie sie auch jetzt die neuerliche, positive Veränderung erleichtert aufnahmen.

Der starke Frost, der sie tagelang ans Haus gefesselt hatte, ließ nach und Tauwetter setzte ein. Der lockere Pulverschnee sackte in sich zusammen und auf schneefreien Flächen im Wald suchten die Schafe gierig nach übrig gebliebenen Gräsern. Froh, der Enge des Stalles entkommen zu sein, wuselten sie aufgeregt umher. Auch die Bewohner von Timbonäs trieb es hinaus. Während Kjell mit den Kindern Holz sammelte, kontrollierte Trine-Lill ihre Fallen. Sie wussten, dass ein neuer Kälteeinbruch nicht lange auf sich warten lassen würde. Doch zunächst lösten sie ihr Feldlager in der Küche auf und verschwanden abends wieder in ihren Zimmern. Die Beziehung zwischen Kjell und Trine-Lill entwickelte sich nur sehr zögerlich. Kjell ahnte, dass die Initiative auf keinen Fall von ihm ausgehen durfte und so hielt er sich notgedrungen zurück. Dieses Abtasten, wie zwischen zwei Teenagern, nervte ihn aber schon. Empfand sie wirklich etwas für ihn oder war alles nur gespielt. Sein Gefühl sagte ihm, dass es echt war und sein Gefühl hatte immer recht behalten.

Am zweiten Adventssonntag schien die Sonne und das Thermometer stieg auf zehn Grad über null. Ein leichter Südwind wehte vom See herüber. Kjell nahm einen Becher Tee mit nach draußen und rückte die Bank von der Terrasse in die Sonne. Ohne ein Wort zu verlieren, setzte sich Trine-Lill direkt neben ihn und legte ihren Kopf auf seine Schulter. So nah waren sie sich in all den Monaten nicht gekommen. Kjell wollte spontan seinen Arm um sie legen, ließ dann aber die angenehme Situation einfach nur auf sich wirken. Und sie wirkte. Jetzt war er der Teenager, der am liebsten Luftsprünge machen wollte.

In der Nacht kam der Frost mit aller Macht zurück und trieb sie schon zeitig aus den Schlafzimmern in die Küche. Das Feuer im Ofen brannte noch nicht lange und sie hielten ihre Hände über die sich langsam erwärmende Herdplatte.

»Wenn es schon vor Weihnachten so kalt ist, dann wird der Winter sehr hart und dauert extrem lange.«

»Und wenn der Hahn kräht voller Schmerz, dann kommt der Sommer schon im März«, konterte Kjell Trine-Lills düstere Wetterprognose und rettete damit die sinkende Stimmung.

»Was für ein Poet!« Sie lachte und drückte ihm im Vorbeigehen einen Kuss auf die Wange. Die Kinder hatten diese neue Form der morgendlichen Begrüßung natürlich mitbekommen und sahen sich vielsagend an.

Das Hundegebell kam oben vom Hauptweg. Kjell legte den Zeigefinger auf die Lippen und sie packten das gesammelte Holz vorsichtig auf den Boden. Geduckt hinter einer Schneewehe warteten sie ab. Erneutes Hundegebell ließ sie zusammenzucken. Der Hund musste jetzt schon auf dem Weg zu ihnen sein. Als auch noch das Schnaufen eines Pferdes hinzukam, holte Kjell zur Sicherheit seine Pistole hervor. Dann tauchte hinter den jungen Tannen, die bisher die Sicht versperrten, ein schweres Kaltblutpferd auf. Es war nicht Tore, das Pferd von Perssons. Das Fell war viel dunkler und der Wagen, den es zog, war ein richtiger Pferdewagen mit Pritsche und einer vollen Ladefläche, die durch eine grüne Plane geschützt wurde. Auf der Pritsche saß eine zusammengesunkene, in Decken gehüllte Gestalt. Die Zügel hingen schlaff in den Händen. Alle paar Meter blieb das sichtlich erschöpfte Pferd stehen und sofort begann der Hund zu bellen und es zog wieder an.

»Die kommen nicht mehr weit«, stellte Kjell nüchtern fest.

»Aber was will der Mann bei uns?« Trine-Lill war aufgestanden und ging auf das Gespann zu.

»Sei vorsichtig Lillan! Man kann nie wissen.« Kjell folgte ihr mit der Pistole in der Hand. Die Kinder blieben hinter der Schneewehe.

»Hallo!« Sie sprach den Mann von der Seite an. Der Hund knurrte, duckte sich wie zum Sprung und fletschte die Zähne.

»HALLO!« Sie wurde etwas lauter. Langsam drehte sich der Kopf in ihre Richtung. Nur Nase und Augen waren zu sehen.

»Lillan«, flüsterte der Mann mit schwacher Stimme.

»PAPA?« Sie sprang auf die Pritsche und drückte den Mann mit aller Kraft. Sie küsste seine Stirn – sie war eiskalt. »Er muss sofort ins Haus!«, rief sie Kjell zu, der völlig verblüfft mit der Pistole in der Hand stehen geblieben war und nicht wusste, wie er helfen sollte.

»Hü Gesine, hü!«, schrie Trine-Lill und schlug wild mit den Zügeln. Das Pferd gehorchte und zog an. Kjell und die Kinder schoben hinten am Wagen, und da es von hier bergab ging, waren sie in wenigen Minuten vor ihrem Haus angekommen. Zusammen bugsierten sie den fast steif gefrorenen Mann auf einen Stuhl in der Küche. Der Hund hatte erkannt, dass seinem Herrchen hier keine Gefahr drohte, und legte sich neben den Stuhl. Im Ofen war noch Glut und Kjell legte ein Bündel dünnes Holz nach. Trine-Lill nahm die Eisenringe aus der Herdplatte und stellte einen Topf mit Wasser direkt auf die Flammen. Noch bevor das Wasser richtig heiß wurde, bereitete sie damit einen Tee und setzte den Becher an die Lippen ihres Vaters. Zunächst fast widerwillig, dann aber gierig, trank er den Becher leer und sein fast lebloser Gesichtsausdruck wandelte sich erstaunlich schnell. Sie zog ihm die Stiefel aus und massierte mit kräftigen Bewegungen seine eiskalten Füße und hörte erst auf, als die Zehen durch leichte Bewegungen ein Lebenszeichen von sich gaben. Dieselbe Behandlung erhielten die Hände und auch sie schienen auf den ersten Blick in Ordnung zu sein. Kjell hatte weiter Holz nachgelegt und das Feuer prasselte so stark, dass sie die Ringe wieder an ihren Platz in der Herdplatte legten. Nebenbei war die restliche Suppe vom Mittagessen auch warm geworden und Trine-Lill flößte ihrem Vater vorsichtig ein paar Löffel ein. Sofort kehrte das Leben zurück in den Mann, der die Fünfzig überschritten haben musste. »Das war knapp«, sagte er mit schon festerer Stimme und nahm den Löffel selber in die Hand.

Erst nachdem er den Teller geleert hatte, zog er die Mütze vom Kopf und auch der dicke Lodenmantel folgte auf einen Haken an der Wand. In der Küche war es angenehm warm geworden und alle warteten gespannt auf weitere Worte. Doch der Mann schaute zunächst aus dem Fenster. »Gesine muss versorgt werden.« Er schaute sich in der Küche um.

»Das mache ich!«, rief Annika sofort.

»Wir machen es alle drei zusammen«, antwortete ihre Mutter. »Das arme Tier hätten wir fast vergessen. Heißt die Stute wirklich immer noch Gesine?«

»Gesine IV, wenn man es genau nimmt.« Ihr Vater zeigte ein schwaches Lächeln, dann setzte er sich wieder auf seinen Stuhl. Er war noch ziemlich schwach auf den Beinen. Als die drei draußen waren, wandte er sich an Kjell. »Ich heiße Kalle und du bist sicher der neue Typ meiner Tochter.«

»Angenehm, Kjell, aber Typ wäre irgendwie nicht richtig.«

»Entschuldige, sollte nicht abwertend gemeint sein.«

»Kein Problem - ist schon in Ordnung. Wir haben uns hier eher zufällig getroffen und …«

»Nicht so wichtig, kannst du mir morgen alles erzählen.« Er blickte verstohlen zum Fenster. »Habt ihr noch was anderes zum Aufwärmen – außer Tee?«

Kjell musste lachen und ging zur Speisekammer. Sie hatten noch zwei volle und eine angebrochene Flasche Aalborger.

»Skall min Jung. Du gefällst mir. Hat meine Tochter doch endlich mal die richtige Wahl getroffen.«

Kjell verkniff sich eine Antwort und schenkte noch einen ein.

»Wo habt ihr denn bloß noch richtigen Aquavit her?«

»Wir haben ein Plündererlager geplündert.«

»Wirklich? Du wirst doch wohl keinen alten Mann verscheißern.«

»Ne, wirklich. Die haben oben in den Wäldern gehaust und sind bei einer Gasexplosion ums Leben gekommen.«

»War sicher nicht schade um die. Gefällst mir immer besser mein Junge, aber mit Pferden kannste wohl nicht umgehen.«

»Stimmt. Sonst hätte ich das übernommen.«

»Kann ich dir beibringen – wenn du willst.«

»Wäre nicht schlecht.«

»Hast es ja fein getroffen hier. Hübsche Frau mit Hof.«

»Stimmt! Das war wirklich Glück. Mädel mit Hof und das in solchen Zeiten.« Kjell grinste innerlich und hob das Glas. »Auf gute Zusammenarbeit, Kalle.«

»Ach ne, den Herren scheint es ja richtig gut zu gehen!« Trine-Lill setzte sich mit ihren Kindern zu den beiden an den Tisch.

»Die Stärkung habe ich mir aber nun wirklich verdient!«

»Ich sage ja gar nichts, ich wundere mich nur. Eben warst du noch fast tot und jetzt ...«

»Bin ja nicht aus Zucker. – Feinen Kerl hast du dir auf den Hof geholt. Freut mich richtig.«

»Feiner Kerl stimmt.« Sie blickte verstohlen zu Kjell. Der grinste vergnügt.

»Der Hof gehört Kjell und nicht mir oder hast du vergessen, dass ich bis vor Kurzem noch in Göteborg wohnte.«

»Oh, da hab ich ja wieder richtig ins Fettnäpfchen getroffen.« Kalle war sein Gedankenfehler sichtlich peinlich. »Vielleicht kann ich ja trotzdem ein paar Tage bleiben – als Knecht oder so?«

»Natürlich kannst du bleiben. Ein Mann mit einem Pferd ist in diesen Zeiten Gold wert. Den jagt man doch nicht weg.« Kjell klopfte Kalle auf die Schulter.

»Und wenn ich kein Pferd hätte?«

»Dann würde die Sache natürlich ganz anders aussehen.« Kjell versuchte ernst zu bleiben, aber es gelang ihm nicht. Er musste schallend lachen und Trine-Lill drückte ihm erstmals einen Kuss direkt auf den Mund.

»Verliebt seid ihr ja, das sieht man, aber seid ihr auch verheiratet?«

»Das Standesamt ist seit neun Monaten geschlossen, sonst hätten wir die Sache längst klar gemacht.« Kjell lachte weiter und wollte gleichzeitig noch einen Schnaps einschenken, aber die Flasche war leer.

»Mein Vater hat für heute genug, er ist schließlich noch schwach auf den Beinen.«

»Schwach auf den Beinen?« Kalle wollte sich vom Stuhl erheben, kippte aber gleich wieder zurück.

»Wäre doch schön, wenn wir Weihnachten auch noch einen Schnaps trinken könnten.«

»Heute ist Weihnachten, Lillan!«, antwortete Kjell. »Was soll denn noch schöner werden?«

»Stimmt! Ich muss das alles aber erst einmal verkraften. Hätte nie gedacht, dass mein Vater sich mitten im Winter auf den Weg macht.«

»Hätte ich auch nicht gedacht, mir blieb aber nichts anderes übrig. In Göteborg herrscht Mord und Totschlag und jetzt überfallen sie sogar die umliegenden Dörfer. In der Stadt gibt es nichts mehr zu fressen und die Menschen sterben wie die Fliegen. Zweimal wollten sie mich überfallen, aber Leif hat ein gutes Gehör und ich zwei gute Gewehre.« Als der Hund seinen Namen hörte, meldete er sich mit einem kurzen „Wuff“ und legte seine Schnauze dann wieder zurück zwischen die Pfoten.

»Leif heißt er.« Annika streichelte das dunkle Fell des Schäferhundes.

»Ach Leif, dich hätten wir ja fast vergessen in der Aufregung. Bist ein braver Hund. Annika, vielleicht kannst du ihm etwas Wasser geben und Hunger hat er sicher auch.«

Kalle schilderte noch weitere Einzelheiten seiner Winterreise, wurde aber zusehends müder.

»Möchtest du hier in der Küche schlafen? Die anderen Zimmer sind nicht geheizt.«

»Viel zu warm hier. Falls ihr noch ein Schlafzimmer übrig hättet. Ich könnte aber auch im Wohnzimmer auf der Couch schlafen.«

Kjell wollte gerade sein Ehebett anbieten, doch Trine-Lill winkte ab. »Ich mach das schon.«

Sie brachte Kalle in ihr Zimmer. Der Hund folgte ihnen. »Soll ich dir noch eine zusätzliche Decke bringen?«

»Nicht nötig, habe einen vollautomatischen Fußwärmer.« Kalle deutete auf Leif und der unterstrich die Aussage mit einem erneuten Wuff.

In der Küche war es so warm geworden, dass auch die Kinder es vorzogen, in ihren Zimmern zu schlafen. Kjell und Trine-Lill blieben noch etwas länger auf und ließen die Veränderungen auf sich wirken.

»Stört mein Vater wirklich nicht?« Sie sah ihn forschend an.

»Nein, natürlich nicht. Mit oder ohne Pferd.«

Sie wollte lachen, aber die Tränen rollten plötzlich und Kjell versuchte sie zu beruhigen. Eine ganze Weile lagen sie sich schweigend in den Armen, dann fragte Kjell nachdenklich: »Lillan, wo willst du denn heute schlafen?«

»Dumme Frage, im Ehebett natürlich. Wir können ja nichts dafür, wenn das Standesamt geschlossen ist.«

»Stimmt! Was frag ich dumm.«

»Das ist ja ein Frühaufsteher, dein Vater.«
Kjell stand nackend am Schlafzimmerfenster und
sah zu, wie Kalle einen Schuppen nach dem
anderen aufsuchte und nach einigen Minuten
wieder herauskam. Dann zog er die Plane vom
Wagen und begann mit der Verteilung seiner
Mitbringsel auf die verschiedenen Gebäude. Kjell
sah fasziniert zu und drehte sich dann zu Trine-
Lill um, die unter zwei dicken Decken noch im
Bett lag. »Das musst du dir ansehen! Was der
alles mitgeschleppt hat. Kein Wunder, dass das
Pferd so schlapp war. – Ich werd verrückt, sogar
einen Pflug!«

»Komm wieder ins Bett.« Ein Arm streckte
sich aus dem Deckenberg und zog ihn zurück in
das wuchtige Ehebett aus massiver Buche.

»Schlaft ihr immer so lange?« Kalle blickte
verschmitzt lächelnd, als die beiden am späten
Vormittag die Küche betraten. Er saß zusammen
mit den Kindern am Küchentisch. Sie hatten sich
einen Tee gekocht und warteten offensichtlich
auf das Frühstück. Etwas verlegen setzten sie
sich dazu. Während sie die obligatorische Grütze
löffelten, berichtete Kalle ausführlich über die
Lage in Göteborg und seine Erlebnisse auf der
Fahrt nach Timbonäs. Es sah nicht gut aus im
Lande. Er hatte niedergebrannte Gehöfte
gesehen und war nur mit viel Glück den
umherziehenden Banden entkommen. Erst in
den Wäldern Värmlands wurde es ruhiger und
sicherer. Nur die Kälte, die hätte ihn fast
geschafft. Dabei war er bei Tauwetter

losgefahren und hatte nicht mit so starkem Frost gerechnet. »So, nun wollen wir aber wieder nach vorne sehen«, sagte er abschließend. »Und wie ist es euch so ergangen?« Fragend schaute er die Kinder an.

»Wir haben Hühner, und Küken hatten wir auch«, berichtete Annika stolz.

»Toll, die hat euer Opa schon bewundert. Und wer betreut die Schafe?«

»Das mache ich.« Lars sprach fast ernsthaft, so als wollte er auf keinen Fall als Kind betrachtet werden.

»Hast du auch genug Heu für den Winter?«

»Es dürfte reichen – hoffe ich. Auch für Gesine«

»Da bin ich ja beruhigt. Etwas Hafer habe ich mitgebracht. Früher hatten wir auch Schafe. Wenn das Heu knapp wurde, dann haben wir Bäume gefällt und die Schafe knabbern dann an den Knospen und der Rinde. Wenn du willst, dann nehmen wir nachher die Säge und bereiten den Schafen eine Freude.«

»Die Säge ist stumpf«, mischte sich Kjell ein.

»Macht nichts, habe meine eigenen mitgebracht und auch eine Feile zum Schärfen.«

Der neue Mitbewohner auf dem Hof erwies sich als ein äußerst geschickter Handwerker. Mit seiner großen Holzmachersäge, die von zwei Männern hin und her gezogen wurde, konnten sie dicke Stämme sägen und große Bäume fällen. Mit Pferd und Wagen ausgerüstet, stieg der Holzvorrat schnell an. Viele Stämme lagen bereits Jahre im Wald und konnten schon nach kurzer Trockenzeit verbrannt werden. An manchen Tagen heizten sie sogar den Kamin im Wohnzimmer an und die Wärme zog über den Flur in alle Zimmer.

»In neun Monaten von der Steinzeit ins Mittelalter«, stellte Trine-Lill begeistert vom Sofa aus fest, als sie trotz der eisigen Kälte draußen wieder im Wohnzimmer saßen.

»Aber nur wie die armen Leute im Mittelalter«, konterte Kjell. »Die Oberschicht hatte Salz, Gewürze und Kerzen. Wir sitzen im Dunkeln.«

»Im Mittelalter hatten sie aber kein Auto vor der Tür«, sinnierte Lars. »Ob nun mit oder ohne Sprit.«

»Wartet mal ab«, mischte sich Kalle ein. »Im Sommer fahren wir Auto!«

»Wie soll das denn gehen?«

»Ganz einfach! Gesine zieht das Auto den Berg hinauf, du setzte dich ans Steuer und rollst dann den Berg hinunter.«

»Geile Idee!«

Der Winter hatte so bedrohlich begonnen, sich dann jedoch von seiner gnädigen Seite gezeigt. Als hätte er ein Einsehen mit den hart geprüften Menschen, ließ er es lieber regnen, statt zu schneien. Die Temperaturen lagen oft über null und die Tiere suchten sich ihr Futter selber. Für einen langen Winter hätte das Futter auch nicht gereicht, so aber kamen fast alle Tiere bis zum Frühjahr durch.

Mit Gesine vor dem Pflug brachen sie ein weiteres großes Stück des verwilderten Geländes um und säten zusätzlich zu dem kleinen, im Herbst bestellten Feld, noch ein größeres Stück Roggen aus. Dazu einen Acker mit Hafer für das Pferd. Lars, der bald seinen zehnten Geburtstag feiern würde, erwies sich als gelehriger Schüler und ging schon bald ganz selbstverständlich mit dem gutmütigen Tier um.

Zwischen Kjell und Trine-Lill hatte sich die Liebe aus praktischen Gründen in eine innige Beziehung gewandelt. Die Stimmung auf dem Hof konnte in diesem Frühjahr besser nicht sein.

Gesine schnaubte und schüttelte den Kopf hin und her. Kalle sah sofort den Grund für die Aufregung. Vom Waldrand her näherte sich ein Reiter.

»Kennst du den?«, fragte er Lars, der auf zwei Eggen stehend, von Gesine über das Roggenfeld gezogen wurde.

»Ja, das ist Björn Persson, ein Bauer aus der Nähe.«

»Aha, also sozusagen nur Besuch. – Kommst du allein klar, dann geh ich mal rüber.«

»Klar, kein Problem.«

Kalle ging zum Feldrand und wartete dort auf Persson.

»Oh, ein neues Gesicht auf Timbonäs.«

Die beiden machten sich bekannt und Kalle ging neben dem Pferd her zum Hof.

»Da hat Kjell ja recht behalten, als er letztes Jahr behauptete, dass ihr die Ackerfläche wesentlich vergrößern wollt.« Persson staunte nicht schlecht über das große bestellte Feld. »Wusste er da schon, dass ihr ein Pferd bekommt?«

»Nein, das Tierchen habe ich diesen Winter mitgebracht. Musste aus der Nähe von Göteborg flüchten. Da tobt das Chaos.«

Sie hatten inzwischen den Hof erreicht und Annika kümmerte sich sofort um Tore. Der riesige Hengst ging brav mit ihr zum See, um zu trinken.

»Die große Ackerfläche werdet ihr übrigens dringend brauchen«, begann Björn die Unterhaltung auf der Terrasse.

»Warum?« Kjell schaute skeptisch.

»Für die Steuern.«

»Steuern? Was für Steuern?«

»Tja, leider keine guten Nachrichten. Vor ein paar Tagen kamen schwer bewaffnete Reiter nach Gräsmark. Angeblich kommen sie aus Sunne, im Auftrag einer Bezirksregierung oder so. Sie wollen uns schützen und dafür müssen wir Steuern zahlen. In Form von Getreide, Kartoffeln und Fleisch. Sie fordern so viel, dass uns selber nichts bleiben wird.«

»Das ist ja wie Schutzgelderpressung!«, platzte es aus Kjell heraus.

»Nicht wie, das ist es.«

»Das können wir uns nicht gefallen lassen. Wie viele sind es?« Kalle wurde rot vor Zorn.

»Es waren um die vierzig Reiter. Alle mit Schnellfeuergewehren bewaffnet. Es könnten natürlich auch noch mehr sein, alles schlecht zu sagen.«

»Was sind das nur für Leute?«, fragte Trine-Lill und man sah ihr die düsteren Gedanken regelrecht an.

»Einige stammen vermutlich aus Sunne oder Umgebung, das hört man am Dialekt. Die anderen sprechen Deutsch untereinander.«

»Deutsche?« Kjell schüttelte den Kopf. »Wie kommen die denn hierher?«

»Hätten wir denen bloß nicht die vielen Ferienhäuser verkauft!«

Persson musste lachen. »Kjell, dein Schwiegervater scheint den Humor ja nie zu verlieren.«

Schwiegervater? Horst hatte also noch nichts verraten, stellte Kjell erleichtert für sich fest, bevor er antwortete. »Nach meiner Auffassung haben wir nur eine Chance, wir müssen uns wehren oder wir verhungern im nächsten Winter.«

»So sehen wir es fast alle. In der nächsten Woche am Markttag wollen wir uns versammeln und beraten. – Ich werde euch jetzt wieder verlassen, muss noch zwei, drei Höfe in der Gegend abklappern. Bis nächste Woche also.«

Persson ließ eine verunsicherte Familie zurück. Das Jahr war so gut angelaufen.

Kjell, der sein Schnellfeuergewehr über die Schulter gehängt trug, hatte Lars als Kutscher mitgenommen. Der hatte bei seiner Mutter einen Schnellkursus belegt und war ebenfalls bewaffnet und mächtig stolz darauf. Trine-Lill, Kalle und Annika sollten auf dem Hof bleiben. Kurz vor Gräsmark waren sie schon vier

Gespanne, einige Fahrräder und noch mehr Fußgänger mit demselben Ziel. »Hoffentlich bekommen wir in Gräsmark noch einen Parkplatz«, frotzelte Kjell und tatsächlich war der Ort stark besucht. Die Stimmung wirkte gedrückt und gleichzeitig trotzig. Nicht nur die Männer trugen Waffen, auch viele Frauen traten selbstbewusst mit ihren Jagdwaffen auf.

Horst stand zusammen mit anderen Männern seines Alters am Eingang zum Heimatmuseum. »Hallo Kjell, wo hast du denn die geile Knarre her?«, begrüßte er sie.

»Aus einem abgebrannten Bauernhaus oben in den Hügeln.«

»Davon habe ich gehört. Allerdings erst zu spät, da war schon alles weg.«

Zusammen gingen sie hinüber zur überdachten Tanzfläche. Fast alle Plätze auf den langen Bänken waren schon besetzt. Der Bürgermeister stand an einem Rednerpult, besprach sich aber noch mit einer Art Ältestenrat. An einem langen Tresen standen aufgereiht die Waffen der Besucher, dabei auch mehrere Schnellfeuergewehre derselben Bauart, die vermutlich alle aus dem Plündererhaus stammten. In der letzten Reihe fanden sie noch einige zusammenhängende Plätze.

Der Ältestenrat hatte seine interne Besprechung nun abgeschlossen und der Bürgermeister wandte sich an seine Bürger. Für die Auswärtigen schilderte er noch einmal den Besuch der ungebetenen Gäste und ihre Forderungen. Durch die Reihen ging ein wütendes Murren und Fäuste reckten sich drohend empor. Bevor dann über Lieferung oder Widerstand abgestimmt wurde, kam es zu einer lebhaften Diskussion. Ziemlich alle waren für den Widerstand, nur einige ältere Bewohner und der Bürgermeister hatten Bedenken. Ihre größte Sorge ergab sich aus dem Ungleichgewicht der Kräfte. Die Gegenseite war einfach zu gut bewaffnet und vermutlich auch noch militärisch ausgebildet. Vor allem kannte man ihre zahlenmäßige Stärke nicht.

»Dann müssen wir die Lage eben ausspionieren«, rief Gunnar, der rothaarige Kutscher, den Kjell noch von seiner Sauftour im letzten Sommer her kannte. »Ich stelle mich freiwillig zur Verfügung. In meinem Alter wirke ich völlig unverdächtig und harmlos. Und dann nehme ich noch Kjell von Timbonäs mit, der spricht fließend Deutsch.«

»Mensch, Gunnar, du hast ja das Zeug zum Feldherren«, rief ein Mann aus der Menge und ein großes Gelächter brach aus.

»Der Gunnar ist gar nicht so dumm«, rief der Bürgermeister dazwischen und die Versammlung wurde schnell wieder ruhiger.

Es gab nur noch wenige Wortbeiträge, die aber alle keinen Fortschritt brachten. So einigte man sich auf den Spähtrupp aus Gunnar und Kjell. Kjell war über diese tragende Rolle nicht begeistert, aber den Hinweis auf die Deutschen konnte er nicht entkräften. So willigte er ein.

Zusammen mit Horst und seinen Freunden versuchten sie auf einen Schnaps in den Partyraum zu gelangen, kamen aber nur bis zum Eingang. Der Andrang war einfach zu groß und für so viele Menschen gab es sicher auch keine Vorräte. Kjell versuchte noch, einen Blick in den Innenraum zu erhaschen. Seine Suche nach der Rothaarigen blieb aber erfolglos und so machten sie sich zeitig auf den Heimweg. Horst ritt auf Tore neben ihrem Wagen und so konnten sie sich bis zum Waldhof unterhalten. Dabei kam Horst mit dem Vorschlag heraus, dass man Gunnar und ihm eine Eskorte bis kurz vor Sunne mitgeben sollte. Verwandte der Perssons hatten dort einen Hof, der gut für ein Zwischenlager geeignet wäre. Dort würden sie sicher schon viele Informationen erhalten und könnten in Ruhe einige Besuche in der Stadt durchführen.

Trine-Lill hatte sie schon ungeduldig erwartet und nahm sie beide glücklich in die Arme. Als sie vom geplanten Spähtrupp erfuhr, war es aber wieder aus mit der Freude. Auf keinen Fall wollte sie ihn ziehen lassen, gerade jetzt, wo sie sich erst richtig gefunden hatten.

»Dann zieh ich eben mit«, platzte Lars in die Unterhaltung hinein. Schon auf der Rückfahrt hatte er Kjell mit dem Vorschlag gelöchert. Er wollte sich dieses Abenteuer auf keinen Fall entgehen lassen, und das triste Leben auf ihrem Einödhof ginge ihm ohnehin gegen den Strich.

»Du wirst noch reichlich Gelegenheit dazu bekommen, deinen Mut unter Beweis zu stellen«, antwortete Kjell auch jetzt wieder. Trine-Lill stand fassungslos daneben. Was bahnte sich da an?

Als Zeitpunkt für den geplanten Spähtrupp nach Sunne hatten sie die wenigen Tage zwischen Heu- und Getreideernte vereinbart. Kjell machte sich mit dem Rad auf den Weg nach Gräsmark. Vom Waldrand aus blickte er noch einmal zurück. Seine Familie stand aufgereiht vor dem Wohnhaus und er hob die Hand zum Abschied. Seine Familie – wie leicht ihm diese Bezeichnung inzwischen fiel.

Im Heimatmuseum warteten schon Gunnar, Horst, der Bürgermeister und noch einige Männer. Kjell stellte sein Fahrrad ab und stieg zu Gunnar auf den Wagen. Die anderen Männer saßen auf Kaltblütern oder rassigen Reitpferden. Ihre Gewehre hatten sie unter einer Ladung Heu auf dem Wagen versteckt.

Der Bürgermeister gab ihnen noch einige Ratschläge mit auf den Weg. Vor allem interessierte ihn der Rückhalt dieser Raubritter in der umliegenden Bevölkerung.

Der Weg führte sie zunächst immer am See Rottnen entlang. Die Bewohner der wenigen Gehöfte wussten um ihre Expedition, winkten ihnen zu oder, wenn sie gerade am Wege standen, wünschten ihnen viel Erfolg und eine glückliche Heimkehr.

»Wenn wir in Sunne ankommen, dann haben die bestimmt für uns geflaggt«, stellte Gunnar nachdenklich fest. »In Zukunft sollten wir unsere Expeditionen nicht so groß ankündigen.«

Nach einigen Kilometern bog der Weg in die Wälder ab und die Anlieger nahmen kaum noch Notiz von ihnen.

»Hier haben Börjesons gewohnt«, stellte Horst zornig fest, als sie auf einer großen Lichtung ein ausgebranntes Gehöft passierten.

Gegen Abend erreichten sie den Hof für ihr Basislager. Ein stattliches Anwesen mit einer imposanten Scheune, deren Untergeschoss aus riesigen Felsen gemauert war. Horst sprach kurz mit seinem Onkel, der eine verblüffende Ähnlichkeit mit seinem Vater aufwies. Der öffnete sofort das große Scheunentor und Gunnar lenkte den Wagen hinein. Nachdem sie die Pferde versorgt hatten, trafen sich alle im Haupthaus. An einem riesigen Tisch in der Küche saß bereits die ganze Familie zusammen. Horst hatte seinem Onkel inzwischen den Grund der Reise erklärt und jetzt warteten alle gespannt auf dessen Schilderung der Lage in Sunne.

»Wie ihr seht, können wir euch nicht einmal anständig bewirten, wie es sich sonst gehört hätte. Wir haben zwar so gut es geht angebaut, die Früchte unserer Arbeit haben sie uns aber wieder abgenommen. Diese Mafia in Sunne plündert die ganze Gegend aus. Wer nicht genügend Lebensmittel im Rathaus abliefert, wird eingesperrt oder aus der Gegend verjagt. Es gab sogar Hinrichtungen.«

Seine Worte bewirkten zunächst ein fassungsloses Schweigen unter den Männern. Kjell hatte sich als Erster wieder im Griff. »Können wir denn problemlos in die Stadt?«

»Es geht, ihr dürft nur keine Waffen mitnehmen. Wir mussten unsere sogar abliefern. Allerdings haben wir noch welche versteckt. Für einen Angriff auf diese Leute sind wir aber zu wenige und zu schlecht ausgerüstet.«

Die Gespräche gingen noch bis in die späte Nacht, dann bereiteten sich die Männer aus Gräsmark ein Nachtlager in der großen Scheune.

Wie verabredet blieb die Eskorte aus Gräsmark im Basislager und nur Gunnar und Kjell gingen zu Fuß nach Sunne. Pferd und Wagen hätte man ihnen womöglich gleich konfisziert und so waren sie unauffälliger. Bis auf Kjells Pistole, die er in seinem Rucksack versteckte, waren sie unbewaffnet. Als sie die breite Europastraße erreichten, kam gleichzeitig auch die imposante Kirche von Sunne in Sicht. Sie nahmen nicht den direkten Weg über den verlassen daliegenden Highway, sondern den alten Landweg, der sich durch die Wohngebiete schlängelte.

»Schau Dir das mal an, Gunnar!« Kjell deutete auf zwei gewaltige Militärhubschrauber, die verlassen im dichten Unkraut eines Sportplatzes standen. »Der trägt ein deutsches Hoheitszeichen. So sind die also aus Deutschland gekommen und haben hier die Macht übernommen.«

»Und plündern das Volk aus – diese Parasiten«, ergänzte Gunnar und drehte sich plötzlich um. Hinter ihnen näherten sich drei klappernde Pferdegespanne. Auf der Ladung saßen verwegen aussehende Männer in deutschen Uniformen. Ihre Waffen hielten sie vor sich quer über die angewinkelten Beine gelegt. Berittene Männer in ziviler Kleidung, aber ebenfalls bewaffnet, eskortierten die kleine Kolonne.

»Was glotz ihr so doof! Einem der Deutschen schauten sie wohl zu lange und er hob sein Präzisionsgewehr bedrohlich.

»Spar die Munition Rüdiger, und vielleicht brauchen wir die Trottel ja noch.« Der Angesprochene zuckte mit den Achseln und legte sein Gewehr zurück.

»Was haben die gesagt?«, fragte Gunnar, als die Wagen ein Stück weiter waren.

»Sie halten uns für Trottel und wollen deshalb lieber Munition sparen«, übersetzte Kjell.

Gunnar kratzte sich am Kinn. »Wer hier wohl die Trottel sind. Eine wichtige Information für den Kampf haben wir schon.«

»Und die wäre?«

»Denen fehlt es an Munition und ohne Futter nützen ihnen die schönen Kanonen gar nichts.«

»Hast du mal gedient, du alter Stratege?«

»Hab ich.«

Je näher sie dem Zentrum kamen, desto mehr verlassene Fahrzeuge standen herum. Aufgebrochene Lastwagen und ausgebrannte oder ausgeschlachtete Autos. Auffallend war, dass an allen Fahrzeugen die Räder fehlten. Fast alle Bewohner, die mit ihnen unterwegs waren, gingen ebenfalls zu Fuß. Selbst Fahrräder sah man kaum und nur wenige Fuhrwerke.

Das Zentrum sah schlimm aus. Die großen Einkaufszentren wiesen kein einziges heiles Fenster mehr auf und eines war sogar vollständig niedergebrannt. Die Wohnungen in diesem

Bereich schienen unbewohnt und der Marktplatz lag menschenleer im Sonnenschein. Im Gegensatz zu Gräsmark fehlte hier jedes Leben.

»Außer den Kollaborateuren haben die Einwohner den Ort verlassen«, stellte Gunnar trocken fest. »Die könnten wir schaffen.«

»Na, da bin ich mir noch nicht so sicher.«

Sie bogen in eine etwas größere Straße, die sich durch ein Schild als „Storgatan" auswies. Die große Straße. An einem größeren Gebäudekomplex herrschte reges Treiben. Der Eingang wurde durch ein hinter Sandsäcken verstecktes Maschinengewehr gesichert. Da sie nicht riskieren wollten, dass die Deutschen ihre knappe Munition doch noch an ihnen verschwendeten, blieben sie in sicherem Abstand auf einer Bank sitzen und beobachteten das Kommen und Gehen.

»Frau Waagenknecht könn…«

»Mensch Kerssenbrook, können Sie sich immer noch nicht daran gewöhnen. Hier heiße ich Marx!«

»Jawohl Frau Waa.. – Frau Marx.«

»Was gibt es also, Kerssenbrook?«

»Die Innenstadt ist schwedenfrei.«

»Schwedenfrei? Was soll dieser Nazijargon, Sie wissen, ich mag das nicht.«

»Die sind fast alle getürmt. Bis auf unsere Söldner und deren Familien.«

»Um so besser, so können wir die Wachen verringern und mehr Leute ins Land schicken.«

»Bei den Bauern rund um Sunne ist fast nichts mehr zu holen. Wir müssen immer weiter in die Umgebung.«

»Sind die denn alle zu faul zum Arbeiten?«

»Ohne Maschinen und ohne Dünger?«

»Dann müssen wir eben weitere Außenposten einrichten und damit unser Staatsgebiet erweitern.«

»Dazu benötigen wir mehr Söldner, die ich aber schon anwerben lasse. Nur die Munition, die ist sehr knapp.«

»Fein, Kerssenbrook, Sie denken ja richtig mit, und solange es keiner merkt, schrecken die Waffen auch ohne Munition ab.«

Die Kanzlerin hatte sich von einem schweren Ledersessel erhoben, zündete sich eine Zigarette an und ging zum geöffneten Fenster. Bis auf die Wachen am Eingang war der Platz vor ihrem Regierungssitz, die Bezeichnung hatte sie persönlich angeordnet, menschenleer. Nur auf der gegenüberliegenden Seite, wo der Platz in einen Park überging, saß ein alter Bauer mit seinem Sohn. Jedenfalls sah es für Sie so aus. – Diese trostlose Gegend ödete sie an. Schon als Kind war sie ihren Eltern nur widerwillig in den Urlaub nach Sunne gefolgt. Immer dasselbe

Ferienhaus am Frykensee. Der Vater angelte und die Mutter las Arztromane. Drei lange Wochen ohne jede Abwechslung. Sie schüttelte sich bei dem Gedanken an das vergangene Grauen. In ihrer jetzigen Situation allerdings ein genialer Platz. Nie würde der Innenminister sie hier suchen. Schon eher in der Toskana.

»Haben Sie Nachrichten aus Deutschland?« Sie warf den Kippen aus dem Fenster und wandte sich wieder dem Leutnant zu.

»Jawohl! Meine Männer haben einen Landsmann aufgegriffen, der sich aus Deutschland mit einem Segelboot durchgeschlagen hat. Der Innenminister hat mit Trittihn und noch ein paar Leuten den Nationalen Rat gebildet. Sie scheinen die Macht an sich gerissen zu haben, aber das Land liegt noch völlig am Boden. Von denen haben wir nichts zu befürchten.«

»Noch nicht, Kerssenbrook, NOCH NICHT! Wenn die könnten, dann würden sie uns hier die Hölle heißmachen. Schon wegen der Goldreserve, die wir ihnen vor der Nase weggeschnappt haben. - Übrigens, Kerssenbrook, drüben auf der anderen Seite sitzen zwei schwedische Bauern, die wollen sicher bei uns anheuern.«

Der Leutnant schaute aus dem Fenster. »Werde gleich jemanden schicken.«

»Na, denn man los! Ich brauche etwas Ruhe, muss nachdenken.«

Kerssenbrook verließ den Raum und machte sich selber auf den Weg zu den Bauern auf der Bank. Er hatte den Platz gerade zur Hälfte überschritten, da standen die beiden auf und wollten gehen.

»Nicht so eilig meine Herren!«, rief er ihnen in gebrochenem Schwedisch hinterher. »Sie wollen doch sicher für uns arbeiten?« Er hielt eine geöffnete Schachtel Zigaretten in der Hand und Gunnar geriet in Verzückung.

»Ach, nehmen Sie doch die ganze Schachtel. Sicher lange keine anständigen Glimmstängel mehr bekommen, was?«

Gunnar riss ihm die Schachtel förmlich aus den Händen und der Leutnant grinste überheblich.

»Welche Arbeit haben Sie denn zu vergeben?«, fragte Kjell neugierig.

»Ja.« Kerssenbrook druckste etwas herum. »So etwas wie ein Sicherheitsdienst, könnte man sagen. Jedenfalls keine schwere Arbeit.«

Gunnar rauchte genüsslich eine Zigarette und entließ den Rauch in kleinen Wolken zwischen seinen verfaulten Zähnen hindurch.

»Und die Bezahlung?«

»Jeden Monat drei Goldstücke und die Verpflegung ist auch frei.«

»Und wo werden wir untergebracht?«

»Sie können sich eine Wohnung in der Stadt aussuchen – es stehen genügend leer.«

»Das ist uns auch schon aufgefallen. Wo sind die Leute abgeblieben?«

»Die sind aufs Land gezogen. Haben doch alle Ferienhäuser.«

»Gut, abgemacht. Wir haben ja Zeit genug.«

Gunnar schaute Kjell fragend an. Er hatte nur den Rest der Unterhaltung mitbekommen. »Wir haben Zeit genug?«

»Ja klar oder wo willst du sonst hin?« Kjell schaute ihn mit hochgezogenen Augenbrauen an.

Jetzt hatte Gunnar verstanden. »Natürlich, wo wollen wir auch sonst hin. Und hier lebt es sich doch gut.« Er zündete sich eine weitere Zigarette an.

»Dienstbeginn ist morgen früh um sieben Uhr hier im Rathaus. Wir legen Wert auf Pünktlichkeit.« Der Leutnant verabschiedete sich mit einer angedeuteten Bewegung zur Mütze. Gunnar riss die Hacken zusammen und erwiderte den Gruß militärisch korrekt.

»Aha, man sieht, Sie haben gedient.«

Kjell hob ebenfalls seinen Arm, nur geriet sein stümperhafter Versuch fast zum Hitlergruß und er ließ den Arm wieder sinken.

»Ihr Sohn sicher nicht. Kann er denn wenigstens mit einer Waffe umgehen?«

»Alle Schweden können schießen, weißt du. Elche, Wölfe und so.« Gunnar klopfte Kjell bei diesen Worten auf die Schulter.

»Verstehe.« Kerssenbrook wirkte nachdenklich. »Ab morgen bitte Herr Leutnant, so viel Zeit muss sein.«

»Jawohl Herr Leutnant.« Gunnar riss erneut die Hacken zusammen.

»Da haben wir uns ja fein eingeschlichen«, stellte Gunnar zufrieden fest. Sie hatten sich auf den Rückweg zum Basislager gemacht und dort angekommen, berichteten sie den erstaunten Freunden über ihre neue Anstellung.

Das Thema des Abends war die schlechte Ausstattung der Deutschen mit Munition. Dasselbe Problem stellte sich aber auch den Bewohnern von Gräsmark und eine Lösung gab es für beide Seiten nicht. Nach einer langen Debatte stand die Strategie der Gräsmarker fest. Zunächst wollte man auf die nicht erfüllbaren Forderungen eingehen und die Gegenseite in Sicherheit wiegen. Wenn dann nach der Ernte die Eintreiber zur Abholung im Dorf auftauchten, dann sollte ihnen ein gebührender Empfang bereitet werden. Bestenfalls würde man sie entwaffnen und festsetzen. Damit wären dann schon einige ausgeschaltet.

Für die Entscheidungsschlacht hatte Gunnar sich einen Engpass am Rottnen ausgesucht. Der Berghang reichte fast bis ans Seeufer und für die Straße blieb nur wenig Platz. Sollten die Deutschen tatsächlich aus dieser Richtung anrücken und in den Hinterhalt geraten, dann standen die Chancen für die Gräsmarker nicht schlecht. Andere Wege gab es zwar, sie führten allerdings über große Umwege. Die Verbindung zu Gunnar und Kjell sollte über das Basislager erfolgen, in dem ab sofort ein Reiter stationiert wurde.

»Habt Ihr keine Waffen mitgebracht?« Der Posten am Eingang zum Rathaus sprach sie in einem schnodderigen Schwedisch an. Er trug ein Jagdgewehr und die dazu passende Kleidung.

»Die habt Ihr uns doch gestern draußen vor der Stadt abgenommen«, antwortete Kjell in einem leicht beleidigten Ton.

Der Posten grinste zufrieden. »Euch Bauern kann man ja auch nicht trauen. Wo kommt ihr überhaupt her?«

»Halber Weg zwischen Sunne und Arvika. Sollen uns hier melden.«

»Quer durch die Halle und dann rechts in den langen Flur. Im ersten Zimmer residiert der Leutnant, der wird Euch einteilen.«

Sie betraten die große Eingangshalle. Links führte eine breite, mit Schnitzereien verzierte Treppe in das nächste Stockwerk. Allerdings wurde jedem Unbefugten der Zugang durch ein zweisprachiges Schild strengstens untersagt. Sogar der Schusswaffengebrauch wurde angedroht. Oben auf einer Empore hatte sich ein deutscher Soldat breitbeinig aufgebaut. Die Hände auf dem Rücken wippte er leicht mit den Füßen.

Ihre Schrittgeräusche hallten von den Wänden zurück. Die Tür zum Büro des Leutnants stand halb geöffnet. Kjell klopfte an und erhielt zunächst keine Antwort. Er klopfte erneut.

»Reinkommen!«

Sie traten ein. Der Leutnant saß an einem wuchtigen Schreibtisch, den er dicht am Fenster platziert hatte. Seine Füße ruhten auf einem hölzernen Papierkorb.

»Name?«

»Janson.«

»Und Sie?«

»Janson.«

Kerssenbrook wollte verärgert aufbrausen und hatte die Füße schon vom Papierkorb genommen. Dann begriff er. »Sie sind Janson 1 und Sie?«

»Janson 2«

»Geht das auch etwas zackiger?«

Kjell versuchte wieder vergeblich einen militärischen Eindruck zu hinterlassen.

Der Leutnant winkte genervt ab. »Was für eine Gurkentruppe! Waffen haben Sie wohl auch nicht?«

»Wurden uns abgenommen.«

»Unten im Keller ist das Zimmer der Wache, da werden Sie eingeteilt. Und nur damit das klar ist, die oberen Etagen sind auch für die Wachen tabu.« Mit einer lässigen Handbewegung gab er zu verstehen, dass für ihn die Unterhaltung zu Ende war.

Sie gingen zurück in die Halle. Der Soldat auf dor Empore hatte jetzt die Hände auf das Geländer gestützt und starrte fast abwesend einen bestimmten Punkt an der gegenüberliegenden Wand an. Sie schauten sich nach der Kellertreppe um. Ein scharfer Pfiff ließ sie zusammenschrecken. Der Soldat auf der Empore zeigte auf einen Wandvorsprung und sie stiegen die dahinter liegende Kellertreppe hinunter. Durch eine weit offen stehende Tür drangen schwedische Wortfetzen und ein starker Zigarettenqualm. Sie traten ein und die Stimmen verstummten. Ein wahrer Hüne von Mensch trat ihnen entgegen und baute sich vor ihnen auf. »Ihr seid vermutlich die Neuen. Könnt Oscar zu mir sagen. Ich bin Zugführer der Wachmannschaft. – Wie heißt Ihr?«

»Gunnar.«

»Kjell.«

»Auch gut. Ihr macht die Nachmittagswache bis um sechs Uhr, dann habt Ihr frei. Den Gang runter ist die Küche, da gibt es was zu futtern. Die oberen Stockwerke dürft Ihr nicht betreten.«

»Wir haben aber keine Waffen«, fragte Gunnar zögerlich.

»Das war mir klar, sonst hätten sie Euch auch nicht zu uns geschickt. Ihr übernehmt die Waffen von der ersten Wache bei der Ablösung.«

Sie setzten sich zu den anderen Männern an einen langen Biergartentisch. Nachdem sie einige neugierige Fragen beantwortet hatten, setzten die Männer ihre allgemeine Unterhaltung einfach fort. Es ging um den Sold. Statt der vereinbarten drei Goldtaler hatten sie dünne unhandliche, von einem Goldbarren abgesägte Goldscheiben bekommen. Die Deutschen hatten diese ungewöhnliche Form der Bezahlung mit einem Engpass bei den Münzen begründet. Das Gewicht entsprach zwar dem der Münzen, aber die Beliebtheit als Zahlungsmittel hielt sich in Grenzen, wobei eine allgemeine Warenverknappung zusätzliche Einschränkungen verursachte.

Gunnar und Kjell hörten der Unterhaltung noch eine Weile interessiert zu. Die Aussagen der Männer entsprachen ihren Beobachtungen. Das Volk floh vor der Unterdrückung in andere Landesteile. Dann meldeten sie sich bei Oscar für den Vormittag ab, ließen sich in der Küche noch schnell eine Suppe ausschenken und gingen danach durch die fast menschenleere Stadt. In einem ehemaligen Hotel fanden sie ein halbwegs passables Zimmer. Ihre Habseligkeiten ließen sie nicht zurück, sondern behielten vorsichtshalber alles am Mann.

Die Nachmittagswache teilten sie sich mit zwei weiteren Männern. Nach neunzig Minuten am Eingang hatten sie die nächsten neunzig Minuten frei. Der Dienst war locker, aber auch extrem langweilig. Unterbrochen wurde die Routine nur durch ab und zu eintreffende Fuhrwerke. Die dem Volk abgetrotzte Ladung verschwand im Keller oder in den umliegenden Gebäuden. Die Begleitmannschaft wurde durch die Küche verpflegt und am nächsten Tag zogen sie wieder los. Gunnar und Kjell versuchten durch das Aufschnappen von Gesprächsfetzen die neuen Ziele zu erfahren, aber erst als Gunnar sich mit einem alten Kutscher anfreundete, flossen die Nachrichten regelmäßig. Der Mann berichtete von regelrechten Überfällen auf Gehöfte und Dörfer. Er selbst war mit samt seines Gespanns einfach zwangsverpflichtet worden. Nach einigen Tagen waren die beiden dicke Freunde geworden, und sie hatten einen wichtigen Verbündeten gefunden.

Den Kontakt zum Basislager hatte Horst organisiert, der auch die geniale Idee hatte, sich als am See sitzende Angler zu tarnen. Sie wurden auf eine mehrwöchige Geduldsprobe gestellt, bis die Nachricht vom bevorstehenden Besuch der Deutschen in Gräsmark eintraf. Gunnars neuer Freund war mit von der Partie und weihte einige zuverlässige Schweden in den Plan ein. Somit dürfte die Festsetzung dieser kleinen Truppe in Gräsmark keine großen Probleme bereiten. Die Besatzer, wie sie inzwischen genannt wurden, waren völlig arglos und ihrer Sache ohnehin absolut sicher.

»Beißen sie?« Kjell hatte sich über einen kleinen Anglersteg angeschlichen und Horst, der schon drei Fische neben sich liegen hatte, schrak zusammen.

»Ich mach hier noch ne Fischfabrik auf, wenn ich weiter so lange warten muss.« Horst grinste und Kjell viel ein Stein vom Herzen. Die Sache musste also gut ausgegangen sein.

»Gab es Verletzte?«

»Auf unserer Seite nicht und die schwedischen Helfer der Deutschen hoben sofort die Hände, als sie plötzlich in die Mündungen von mehr als zweihundert Gewehren schauten. Nur zwei Deutsche mussten die Helden spielen.« Horst zuckte mit den Schultern.

»Hier in Sunne ist noch alles ruhig. Die Fuhrwerke sind zwar überfällig, aber das kommt öfter vor. Spätestens morgen werden sie nach ihnen suchen, denke ich.«

»Und dann wird es spannend. – Kannst du die Stärke der Deutschen schon einschätzen?«

»Um die fünfzig gut bewaffnete Elitesoldaten und bestimmt mehr als zweihundert Helfer, die im Ernstfall sicher nicht alle zur deutschen Fahne halten.«

»Das wird trotzdem ein verdammt harter Kampf und viele Opfer kosten.« Horst wirkte jetzt sehr nachdenklich. »Ach übrigens - schöne Grüße von Trine-Lill. Sie macht sich ja richtig Sorgen um dich. Seid ihr etwa doch ein Paar? Na, jedenfalls hat sie mir einen Brief an dich mitgegeben.« Horst zog einen Umschlag aus dem Angelrucksack. Die Kinder hatten ihn mit bunten Bildern verziert und Kjell wurde bei diesem Anblick doch etwas mulmig.

Horst packte seine Sachen, gab Kjell zwei seiner Fische und zog die Angel aus dem Wasser. »Die Fische kannst du bei einer Kontrolle vorweisen und später zusammen mit Gunnar verspeisen.«

Kjell packte seine Angel gar nicht erst aus und sie trennten sich.

Ihm wurde es gleichzeitig heiß und kalt. Der Marktplatz wimmelte vor Soldaten und Hilfskräften, die emsig mit dem Beladen von Fuhrwerken beschäftigt waren. Und was sie da aus verschiedenen Gebäuden holten, das ließ ihn sofort in eine tiefe Resignation fallen. Schwere Maschinengewehre, Granatwerfer und die dazugehörige Munition. Die Nachricht vom Überfall in Gräsmark musste also doch schon eingetroffen sein und sie bereiteten eine Strafexpedition vor. So, wie es aussah, hatten die Gräsmarker kaum eine Chance.

Da er Gunnar nirgends finden konnte, ging er davon aus, dass dieser sich auf dem Weg zum Basislager befand. Keiner sprach ihn an und so verzog er sich in den verwilderten Park hinter dem Rathaus. Sein Lieblingsplatz, eine fast zugewachsene Laube, bot ihm die nötige Ruhe um Lillans Brief zu lesen.

Das leichte Knirschen von Kieselsteinen weckte ihn aus seinen Gedanken und er sah, wie ein zierlicher Arm ein paar Zweige zur Seite schob. Dem Arm folgte das schmale Gesicht einer überaus hübschen Frau im mittleren Alter. Die pechschwarzen Haare reichten bis weit über die Schultern und sie schien sogar noch einen tiefroten Lippenstift zu besitzen.

»Oh!«, sagte sie überrascht. »Mein Lieblingsplatz ist heute besetzt.«

Kjell wusste, dass die Deutschen von einer Frau angeführt wurden. Er hatte sie aber nur einmal auf der Empore gesehen.

»Kein Problem, ich gehe sofort«, antwortete er ebenfalls auf Deutsch und wollte sich gerade erheben.

»Sie sprechen Deutsch ohne Akzent?«

Kjell fühlte sich ertappt und wurde unsicher. »Ich bin dort geboren, aber meine Eltern sind Schweden.

»Bleiben Sie einfach. Die Bank ist breit genug und vielleicht können wir uns etwas unterhalten. Dies Einöde hier hat mich schon ganz krank gemacht. – Arbeiten Sie für uns?«

»Ja, mein Vater und ich haben uns hier anheuern lassen. – Wegen der Verpflegung und so.« Kjell wurde noch unruhiger. Irgendetwas stimmte nicht. Diese Frau musste ihm schon vorher begegnet sein. – Aber wo?«

»Haben Sie einen Brief von zu Hause bekommen?«

Kjell bemerkte erst jetzt, dass er den Brief noch immer in den Händen hielt, und antwortete nur mit einem: »Ja.«

»Warum schauen Sie mich so ängstlich an?« Sie strich ihre langen Haare mit beiden Händen stramm nach hinten, als wenn sie störten oder unangenehm wurden. Wie ein Blitz schoss es Kjell in den Kopf. Er saß mit Bundeskanzlerin Waagenknecht zusammen auf einer Bank in Schweden. Sein Gehirn arbeitete fieberhaft und der Banker in ihm erwachte. Warum war sie nach Schweden geflohen und wie konnte er daraus Kapital schlagen?

»Sie werden ja ganz rot im Gesicht.«

»Na ja, ich habe eben noch nie mit einer Bundeskanzlerin in einer Laube gesessen.«

Jetzt gab es schon zwei rote Gesichter in der Laube.

»Wie lange wissen Sie das schon? Hat man Sie aus Deutschland geschickt?« Ihre Stimme wirkte etwas zitterig.

»Keiner hat mich geschickt! Ich wohne schon seit mehr als einem Jahr da draußen in den Wäldern.«

»Und warum sind sie wirklich hier?«

»Ehrlich gesagt, weil Ihre Soldaten das Volk bedrohen und ich mir das alles mal ansehen wollte.«

Sie überlegte einige Sekunden und Kjell erwartete eigentlich ihren Ruf nach der Wache. Er tastete nach seiner Pistole im Strumpf, holte sie aber nicht hervor.

»Sie sind bewaffnet?«

Kjell nickte. »Ich habe nichts mehr zu verlieren.«

»Aber Ihre Frau!«, antwortete sie schlagfertig.

»Stimmt!«

»Wie schätzen Sie meine Lage ein?«

»Schlecht! Ihr Volk ist am Ende. Den nächsten Winter überstehen viele nicht. Wen wollen Sie dann ausplündern? Außerdem reicht die Munition Ihrer Soldaten auch nicht mehr lange, und wenn es Aufstände gibt, dann wird es eng. Erinnert mich alles an die ehemalige DDR, da lief es doch ähnlich ab. Nur, dass man durch die schwedischen Wälder keine Mauer ziehen kann. Außerdem ist man hinter Ihnen her, sonst wären Sie nicht hier in dieser Einöde, wie Sie so schön bemerkten.«

»Hören Sie auf!« Waagenknechts Gesichtsfarbe war von rötlich in kreidebleich gewechselt. Er hatte genau den richtigen Nerv getroffen.

»Wir machen einen Deal«, schlug sie plötzlich vor.«

»Und der wäre?«

»Sie verraten nicht, wer ich bin und – Sie haben einen Wunsch frei.«

Kjell schaute sie an. Sie hielt seinem Blick stand. Sie lächelten beide.

»Das Gebiet in einem Umkreis von einhundert Kilometern um Gräsmark bleibt in Zukunft unbehelligt.«

»Aha, daher weht der Wind. Sie haben mit dem Aufstand zu tun.« Sie lächelte wieder. »Kein Problem, die Sache ist abgemacht.«

Kjell wollte ihr die Hand zur Besiegelung reichen, doch sie zog ihn ganz an sich. Sie küsste gut. Der Lippenstift schmeckte irgendwie nach Himbeere. Unter dem dünnen Sommerkleid trug sie nichts. Ihre Brüste waren klein und so fest wie ihr Griff. Jeder Widerstand war zwecklos!

»Wo wollen die denn hin? Da geht es nicht nach Gräsmark, das ist doch die falsche Richtung.« Gunnar stand am Fenster ihres Hotelzimmers und schaute sich die vorbeiratternden Pferdefuhrwerke an.

Kjell hob nicht einmal den Kopf aus dem Kissen. »Ich glaube, die suchen sich ein neues Volk!«

Weitere Bücher von Karl-Heinz Lenz bei Amazon!